presented by
しゅがーべる
illust. ヤッペン

まるちりんがる魔法使い

multilingual wizard

~情報学部の大学生が冒険者ギルドに就職しました~

TOブックス

multilingual wizard

CONTENTS

イラスト――ヤッペン
デザイン――石田 隆（ムシカゴグラフィクス）

プロローグ

澄み切った夏の夜空に、それは突然ポンっと現れた。

金色のわっかのようなもの。

もし目にする者がいれば、おそらく「天使のわっかだ」と叫んだかもしれない。

けれどそれは無理な話——上空一万メートルの高度では誰にも気づかれない。

わっかはふわりふわりと落下し始める。

長い時間をかけて地面に落ちると、偶然通りがかった軽トラックにはねられた。

それは綺麗な弧を描いて宙を舞う。

その先に、コンビニ弁当を買って家に帰る途中の男——情報学部の大学四年生、御手洗瑞樹(みたらいみずき)が歩いていた。

コンビニ帰りに遭難

「タイトルしか決めてないって確実に怒られる……」

明日の朝、大学のゼミで『卒論進捗報告会』が行われる。

四年生が自分の研究テーマについて発表し、進捗報告や教授からアドバイスを受けたりする定期イベントだ。

俺はそこで話す内容が何もない。

卒論のテーマに最近流行りのＡＩに関するテーマを選んだだけ。その後は毎晩友人宅で麻雀とネトゲ三昧で遊び惚けていた。

それこそ今日も麻雀しに行こうかと思っていたほどだ。

……もうこのまま麻雀しに行っちゃうか――

なんて考えていたら突然、頭をガッと掴まれたような感触を受けた。

「うわぁぁあ！　何だ⁉」

夜の一人歩きでいきなり背後から何かされれば誰でも叫ぶ。

あまりに驚きすぎて、前につんのめりそうになった。

振り向いて後ろを見る……が、誰もいない。

後頭部に手をやると、何か金属っぽいものに触れた。

「うひゃ！　何⁉」

必死にどけようとするが、吸いついたように離れない。

チラっとおでこにその物が見える。どうやら金属のわっかだ。

「くっそ…何だよこれっ……はずれね～‼」

頭にジャストフィット、抜こうとしても皮膚ごと動く。

ものすごく焦る。こんな姿、みっともなさすぎる！

が、それも束の間、何とスススッと頭の中に沈み込むように吸い込まれていった。

「オイオイオイオイ！」

あまりの気味の悪さに恐怖するが、気づくと金のわっかは消えていた。

頭を何度もさわる。

異常はなさそう……意識障害とかも起きていない。

……気のせい……じゃあねえよな！

「ふおぉおお！　何だったんだ一体……」

落ち着いて冷静になる……が、もっと大変な異変が起きている事に気づく――

辺り一帯が真っ暗だ！

「うぉ⁉」

街灯が消え、足元には道路もない。先ほどまでうるさく鳴いていたカエルの声も一切聞こえない。

後ずさりするとパキッっと音が鳴り、足元を見ると小枝のようなものを踏んでいた。

次第に目が慣れてきて、見ると辺りに木がまばらに生えている。

……ようやく状況を認識する。

どうやら先ほどまでとは全然違う場所……森の中だ。

「おいぃぃいいいいい!?」

状況がまったくわからない。自分の身に何が起きたのだろうか……ぶわっと全身に寒気が走る。

慌ててスマホをポケットから取り出す。

時刻は21時25分。

画面の明かりで周囲が少し明るくなった。

周りに木々がポツポツ生えてるのがうっすら見える。やはり今までいた場所とは違うようだ。

もう一度画面を見ると『圏外』と表示されている。

「これは遭難してるというのではなかろうか……」

急に恐怖が襲う。

なぜいきなり今までいた場所と違うところにいるのだろうか。

とにかくここから逃げたい！

「…ぉぉぉい！」

大声を出すことに慣れていないため最初は弱々しい発声……暗がりが怖くなって発声も大きくなる。

「おおおおおおぉぉい！　だーれかぁぁああっ！　いーませーんかぁぁああっ！」

しばらく待ったが何の反応もない。

スマホのライト機能で辺りを照らしながらあてどなく歩く。

すると開けたところに出た。

少し先に人が寝そべられるほどの大きな石が横たわっているのが見える。

「これホントに別の場所だぞ……」

信じたくないが受け入れるしかない。

「冷たっ！」

座った石はひんやりしている。冷たさを感じて「これは夢じゃないんだな」と愕然とする。

「頭に何か食らったんだよな……そしたらここにいた……」

結局のところ――『気づいたら森の中にいた』ということしかわからないのだ。

途端に空腹感に襲われる。

コンビニ袋の中身はシャケ弁に水二本、それとたばこ二箱とライターのオイル缶。

放り出された夜空の下、スマホの明かりを頼りに弁当を食べる。

恐怖からかシャケのしょっぱさだけしかわからない。頭がまったく働かない――

不意に目にじわっとくる。

「やっべ……」

思わず口をつく。腹に食べ物が入って緊張の糸が切れたらしい。

夜中に見知らぬ場所に放り出された恐怖が一気に襲う。

と、とにかく恐怖を紛らわそう。

肩掛けのウェストポーチを開け、中からたばこを取り出して一服する。

ジッポーライターのカチンという金属音が周辺に響いた。

石の上に仰向けになって夜空を眺める。

一体何がどうなっているんだ！

恐怖に押しつぶされないよう、小さく丸くなって眠りについた。

◆ ◆ ◆

大陸の南に位置するマルゼン王国、現在四つの領で構成されている。

一番南にあるのがフランタン領。

フランタ市は元は領都であったが、今はただの一都市である。

東門から東大通りを進んで十分ほどの距離に広場がある。

その左手奥に見える三階建ての建物――『ティアラ冒険者ギルド』

この町に三つある冒険者ギルドの中で一番古いギルドである。

受付カウンターで革鎧を着た男が配達依頼の説明を受けていて、後ろで連れの三人が少し緊張しながら待っている。

受付嬢が封書と小包をカウンターに置いて彼に向き直る。

「それではこちらの封書三通と小包二つ、よろしくお願いしますね」

彼は荷物を確認して頷く。

「ではこちらにサインを……」

ペンを渡されると、受取書の記名欄に『ガラム』と名前を記入。荷物を受け取り、軽く会釈すると四人は退出した。

隣で見ていたもう一人の受付嬢が尋ねる。少し気になることがあったようだ。

「ねぇリリー、それって例のアレ？」

「はい。ぼちぼちいいんじゃないかということで」

「ふぅん……一ヶ月ぐらい？」

「はい」

先ほどの冒険者たちは、いかにも新人という感じの若い連中である。

彼らが受けた依頼は『市外への配達依頼』――道を行って帰るだけの簡単な内容である。

実はこれをクリアしないと、護衛依頼や、遠方への配達依頼などの実入りのいい依頼を受けさせてもらえない。

冒険者としての若葉マークを外せるかどうかの試験みたいなもの……緊張が顔に出るのも無理はない。

彼らは近場の食堂に入って話をすることにした。

ガラムが地図を広げ、ルートをなぞりながら日程の説明をする。普通に道を歩いて戻るだけの簡単な依頼だ。

すぐに魔法士の男が不満を述べる。こんな簡単な依頼を受けさせてもらうまでに一ヶ月もかかるのはおかしいと……。

弓使いの男も同様だ。俺なら一日で行って帰れると鼻を鳴らす。

ガラムは「まあまあ」と苦笑いしながらなだめる。

実力というより信用の問題だ……そう聞かされると二人は渋々納得した。

「ただし先輩が言うには、帰りは森を抜けるルートをとって、薬草採集などもこなすのが一般的だそうだ。冒険者なんだからそれくらいしないと……ということだ」

薬草採集は基本いつでも持ち込みＯＫの代物である。彼らもフランタ市周辺の森で薬草採集は頻繁に行っていた。

それにそもそも冒険者は金がない連中である。外に出るなら稼げることはできるだけするべき……新人ならなおさら、それが冒険者というものだ。

「――なので帰りは森へ入って薬草採集の時間を取ろうと思う」

二人が頷くと、話より飯のことが気になっていたもう一人の剣士が慌てて頷く。

そこへ料理が運ばれてきた。

景気づけにちょっと奮発した食事、四人は顔を見合わせると自然と笑みがこぼれた。

食いながら、持っていく荷物の確認や、行程ルートの情報を別の紙に書いていく。

食料調達を済ませたら時刻は朝９時を回っていた。

「それじゃあ行こうか」

彼らは意気揚々と出立した。

魔法が存在する世界

翌朝、明るくなった周囲に反応して目を覚ます。

お日様はまだ見えないからどうも早朝らしい。

妙に体が痛い！

ああ……石の上で寝てたせいだ。一瞬ここにいた理由がわからなかった。

すぐに何かの超常現象により遭難した事実を思い出す。

スマホを見ると『7月5日　5時20分』と表示されている。

「俺、今日教授んとこ行って卒論の進捗説明せないかんのになー。完全にアウトだわ」

誰もいないのに今日の予定を口にする。何か話さないと心が落ち着かない。

スマホのバッテリー残量が半分なのに気づき、ウェストポーチからモバイルバッテリーを取り出してケーブルで繋ぐ。

ソーラーパネル付きモデルでホントよかったと心底喜んだ。

「マジこれポーチに入れててよかったわー」

大容量、曇天での充電可能、手回しハンドル付きの優れものだ。

ふと腹が減っていることに気づき、同時にそれが問題であることにも気づく。

飯がない！

当たり前だがサバイバル術なんぞ知らない。

野生の動物を捕獲する技術などもないし、そもそも捕獲してどうするって話だ。解体して焼いて食えってか？

現代っ子には難易度ハードモードだ。激しく不安に駆られる。

「幸い水はある。ちびちび飲んでいけば数日は持つだろう……しかし飯がなぁ……」

時刻は6時10分。

木の陰からお日様が昇ってきたのが見える。

とにかく町だ、町に出なければならない。

どの方角へ行けば脱出できるかわからない。まずは日の昇るほうへ向かって進むことにしよう。


数十分歩いては休み、また数十分歩いては休むを繰り返す。

けれどまったく森から出られる気配がない。

まだ一日も経っていない。遭難している事実を考えると気が変になりそう。

あまり考えないように歩き続ける……すると先に大きな石が見えた。

近づくと、高さ十メートルはある巨石だ。

圏外
5:20
7月５日

「すげえな！」

上のほうは若干苔むしている。アニメで見かけそうな石だなーとか、そんなことを考えて気を紛らわす。

足元に気をつけつつ、ぐるっと回り込もうと巨石の下を目にする――

「あっ……」

何の感情も湧かなかった。

それが何かと認識する間もなく体が勝手に反応し、みぞおちに猛烈な痛みが走る。

すぐに激しい嘔吐に見舞われて立っていられなくなり、その場に四つん這いに突っ伏して吐く。

理解するより体が先に反応した――

それが人の死体だと。

オ…オゥエェア…グブッ…エッェ…ガハッ…アッ…オェ…アァ…

くそう…不意打ち過ぎんだろ……。

ただの死体ならまだ吐かずに済んだかもしれない。

ところが目にしたそれは、顔がすっぽりなくなっていて、頭の輪郭が残っているだけの代物だった。

昨日の夜の弁当が最後の食事で、今朝は水しか飲んでいないので吐くものがない。

吐いても胃液しか出ずに咳込むような嘔吐……すごく苦しい。

その代わり涙と鼻水はだらだらと流れ、顔はぐしゃぐしゃに濡れて地面が滲む。

やっとの思いでかすれそうな泣き声を出す。

「ふ……んなぁあぁあぁあぁあぁあぁあぁあぁあぁあぁ！」

ニュースでたまに聞く『散歩中に死体を発見した』って人の気持ちがよーくわかった瞬間だった。

ケヘッ…ケヘッ…ペッ…アアァ…ハァア……

やっと吐き気が落ち着いて呼吸ができるようになった。

ペットボトルの水で顔を洗って深呼吸。

死体の顔を見ないように目の前に掌をかざし、注意しつつもう一度死体を見る。

「いや……何ていうかこれ……革鎧みたいな……コスプレ？」

彼の服装はいわゆるＲＰＧの戦士風の恰好をしている。

首のところにドッグタグっぽいものがあるのが見える。軍人が首からぶら下げてる名札のやつだ。

こんな顔もない死体に近づくなんてご免である。とはいえ一応名前ぐらいは確認してやるかという気になった。

顔を背けつつ恐る恐る近づいてドッグタグを掴み、右足で胸の辺りを踏みつけて一気に引っ張る。

すると首がグニッとなる感触が手に伝わりビビってこける。だがドッグタグは取れた。

書いてある字を確認すると、『ガラム』と読める。

これが名前かね……と思いつつ裏返す。

そこにはゲームでよく見る単語が書いてあった。

『ティアラ冒険者ギルド』

瞬時にゲーム脳が働く。

冒険者つったらモンスター倒して金稼ぐ連中……でギルドつったらその所属の意味、毎日やっているネトゲでお馴染みだ。

「はぁ⁉」

思わず辺りをキョロキョロと見渡す。

これはドラマか映画の撮影か？

ダンジョンなんたらとか、なんたらクエストとかいうアレ……知っているゲームの単語が頭をよぎる。

残念なことに、さらに離れたところに別の死体があることがわかった。

何であれ大量殺人現場に居合わせてしまったようだ。

「全部で四体かぁ……」

辺りを見ると少し離れたところに四人分の荷物が置いてある。それは荒らされていないそのままの状態だ。

最初は忘れ物を見た程度の認識だったが、すぐにこの状態が異様だと気づく。

揃えて置いてあるってことは不意に襲われたわけじゃない。荒らされてないから人相手じゃない。

彼らは挑んで……あっさり殺されたのだ。相当な化け物だ。しかもそいつはまだこの辺にいる可能性がある。

一番重要な『犯人がまだ近くにいる』という考えがスコンと抜け落ちていた。

突然、膝がガクガク震え出す。

これって比喩表現じゃないんだな……ここをすぐに離れなければならないということがわかり気が動転しまくる。

どっちに行けばいいのかわからないがとにかく逃げよう。遭遇しないことを祈るしかない。

そうそう……念のためスマホで遺体や現場の写真を撮っとこう。俺が犯人じゃないという証拠のためだ。

何が悲しくて死体写真何ぞ撮らにゃならんのだ……ちくしょう。

逃げる前に彼らの荷物が目に留まる。

「これはもらっていっていいよね。俺も遭難してるんで……」

彼らの荷物を抱えて逃げることにした。


森に飛ばされて二日目。

結局、人に遭遇することも町にたどり着くこともできずに日が暮れた。

早々に野宿をする場所を決め、彼らの荷物を漁る。

「あ…食い物だ！」

丸一日食ってなかったので思わずホッとする。

しかも四人分ある。一人で消費すると考えても数日分はなんとかなるだろう。幾分気が楽になった。

急いで枯れ木を集めて焚火を起こす。

ジッポーライターを持ってたおかげで楽勝だ。よく遭難で火を起こすのに苦労するのがお約束なんだがな……。

焚火で彼らの食料であった干し肉とパンを炙って食べる。

「うっ……マッズ」

想像してたけどやはりパサパサしてておいしくない。干し肉も鉄っぽい血の味……自然と口がすぼまる。

食後、早めに寝ようと横になるが寝つけない。

昼間見た死体のことが頭から離れず、野生動物に襲われるのではという恐怖で神経が過敏になっている。

それならってことで荷物をいくつか調べることにする。

携帯食のビスケットを齧りながらリュックの中身をごそごそと探る。

すると書類と……何と地図が見つかった。

「くそっ、先に調べとけばよかった」

それと何やら図や文字が書いてある紙があったのでそれを読んでみる。

その前にすぐ違和感に気づいた――

これ全部日本語なんだけど⁉

地図の地名、この書類、そういやドッグタグの名前も日本語だ。

再び辺りをキョロキョロと見渡す。

やはりこれ映画の撮影の小道具を忘れていったものじゃないかとの考えが浮かぶ。むしろそのほうが自然だ。

万が一の可能性……漫画やアニメの『異世界に行っちゃった～』とか『ゲームの世界に入っちゃった～』が頭に浮かびはした。

うーん……さすがになー……それはないだろう。

自分を納得させるように別のショルダーバッグを探る。

本が数冊ある……ん？　一冊のタイトルが目に留まる――


『初級魔法読本』


即座に思考が止まる。

たった今、異世界はないと否定したばっかりなのに……荷物がそれを否定する。

魔法という甘美な単語は、ネトゲ三昧だった俺には麻薬のような魅力を放っている。

まあ撮影の小道具だよな……と必死に言い聞かせつつ手に持ってまじまじと眺める。

本のページをパラパラっとめくる。

ちゃんと文章が書いてあり、それらしい設定の内容も記述されている。

「設定にしては充実してるな。もしかして本物って線もワンチャンあるか……」

現在身に起きている超常現象を踏まえれば、ここは別の世界……剣と魔法の異世界という可能性もなくはない。

うーむ……けれど日本語がすぐに現実に引き戻す。

「さすがにないな……日本語で台無しだ」

暇つぶしに読んでみる。

すると魔法の記述を発見した。

思わず顔がほころぶ。こういうのはゲーマーにはたまらない。

すぐに設定をチェックする。

「ふむふむ……風……水……土……雷……あれ？」

すぐに足りないものに気づく。

「火は？　火の魔法はないの？」

漫画で必ず出てくるお約束魔法、火系の魔法が見当たらない。

おいおいおいおい！　一番大事なのがないじゃないかっ！

本に腹を立て、設定に疑問を感じるがすぐにはたと気づく。

ああっ、中級で……ってことか！

本のタイトルに初級とあったな……。おそらく火の魔法は難易度が高いということなのだろう。

なるほど……と理解し読み進める。

おっと、風の呪文とやらの文言を発見！　思わず目にして驚いた。

《今こそ我が言の葉により疾き風を放たん、風神ウィンドルの名のもとに、疾風》

「うっは！」

顔から火が出るほど恥ずかしい台詞に思わず顔がにやける。

「某さすがに中二病はもう卒業してるでござるよ～」

ふざけた台詞を吐きながら爆笑する。笑ったおかげで恐怖が紛れた。

よし、ここはいっちょ乗っかってみるか。

すっくと立ち上がり屈伸二回、左手に本を持ち、掌を前に向けていざ詠唱——の前に周囲に誰もいないのを確認する。

「ん…うん、今……我が言……風神ウィン……疾風！」

やっぱし恥ずかしかったので小声になってしまった。

……何も起きない。

うーん……声の大きさも大事なのかもしれないな。あとちゃんと言えてなかったかも……。

恥ずかしさで萎縮してしまったことを反省する。ちゃんと真面目に再トライだ。

一度屈伸し、足を肩幅に開く。

本を顔の前に据え、右手をまっすぐ伸ばして声高らかに詠唱――

「今こそ我が言の葉により疾き風を放たん、風神ウィンドルの名のもとに、疾風！」

シ――ン。

やはり何も起きなかった。

「ま、ま～～所詮はこんなもんですよな～～ハハハハ！」

誰に言い訳するわけでもなく、すぐに辺りを見渡し照れ笑いでごまかす。

他の呪文も試してみたがやはりうまくいかず、結局ただの中二病ごっこで終わってしまった。


気づけば時刻は2時を回っている。

魔法は使えなかったが、この本の内容はよく作られているな……。

焚火のそばで仰向けになり、スマホを胸に置き、ライトを点灯させて読みふけっていた。

……だがどうにも呪文の記述が不自然だ。

先に呪文が書いてあって、その下に説明文が書いてある。

文章はどちらも日本語な上に、説明文が『実にへたくそな直訳文』なのだ。

まるで外国語をグーグル翻訳した感じの稚拙さだ。思わず馬鹿にして口にしてしまった。

「いるんかなこれ？　この……『私は今から唱えます。石の魔法。石の神ヌトス。よろしくお願いします。石発射』ってせ――」

シュパン！

「つめ……ん？」

突然、頭付近で破裂音っぽい音がした。

「……何か……今」

気のせいではない。顔に風圧っぽい何かを感じたからな。

しばらく身動きせずに固まる。

――――ドスンッ！

おそらく十数秒ほどもかかっただろうか……少し離れたところに何かが落ちた音がした。

その音に身構える。

何だろう……もしかしておでこから何か出たか？

静かにおでこに手をやる。スリスリしてみたが何も変化はない。

体をゆっくり起こし音のしたほうを見る。暗くて何も見えない。

おそらくこの直訳文が原因だよな。

体を起こすと、胸に置いていたスマホがずり落ちる。

「おととと……」

座ったままもう一度、このへたくそな直訳文を読んでみる。

「………から唱え………します。石発射」

シュパン！

すると今度はしっかりおでこ辺りから射撃音が聞こえたのを確認した。

が同時に目の前の地面に何かがぶつかった。

「うぉぉお！　何なに⁉」

びっくりして慌てて身を引く。

たしかにおでこから何かが出ている。

あれか……本を読む姿勢で斜め下を向いていたから近くに着弾したのか。

ならばちゃんと姿勢を正して、本を前に構えて詠唱する。

《私は今から唱えます。石の魔法。石の神ヌトス。よろしくお願いします。石発射》

シュパン！

真っ暗で何も見えない。でも空気を切る音がはっきり聞こえた。

おでこから石が撃ち出されたのだ！

前方に飛んでいき、だいぶ先の木にぶち当たった音がした。

「お……ふ…ふおぉおおおおおおおおおおおお‼」

何とも情けない喜びの声。

いやはや……理解の範疇を超えている。何もないところから物質が出現し飛んでいったのだ。

ホントにホントの魔法だ……魔法だよ！

嬉しくてたまらない。

が、同時にこれはよその世界──

『異世界に来てしまった』

ということを意味していた。

マジかぁぁぁ……と愕然とする。しかしながら魔法が使えた喜びが、ショックを緩和してくれた。

結局、空が白み始めるまで魔法の詠唱をしまくった。

気づくといつの間にか眠りこけていたようで、目を覚ますとお日様は真上を通り過ぎている。

無駄に時間を費やしてしまったな……。

とはいえ昨日の晩のハイテンションがいまだ残っている──

『魔法が使えた！』

最初、別世界に来た事実を受け入れ難かった。

だがゲーム脳が状況を受け入れ、本物の魔法が嬉しくて撃ちまくっていた。

理系学生らしく魔法の原理が気になり、スマホで撃ちだすシーンを録画して検証しようとした。

まあ夜だったので全然まともに撮れなかったけどな……。

さて急いで身支度をする……早速魔法の出番だ。

まず服を全部脱ぐ。パンツも脱いでスッポンポン状態。野外で全裸は背徳感がハンパない。

少し離れたところに移動し、上を向いてしばし沈黙──

するとシュパンとおでこから風を切る音と共に水の弾が上空へ射出される。『水の魔法』だ。

落ちてくる水を体で受けるべく真下へ移動し、被ってシャワーがわりにする。

昨日の夜考えたアイデアなんだが……三回に一回しか水が被れない。あんまりシャワーになってないな。

でも魔法が使いたかったのでヨシ。

短い時間でいろいろ検証した結果、俺は魔法書の通りに魔法が使えないことが判明する。

『書いてあることができず、書いてないことができる』のだ。

魔法の変な挙動その一――『魔法がおでこから出てしまう』
何度も掌から出そうとしたのだけれど出せない。
本には『マナを体内に巡らせて掌に集中させる』と書いてある。
しかしそんなものは感じない！
マナってあれだよな……ゲームとかである魔法の素みたいなやつ。
なので結局、今のところ『よくわからないが発動してるのでヨシ！』という状態だ。

魔法の変な挙動その二――『無詠唱で撃てる』
これは頭の中で呪文を唱えたらすぐ撃てた……実にあっさりとだ。
当たり前にできることなのかもしれないが、本に無詠唱のことは書いてない。
しかもできるときとできないときがある。
まあいきなり昨日の今日ですべてわかるわけがないな。追々検証していこう。

創造主登場

さて、水も被ってさっぱりしたところで出立の準備……と思いきや――

突然、景色の色が消え、すべての物が止まった。

世界がいきなりグレースケール。

辺りの風景が灰色に染まり、音が消え耳がツーンとする。

あまりの異常事態に驚愕し、びしょぬれの真っ裸のまま立ち尽くす。

あーまた何かのイベントフラグが立った感じ。もう超常現象にはだいぶ慣れてきてるな。

俺のゲーム脳は次々起こる出来事に順応したようだ。

「……だろ！　………を返せ！」

するとどこからか声がしていることに気づく。

よく聞こえない。何と言っているのだろう……。

「聞こえてるだろ！　貴様、指輪を返せ！」

おっ聞こえた。

拡声器で投降を呼びかけるような、怒鳴り声が周囲から聞こえる。

「あぁん……何て？」

少し苛立ち気味に返事をする。

「儂の指輪をどうした？　身に着けてるのだろう！　この時を止めた状態で動けてるのが何よりの証拠だ！　そもそもなぜこっちにいる？　どうやってきた？　それは貴様には過ぎたものだ。大体なぜ指輪が地球に――」

いやもう矢継ぎ早に話を繰り出されて聞いてられない。

どこかに姿でも見えるのかなと捜す……が見当たらない。

「……あの～聞こえます？」

「聞こえておる。指輪はどうした！」

おっと聞こえていた！

どこから声がするのだろう。

「………何です？」

「儂の指輪だ。気づいたら小指から抜け落ちておった。おそらく地球に落ちたのだろうと捜しておったのだ」

「『地球に指輪を落とした』……ですか」

「そうじゃ！」

俺のゲーム脳が警告音を発している……ゲームの世界に転移とかかな？

まず声の主が誰なのかをはっきりさせよう。

ここが異世界というのが確定しているからな。何となく雰囲気でお約束の人物かな……と察している。

「あなたは神様ですか？」

「違うぞ」

「違うんかい！」

思わずツッコミを入れてしまった。

水に濡れた素っ裸の状態で話し続けている。

不思議と寒くはないが下半身の俺の息子がぶ～らぶら……収まり具合がなんとも心地悪い。

せめて体を拭いてパンツ穿いてから時を止めてもらいたかったものだ。

声の主は最初こそ威圧的な言動だったが、すぐに温和な感じになった。

怒っている奴に対しては反論せずにしばらくしゃべらせておくと冷静になる。クレーム対応の技術が彼にも通じた。

俺自身に何が起きたかをわかる範囲で思い出し、ここに至るまでの経緯を説明した。

「ふむ……頭に何かくっついた感覚があったというんだな？」

「たぶんですが……」

「でもすぐに消えたのだな？」

「いや……わかりません……が何となく……です。」

信じがたい話――

まず声の主が地球に指輪を落としたらしい。気づいたらスルッと抜け落ちてたそうだ。

その指輪とは俺の頭ほどもあるサイズ。それがたまたま俺の頭にはまったっぽい。

で、その影響で異世界に転移してしまった……という結論だ。

声の主は「……そのようなことが起こるはずがない」と自問自答するように呟く。

どの出来事が『起こるはずがない』という意味なのだろう……。

指輪が地球に落ちたことか、俺が転移したことか、それともその両方か。

どっちでもいいが巻き込まれた俺は被害者なのだな。

「で……結局ここはどこなんです？　地球じゃないんですか？」

「ここは地球だ」

「はぁ？　じゃあ俺を元いたところに戻してくださいよ。もう二日も野宿ですよ！」

「お主がいた地球ではない。元の地球だ」

「全然わかんないですよ。元の地球とは何です？」

声の主も落ち着いたようで、説明を求めたら話してくれた――

まず声の主は『神』ではなく『創造主』だそうだ。一緒ではないのかと聞いたら違うらしい。

で、その創造主というのが、何と三人いるそうだ！

声の主が創造主として誕生したときにはすでに二人いて、『一番目』『二番目』と名乗っていたそうだ。

なので彼は『三番目』と呼ばれることになった。

その三人で俺が今いるこの元の地球を創造したのが始まり。それぞれがこの地に種族を創って育て始めたという。

ところがしばらくして、一番目と二番目が「自分の種族のほうが優秀だ……」みたいなことで言い合いになってしまい、お互いの種族で争い始めてしまった。

三番目が創り出したのが人種。

種族としては二人の種族より弱い上に、全然関係ないのに二人の争いに巻き込まれる形になる。

さらに争いが激化し収まらず――

何と三種族全部滅びかけた。

巻き込まれた形の三番目は二人に文句を言ったらしい。しかし立場的に低いのか無視される。

仕方なくもう一度残った人種から育て始める。

一番目と二番目も反省して、前回より能力の低い種族を創って再び育て始めた。

が……やはりまた揉める。

結果、二度目の三種族滅亡危機に陥った。

再び巻き込まれた三番目は、頭にきて袂を分かつ。

元の地球をコピーして今の地球を創ったんだそうだ。

「ふっ……マジか」

創造主の話を聞きながら、逐一俺のゲーム脳がピコンピコン反応していた。

まんま『文明発展ストラテジーゲームのマルチ対戦』じゃねえかっ！

一番目と二番目は戦争志向の君主。戦争で領地拡大しようとする鬱陶しいタイプ。

三番目は内政志向の君主。争いが嫌いでちまちま国造りするのが好きなタイプ。

それぞれで種族を繁栄させるが、互いに争いは絶えず、しまいには核戦争に突入して滅びるっていうお決まりのパターンだ。

三番目はマルチ対戦が嫌になって、設定コピーしてソロプレイをすることにした……というわけだ。


そしてここが重要！

俺がいた現代の地球には、元の地球で争いで使われたマナが存在しない。

なので三番目が言うには、俺がこちらに飛ばされた理由——


『指輪のせいでマナを持つ身になったのでこっちに飛ばされた』


ということみたい。

もちろんこんなことは想定外。あくまで仮説で創造主すらわからない。

「俺はその……地球に戻れるんですか？」

「指輪を外したらおそらくな」

「どうやって？」

「それがわかればやっておる」

どうやら俺を殺しても指輪が戻ってくる保証はないらしい。よかった……それで戻るならさらっと殺されてたな。

俺は指輪を外さない限り、地球には戻れないらしい。

「お主も外す方法を探してみてくれ」

「……はあ」

そんなことを言われてもこちとら森に放り出された身だ。何の当てもありゃしない。

どうやって外す方法を探せっちゅうんじゃい！

「何かあればいつでも相談してよいぞ」

「……はい」

まさに今相談したいんですけどね……と言っても無視されそうなので我慢した。

「そういやこの指輪は何なんですか？」

少し間が空く……聞こえてる？

「相手の言葉がわかるという代物だ。一番目にもらった物なのでなくすと……いろいろ問題があるのだ」

あーなるほどね。

パイセンからもらったものをなくしちゃったわけだ。そらバレたら怒られるな。だから確実に回収する目途が欲しいわけだ。

「でも一番目と二番目と袂を分かったんでしょ？　二人はどうしてんです？　そこにいるんですか？」

「いや……一番目と二番目は見えんな。ずいぶんと来ていないみたいだな。まあ会いたくないのでちょうどよい」

そらまあ指輪なくしてる今は会いたくはないわな。

それに言い合いで勝てないみたいな関係だしな。これ以上は聞かないでおこう。

そういや自分は神ではないと言ってたな……。

「そうそう、そういえば風の神とか石の神とか知ってます？　こっちの神様らしいんですが……」

「知らん」

にべもない。

「じゃあイエス・キリストとか仏陀とか天照大神とかは？　地球の神様なんだけど……」

「おらん」

うわ……聞かなかったことにしよう。地球で宗教戦争が起こりそうだ。

とにかく指輪を外す方法を探してくれと言い残すと、止まっていた時が動き出した。

何とまあ……人類は創造主によって創られたんだな。

アメリカ人の四割は神が人類を創ったと信じているって記事を読んだのを思い出した。

馬鹿な連中と思っていたが、あいつらが正しかったのか……。

フランタ市に到着

何だか時間を食ったな。急いで出立しよう。

冒険者が持っていた地図から現在位置を推測、おそらくこの森から北へ向かえばいい感じだろう。

すると早々十数分後ぐらいに道路に出たので思わずガッツポーズ。地図を発見した成果だ。

しばらく歩いてると、向こうから馬に乗った三人の連中が見えた。

このときになって『遭遇する人物が善人とはかぎらない』ということに思い至った。

だがもう遅い……何せ相手は馬に乗っている。

「あ……そういや日本語通じるのか？」

疑問が浮かんだけれど、すぐに魔法書の言語が日本語だったことを思い出す。

たぶん大丈夫だろう……。

だんだん近づくとそれは中世の衛兵のような恰好をした三人だ。戦闘集団とわかり恐怖で心臓がバクバクする。

すれ違いざまに恐る恐る会釈する。

何か言われるでもなく通り過ぎてホッと胸をなでおろした。

途中休憩を入れて歩くこと二時間。

遠くのほうに城壁らしきものが目に入り一気にテンションが上がる。

時刻を見ると16時を回ったところ。

距離的にまだ数キロはありそうに見えたので、気持ち駆け足で町へ向かう。


城門前に到着。見た目がまんま中世の城壁である。実物は見たことないがゲームや漫画でよく見るやつだ。

堀はなく開き戸タイプの門、両サイドの見張り塔が壁より数メートル高い。

衛兵二人が門の両サイドに一人ずつ、奥のほうにも二人いる。

門の内側に受付みたいな小窓が開いたところがある。

運悪く人通りがない。通る人を参考にしようと思ったがそれができずに少し悩む。

ずっと止まっていると不審がられるな……。

思い切って門へ進み、中央の小窓のところに寄って声をかけた。

「すみません。この町はそのまま入ってもいいんですかね？」

「ん？　旅の人？」

中の衛兵がこちらをジロッと見る。受け答えに圧はないな……よかった。

しかも日本語が通じる……が、彼の見た目はどうみても日本人ではない！

「……まあそんなところです。あ…あと森で採集した薬草を売ろうかなと……」

「なるほど」

身分証明書の提示や通行料の徴収などはないそうだ。手配書と似た人物や不審者と思われたら別室で調べられるらしい。

「あの……」

「ん？」

「この町にティアラ冒険者ギルドってありますか？」

「あるぞ。ああ、薬草売りに来たんだったな」

「あーええ……まあ」

冒険者ギルドで薬草を売るのか。

「こっからまっすぐ通りを進んで十分ぐらい行ったところに広場がある。その奥だ」

「どうも」

人が死んでいた話は衛兵にしたほうがいいのだろうか……。

うーむ……黙っていくのは日本人的にない気がするな。

「あのですね……私、森で迷っちゃってですね……そのとき冒険者らしい人たちの死体を見つけたんでギルドに報告したほうがいいかな……と思って聞いたんですが」

突然の死体発見報告に話をしていた衛兵の温和な顔が真顔になる。

城門の衛兵四人も一斉にこちらを向いた。

「どこで？」

「森ん中です」

「どこの？」

「それはわかんないです。森で迷ってたときに見つけたんで……」

衛兵は中にいる誰かと相談しているようだ。

すると横の鉄扉が開き、スキンヘッドの中年の衛兵が現れた。

「ちょっと話を聞きたいんでいいかな？」

ついてくるようにと告げられる。

東門を入って右に曲がると衛兵の待機所があり、その一角の取調室に通される。

……窓がない小部屋だ。

聞いたのは間違いだった……後悔するが遅いな。

スキンヘッドの彼が横に並ぶと、俺より頭一つ飛び出ている。

となると身長は一九〇センチぐらいか……しかも衛兵だけあって筋肉がものすごい。

「フランタ防衛隊第三小隊隊長ガットミルだ。あんたは？」

「御手洗瑞樹です」

「ミタライミズキ……」

「あ、御手洗が苗字で瑞樹が名前です」

「ミョウジ……」

意味が通じていない……。少し考えて表現を変えてみる。

「んー家名ってわかりますかね」

「ああ家名な。てことはあんた貴族か。そうは見えんが……」

「普通の一般市民ですよ。うちの国じゃ誰でも家名持ってるんで」

「国ってどこ？」

「日本です」

「ニホン……」

知らないという素振りで首を振る。

なるほど……日本はこの辺にはないのか。

てか異世界だもんなあるわけ……いやあるかもしれないな。

「で、死体見つけたってどこで？」

「それが私も森で遭難してたときだったので……」

ショルダーバッグから彼らの持っていた地図と依頼書を取り出して見せる。

「その持ってるのは彼らの荷物か？」

不審そうな顔つきになったので急いで弁明する。俺が殺害したと思われたら大変だ。

「そうですが俺も遭難してて偶然彼らが死んでるとこに遭遇して……で荷物だけ残ってたんで持てる分もらったんです。食料もなかったし、ちょうど地図があったんで助かったなと思ってそれで……」

焦ってたせいで早口になり、逆に怪しまれたかなとドキドキした。

隊長はしばらく俺を観察すると、ふぅんと地図を見る。

「あ、これ彼らのドッグタグです」

手渡すと一瞥してこちらに返す。

依頼書を見ながら頭をスリスリと撫でる……。

何だか面倒くさそうだ。

「ロックナムへの配達依頼か……」

あまり興味なさそう。衛兵の隊長という割にやる気が感じられない。そういう国だろうか。

「あの……あまり頓着がなさそうですが……」

「ん？　冒険者が森で死んでたぐらいで俺たちが動くことはあまりないんだよ」

よその国の人間ということで説明してくれた。

自分たちは町や領内の街道を治安維持が仕事で、森の中で死なれてもいわゆる管轄外らしい。

それに冒険者が死ぬなんてのはしょっちゅう。このような報告も普通なんだそうだ。

「あんたが殺した疑いもなくはないが、わざわざ報告する馬鹿はおらんだろうし事実なんだろう。詳しい話はギルドに持ってってってくれ」

事件でなかったことに安堵した様子。「お疲れさん」と言って席を立った。

よかった……犯罪者と疑われなかったようだ。警備にしては緩いチェックだなと思わなくもない。

とはいえそれで助かっているのだから、余計なことは言わずにとっとと立ち去るのが吉だ。


部屋を出ると何やら門のほうが少し騒がしい。

隊長が何事かと向かう。

見ると衛兵たち数人で誰かを囲んでいる様子だ。

まあ俺には関係ないな……と無視してギルドへ行こう向かおうとしたとき叫び声が聞こえた。

「助けてくれよー！　父ちゃん助けてくれよー！」

何か事故かな……聞こえた子供っぽい声で振り返る。

チラっと衛兵たちの間から見えたその姿に俺は衝撃を受ける——

「猫⁉　デカッ！」

身長が人の腰ぐらいまである直立二足歩行の巨大な猫が見えるではないか！

思わず唖然とする。

身長が人の腰ぐらいまであるデカい猫がそこにはいた。

マジで直立二足歩行！

えっ着ぐるみとかじゃないよな？

直立二足歩行でしかも服も着てるとか！

そんなキャラは長靴をはいているとか、銀河鉄道に乗っているとか、耳をすますのしか知らない。

驚きでしばし見入る。

その猫はそのサイズで子猫らしい。

お父さんが道で倒れてしまったので助けてほしい……みたいなことを泣きながら訴えて、衛兵の服の裾を引っ張っている。

ところが衛兵は、困り顔で佇むだけで何もしようとしない。

何だろう……人以外は助けないのかな。

「助けに行かないんですか？」

「ん？」

隊長に向かって尋ねる。

「いや……その子の父親が道で倒れてしまったので助けてほしいって言ってますが……」

すると俺の言葉に全員驚きこちらを向く。

「お前、言葉がわかるのか⁉」

「ん？　いやだって……」

そう言いかけてすぐに気づき、咄嗟にごまかした。

「ええ、まあ……」

彼らがしゃべっているのは日本語じゃないんだ！

しかも猫の言葉と人間の言葉も異なっているみたいだ。

すぐに創造主の話を思い出す——『相手の言葉がわかる指輪』

これのおかげだ。

というわけでその子の話を聞きながら同時通訳する。

「行商人の父さんが『森からマタ……なんとかの匂いがする』と言って森に寄り道した。だけど何かに刺された。大丈夫と言ってすぐ森を出て歩いた。が、すぐに倒れてしまった。父さんは人の言

葉はわかる。この子はわからない。助けを呼びたかったので走ってここにやってきた」

と、同時通訳して彼らを見やる。

衛兵たちは本当かと疑心暗鬼の様子。しかし隊長は疑うことなく「わかった」と返事をした。

街道沿いで病人が出たとなると防衛隊の管轄だ。すぐにテキパキと指示を出して救助に向かわせる。

衛兵は、案内のためにその大きな子猫を馬の背に乗せた。

「ありがとう兄ちゃん！」

猫の子の笑顔に右手を振る。

「まんま犬のおまわりさんだな」

ぼそっと言った独り言に隊長が気づく。珍しい異国人だなという目つきだ。

「マール語もずいぶん上手だと思ったが、まさか猫人語も解するとはびっくりしたぞ。さっき話してるときに違和感があったのはそれだな」

違和感……要するに旅人のくせにこの国の言語である『マール語』とやらが流暢なのが変だってことか。

「まあ、勉強したんで」

ドヤり気味の笑みを浮かべたが怪しまれたかな？

しかしながら、今のやりとりで判明した――

『言語が自動翻訳されて日本語で会話している』

それは間違いなく創造主の指輪の力だろう。

ティアラ冒険者ギルド

東門から通りを歩いて十分ぐらいすると、広場っぽいところに出た。
見渡すと左手奥のほうに大きな三階建ての建物がある……。
おそらくあれだろう。
やれやれとため息をついて向かう。
玄関は大きな両開きドアで、上に『ティアラ冒険者ギルド』とある。
時刻を見ると18時50分。
すでに辺りは薄暗く、外からは中の様子が見えない。
ゆっくりドアを押すと、ギィっと音を立てて開いた。
中は結構広く、正面奥にカウンターが見えた。そこに受付嬢が一人座っている。
俺が入ってきたことに気づいていないのか、下を向いて書類作業している。
近づくと顔を上げてあいさつをしてくれた。
「こんばんは」

「どうも」

ショートカットの可愛い娘だ。同い年ぐらいかな。クリっとした目で直視されてドキッとする。

よく考えたらこっちの世界で初めて出会った女性だ。

単刀直入に本題に入る。

亡くなった冒険者のドッグタグを彼女の前に置く。

「この人たちが森の中で死んでました」

その言葉に彼女は驚いて息を呑むと、すぐに悲しい表情になった。

少し待つように告げられ、彼女は席を立つと左手奥に見える男性職員に事情を話している。

彼は驚いた様子で俺に目をやると、話を聞きたいと談話室に案内された。


「ティアラ冒険者ギルド、主任のタランです」

「御手洗瑞樹です」

容姿が完全にこの国の人間じゃないので出自について旅人かと聞かれる。

俺自身も森で遭難してたという話をしてたところで彼女がお茶を運んで来てくれた。

「申し遅れましたがリリーと申します」

そう名乗ると男性の隣に腰を下ろす。

話をするのに現場の写真を見てもらったほうが早いだろうと、スマホの画像をとっととと見せることにする。

「ちょっと見てもらいたいものがあるんですが……」

ウェストポーチからスマホを取り出し、死体画像を表示してテーブルの上に置く。

「これなんですがね……」

二人はスマホを覗き込むと、幽霊でも見たのかという表情で絶叫した。

「うわぁぁあぁあ!!」

「き…きゃあああああああ！」

女性は思わず顔を背け、勢いあまってバランスを崩す。

テーブルに彼女の足が強く当たり、カップがガチャンと音を立ててお茶がこぼれた。

男性は驚愕の表情を浮かべて睨んだ。

「え……何!?」

あまりの驚きっぷりに俺も身じろぎした。

いやまあたしかに死体の写真は気持ち悪いだろう……なのでグロい部分は撮影していない。

現場と服装ぐらい見せればいいかなと、視認に耐えられる程度の写真をと思ったのだが、どうもダメだったらしい。

冒険者ギルドというからこの程度は大丈夫なのかと勝手に思い込んでいた。どうやら普通に免疫がなかったようだ。

俺の予定ではこうなると踏んでいた――

「うわ！　何ですこれ。見たまんまの死体じゃないですか」

「これならやられた原因も一目瞭然ですね」

「ああ……これはきっと◯◯の仕業ですね。特定しました」

「いやこれはすごい箱ですね。何て言うんですか？」

「ス、スマホ……ですか。うわっ……このスマホすごすぎ！」


こんな感じ。でも実際は違った。

怯える彼らを見つつ、どうしていいかわからずに佇む。

すぐに二階から誰かが駆け下りてくる音が聞こえ、部屋のドアがバタンと勢いよく開くと男が入ってきた。

目にした瞬間「あ、終わった……」と思った。

昔ヘビー級のボクサーでしたと言われても納得する体躯に彫りの深い顔。

茶色の髪が怒りで逆立ってんじゃないかという見た目に全身から血の気が引く。

「何事だ一体！」

彼は職員の怯える姿を目にし、すると俺にキツい口調で言い放った。

「貴様！　一体何をした！」

殺されそうな勢いに泣きそうになる。

いや……文句を言われる筋合いはない！　俺はわざわざ亡くなった冒険者の報告に来てやったの

だ！

そう言い返そうとするが恐怖で声が出ない。反論したらグーパンチが飛んできそう。

黙っていると、主任の男性が震える声で答える。

「うちが依頼した……冒険者が森で死んでいたのを見つけたと、その報告にいらしたんですが……その……それが……」

彼はスマホを指さした。

入ってきた男がスマホの画像を目にすると絶句した。

冒険者の死体が映し出されていたからだ。

「これは何だ！」

俺は大きく息を吸って一度止め、ゆっくり吐く。

「何だって言われても……現場の写真見てもらって……何の獣にやられたのか特定したいんじゃないかと思って撮ってきたん――」

「死体が入ってるんでしょ！　それ!!」

彼女がヒステリックに叫んだので咄嗟に反論する。

「違いますよ」

呆れるように反論すると、俺の言葉に二人は驚く。

「「え？」」

彼らの反応に俺が驚いた。

「え？」

あー……なるほど。

どうやら『スマホに死体が入っている』と思っているらしい。

慌てて手で待ったをかける。

「ちょ……ちょっと待ってください！　みなさんこれに死体が入ってると思ってるんですか？」

スマホを掲げるが反応がない。

俺は一気にまくし立てる。

「いやいやいや……何言ってんですか。そんなわけないでしょ……えぇ？　いや違いますよ！　死体なんか入ってませんよ！」

何の返事もない。

男性は厳しい表情を崩さず、女性は顔を伏せたまま話が耳に届いていない。

「当たり前じゃないですか。こんなもんにどうやったら死体が入るんですか。しかも四人も――」

四人という言葉に彼女はさらに身をこわばらせた。

あっ……そういうことか。

このとき、やっと間違いに気づいた。

『彼らは写真が理解できないのだ』

まだカメラが登場して間もない頃に『写真を撮られると魂を吸われる』と恐れられていたという話――それを思い出す。

写真を撮る際二分もかかってたから「動くの禁止」「まばたきも禁止」と言われ、息を止めていた人もいたらしい。

撮影者は「そうしないと撮れないから」と説明する。しかしされる側は『なぜそうしないといけないのか』がわからないのだ。

わからないことは怖いこと。自分の知っていることが他人も知っているとはかぎらない……とはわかっていた。

けれど『レベルが違いすぎるとその基準に気づかない』というわけだ。

彼らは『死体を見たのが怖い』のではない――『俺のしていることが怖い』のだ。

得体の知れない旅人が意味不明なことを言い、死体の入った小箱を出して平然としているのだ。

そりゃ怖がらないのがおかしい。

アニメで、過去からタイムスリップしてきた侍が、テレビを見て「人が箱の中に入っている」と驚くのを周りの人たちがハハハと笑い飛ばすシーンがよくある。

これは、わかる人間が多く、わからない人間が一人なので成り立つお約束事だ。

では逆ではどうだ。

過去へタイムスリップした現代人がポータブルＤＶＤで映画を再生すると「人が箱の中に入っている」と村の人間は驚くはずだ。

ではこのあとどうなるか――

『こいつは箱の中に人を閉じ込める恐ろしい道具を持っている』

『こいつは村の住人全員を箱の中に閉じ込めるためにやってきた恐ろしいやつだ』

『そうだ……盛大にもてなし、油断して寝込んだところを襲って殺してしまおう』

おそらくこんな感じのオチが待っている。昔話でよくある展開だな。

怖いものは排除するのが一番手っ取り早い解決法だからだ。

状況を把握した。

俺は顔に顎に手をやると、大きく息を吐いて事態を収拾させる方法を考える。

彼らは幼稚園児だと仮定して、『何がわからないのか』から推察する。

まずは写真だ。

彼女はかなりショックを受けている様子。

手を顔に当てうつむいたままだ。

俺はあまり近づかずに床に片膝をついて謝罪する。

「リリーさん、怖がらせて申し訳ありませんでした。死体なんか見たら怖いですし、ましてこの道具に死体が入ってると思ったらおぞましいですもんね……」

彼女は伏したまま微動だにしない。

「でもこれに死体なんか入ってません。それは信じてください」

少し間を開けて静かに話を続ける。

「これは私の国では人と話をする道具なんですが、いくつかできることがありまして……その一つに、目で見たまんまの景色をこれに入れられるんです」

スマホに画像を表示し、彼女に見せようと少し近づく――

「リリーさん、これ見てもらっていいですか？」

彼女は恐る恐る手をどけてスマホを見る……画面を目にして一瞬驚くが表情は和らいだ。

二匹の子猫がへそ天で戯れてる写真だ。

「これは私の知人が飼ってる子猫です」

彼女の表情を観察しつつ、少し落ち着いたのを見て次々とスマホの写真を見せていく。

「これは桜という木で、ある時季に満開になる綺麗な花なんです。これは丼っていう食べ物……これもラーメンっていう食べ物、これも……食べ物ばっかりですね」

少し笑いながら話しかける。

「これは友人と麻雀っていうゲームしてるところなんですが……ここ、私がいるでしょ」

次々に表示される画像を見ながら黙って聞いててくれる。

「こういう……風景を切り取ったように見える絵を『写真』って言います」

「………シャシン」

やっと言葉を発してくれた。

「そう写真。この箱はね……写真を撮る――作れる道具なんですよ」

彼女はしばらくスマホの写真を眺め、落ち着くとゆっくり深呼吸をし、涙を拭いて座り直した。

俺はゆっくり立ち上がり、男性のほうを向いて説明する。

「誤解してるようなのでもう一度言いますが、これには死体が入ってたりはしません。死体の写真を撮っただけです」

俺は自分が森で遭難してたこと、遭難中に死体に遭遇したこと、自分では死因がわからないのでわかる人に見てもらいたかったこと、数日迷ってやっとこの町にたどり着いたこと……を端的に説明した。

大柄な男はここのギルド長で、名前はロキという。

彼はおおよその事情を察したようで、大きくため息をついた。

俺はそれに合わせて謝罪を述べる。

「ご迷惑をおかけしました。善かれと思ってやったんですがね……思いっきり裏目に出てしまいました」

「ふん……まあいい。それにしてもその……」

彼は何か言いかけたが途中でやめた。

「タラン、あとは任せる」

そう言って部屋を出ていった。

ちらっとスマホを見ると時刻は19時半。

さすがに今日はもう話をできる雰囲気じゃない。

俺もう死体画像は見たくないし、とっととすぐに消してしまおう。

東門の隊長も言っていた……冒険者が森で死ぬのはよくあること。この世界ではその程度のことなのだ。

とっとと退散しようとすべく彼らに頭を下げてギルドを出る。

が、すでに日が落ち辺りは真っ暗。宿がどこにあるのかわからない上に当てもない。

再び戻って図々しいお願いをする。

「あの～一つお願いがあるんですけど……」

「何です？」

「どこか宿屋を紹介してくれませんかね？」

あんな事があったにも拘わらず、親切に宿屋までの簡単な地図をいただいた。

手際がよかったので、この手の案内はよくあることだろう……とにかく助かった。


「……ここかな？。『白い鳩の宿』」

ドアを開けると鈴がチリンとなる。

すぐに奥から宿の従業員らしい女性が出てきた。

「いらっしゃい。泊まりかい？」

「ええ。冒険者ギルドのタランさんに紹介されて来ました」

「はいはい」

女将さん然とした……恰幅のいい女性である。

ギルドの紹介ってことで温和な対応な気がする。

「一泊小銀貨一枚、食事は一食小銅貨二枚」

「えっ」

思いっきり焦る。お金のことをすっかり忘れていた。

こちらの通貨は亡くなった冒険者のバッグに入ってた四人分のお金をパク……頂戴したものだ。

革袋を開くと、やっぱり銀貨など入っていない。

慌てて小袋の通貨をテーブルにバラバラっと広げる。

彼女はスッスッと大きな銅貨四枚を指でよける。

「食事はどうします？」

「もちろんお願いします」

さらに小さな銅貨二枚をよけると、食事券と部屋の鍵を渡してくれた。

「食堂は隣だから」

そう告げると奥へ行こうとした。

「あ、あの……体を洗いたいんですが風呂はありますか？」

女性はキョトンとした表情だ。

「フロ？　何だいそりゃ……体を拭くならそこの水場で頼むよ」

「水⁉　……マジか！」

その言葉にショックを受け、がっくりした足取りで部屋に入る。

風呂なし文化の国に飛ばされたことにショックを受け絶望して思わず目を閉じた。

ベッドに腰かけて心の中で絶叫した――

お風呂ないんかぁあああああああああい！

気を取り直して食堂へ行き、テーブルに着いて給仕の女性に食事券を渡す。

しばらくするとトレーに乗った食事がやってきた。

『サラダ』『たぶんトマトベースのポトフ』『黒っぽい丸パン』

コンビニ弁当以来のまともな食事に感激して顔がにやける。

まずはポトフを一口。

「…………うっす！」

出汁が薄く塩味がする程度……あと胡椒が利いてない。飽食の時代から来た日本人には少し物足りない。

けれど久々の汁物で体は正直に喜んでいる。

次にサラダを一口。

「…………すっぱ！」

酢がかかっている。数日酸味を味わってなかったので強めに感じたのかもしれない。

パンを手に取る。

「…………かった！」

これはめちゃくちゃ硬い。結構強く力を入れて半分に割るとメリメリと音がする。

周りの人をチラ見すると、平気でパンをそのまま頬張っている。

嘘だろ……こんな硬いパンを噛めるのか。みんな歯と顎が頑丈なんだな。

俺がやったら確実に顎を痛めるな。

仕方ないのでポトフに浸けてから食べよう。

やれやれ、やっとまともな飯にありつけた。

食後、部屋に戻ると久しぶりのベッドに顔がほころぶ。

とはいえこんなことで喜べる今の自分の境遇は、相当つらい立場にあると思い知らされる。

腹も満たされ、どっと疲れが出てきて眠い。

一日中歩き続け、その最後にやらかして精神的に参っていた。

もはや何も考える気が起きず、そのまま眠りについた。

騒動後のギルド長室――職員の会話

ティアラ冒険者ギルドのギルド長室。

タランが先ほどの騒動の経緯を報告に来ていた。

「彼はどうした？」

「宿を紹介してほしいと言われましたので『白い鳩の宿』を紹介しました」

ギルド長は深いため息をつく。

「タラン……あれは何だ？」

「私にもわかりません。見たことがありません」

彼は首を振る。

ギルド長は先ほどの出来事を思い返す。

「スマホ……といったか。風景を切り取って写真にする道具だと」

「まるで本物の死体を見たようで……正直いまだに信じられません」

二人とも、その旅人が話していた内容がまったくわからない。

「どこの国の人間と言っていたか……」

「えーと……ニ…ホン、だったかと」

「聞いたことない国だ。おまえは？」

「いいえ」

ギルド長は腕組みをし、再び深いため息をつく。彼が何か騒動を起こすのではないかと懸念していた。

「彼は今後どうすると？」

「特に何も。報告に来たとしか言ってませんでしたので……」

タランは彼のことが気になっていた。

服装、物言い、きちんとした立ち振る舞い……あれで庶民なんだろうか。

談話室で見たあの不思議な道具――

旅の途中なのだろうか……どこへ行くのか聞いとけばよかった。

まあ宿泊場所はわかっている。明日の朝早くに訪れてみよう。

コンッコンッ
突然ドアをノックする音がした。

「どうぞ」

「失礼します」

女性がギルド長室に入室する。

彼女はタランを気にする様子もなくそのままギルド長へ書類を手渡す。

「ロキ、商業ギルドからの書類、それと先月の収支報告です」

「ご苦労」

彼女は二人を交互に見やり、いつもと違う雰囲気を感じ取る。

「何かありました？」

透き通るように輝く金髪、色白で容姿端麗、彼女の顔には特徴的な笹葉のような耳が付いている
――

エルフである。

彼女の名はティナメリル――ここの副ギルド長だ。

「うちの配達依頼を受けた新人冒険者が森で亡くなった……という報告を受けたんです副ギルド長。その報告に旅の方が来られたんですが、その方が見たことない道具を出されまして……それでちょっと――」

「知らんか？『風景を切り取って持ち帰る魔道具』のようなものを……ティナメリル」

タランとロキの説明は要領を得ない。

「言っている意味がわかりませんよ」

「だろうな。わしも言っててよくわからんからな」

タランが副ギルド長に経緯を説明した。

「……要するに死体が入っていると勘違いして、騒ぎになったということですか？」

「ええ、ただその道具――魔道具だとは思うんですが、見たことないものだったので興味というか懸念というか――」

写真というものを見てない彼女には、死体が入っていると勘違いしたと言われてもまるでピンと来ない。

「結局勘違いだったのならいいじゃないですか」

冷めた物言いに彼らもそれで話を切り上げた。

異世界で就職

ドンドンドン、ドンドンドン
ドアを叩かれる音で目が覚めた。

気づくとスマホにセットしてたアラームが鳴っていた。

時刻は8時過ぎ。久しぶりのベッドで寝過ごしたみたい。

「は…はい！」

返事をしてアラームを止める。

ドアを開けると、昨日の女将さんが不審そうな顔をして立っている。

「この部屋から気味悪い音がしてたんだけど、何だい？」

「あ〜〜……」

アラームのことだ。

「目覚まし用のアラームをセットしてたんですが、気づかずに寝過ごしちゃってまして……」

すぐに話が通じていないことに気づく。

「時間通りに起きられるように音が鳴る道具がありまして……それが鳴ってただけです。ここのベッドが気持ちよくて気づかずに寝過ごしてました」

悪気はなかったという顔をして謝ると、気をつけてちょうだいと戻っていった。

早朝からやらかしである。

実は当たり前すぎて今朝まで気づかなかった事がある。

異世界に来たのに時刻がスマホの時計とほぼ同じである。

これは経度が同じ地点にいるということを意味している。

地球で七月だった気候と同じぐらいこの地も暑い。なのでおそらく緯度も同じと思われる。

つまりここ――場所的に日本列島かもしれないと考えられる。飛ばされた座標は一緒じゃないかな。

ただし人種は欧米人か白人系――確実に大和人じゃない。それを考えると日本列島かどうかは怪しい。

世界地図があるなら見てみたいものだ……あるとは思っていないがな。

洗い場に行くと二人ほど先客がいた。

一人は素っ裸で水を被って体を拭いていて、もう一人は腰にタオルを巻きナイフで髭を剃っている。

井戸のそばで素っ裸で洗う世界か……つらすぎて泣きそう。

五日も歯を磨いてなきゃ髭も剃っていない。ちゃちゃっと服を脱ぎタオルで体を拭く。下半身は念入りに。

ほぼ室内オンリーの生活をしていた俺はまったく日焼けしていないので肌が白い。

対して彼らは実によく日に焼けている。比べて恥じる必要はないがやはり恥ずかしい。

さっさと体を洗って部屋に戻る。

さて、俺の荷物には生活用品がまったくない。

買い物をしたいと女将さんに話し、雑貨街を教えてもらう。

朝食はどうするか聞かれたので、外で食べると言って宿をあとにする。


雑貨街に行く道中、料理屋台がいくつか出ている。

そのうち鉄の串に刺した串焼き肉がおいしそうだったので買ってみる。

一本で大鉄貨二枚。少し考えて小銅貨を渡すと二枚の大鉄貨が戻ってきた。

「大鉄貨四枚で小銅貨一枚、宿は大銅貨四枚が小銀貨一枚だった。おそらく小銅貨四枚で大銅貨一枚だな。四進法か」

そんなことを考えながら食べる。香辛料の臭いがキツかったが、久しぶりのジューシーな肉が嬉しい。

雑貨街を見て回って、シャツとズボンを一着ずつ、下着は二着購入。パンツスタイルで安心する。

髭剃り用っぽいナイフを見かけたが大銀貨とか書かれてたので無理。

見ると露店で髭剃りをしている人がいた。

ボロボロの薄汚れた木板に『小銅貨一枚』と消えそうな字で書いてある。

「うーん……」

さすがに躊躇する。

タンクトップに半ズボンの痩せたちょび髭おやじ――信用するには勇気がいる。

しかしいい加減髭がうっとうしい。正直怖かったが意を決して剃ってもらおう。

作業中不安でずっと目を開けていた。

ところがびっくり、ものの数分で剃り終わった。

手際のよさに衝撃を受ける。

思わず顔がほころびサムズアップ。剃り師もニヤリとサムズアップ。

このオヤジ、ノリノリである。


少し歩くと川に出た。

橋の上で川面を眺めながら一服する。橋から少し行った先は冒険者広場らしい。何組かのテントが見える。

いかにもな雰囲気に、ホントに異世界なんだなと途方に暮れる。

まだ宿に泊まれるお金はあるが、稼ぐ手段をどうにかしなければならない。

そんなことを考えていたら……少し外れたイントネーションで俺の名前を呼ぶ声がした。

「……ズキさん！　ミッタライミズキさん！」

振り返ると、昨晩ギルドであった男性だ。名前はえーっと……。

「……タランさん！」

彼が手を振って駆けてきた。

吸ってたたばこの手を止め、黙って会釈する。

「宿の女将さんから雑貨街に行っただろうと聞いて捜してました」

たばこを消して携帯灰皿へ。

もう日本じゃないのでポイ捨てしても文句は言われない。

けれど肩身の狭い思いで吸ってた習慣は簡単には抜けず、異世界に来ても律儀に環境に配慮して吸っている。

「どうしたんです？」

「もう一度ギルドへ来ていただきたいんですが」

「なぜ？」

「いただいた薬草の報酬が確定しましたのでお支払いしたいと……」

「それは別にいいと言ったはずですが……」

昨日の出来事があったせいで正直関わりたくなかった。

たしかに最初は報酬をもらうつもりだった……しかし昨晩の件で売却を申し出る気も失せ、詫び料代わりに置いてきた。

得体のしれない不審人物として何されるかわからなかったし……さっさと逃げたかったのだ。

ところが彼は追ってまで払いたいと言ってきた。

俺はあまり人の裏を読む能力はない。しかしその俺でもこれは別件があるなと感じる。

おそらくスマホの件だろう。

「少しは足しになりますし……」

そう言われるとさすがに引かれる。

路銀が少ないのも事実。ナイフも買えなかったし、森に迷ってここに来たという話もしたしな。

手持ちの少なさを読まれたか……。

「………わかりました」

こうしてまたギルドへ行くことになった。

ギルドへ向かう道中、案の定こちらの素性やスマホについてあれこれ質問してくる。

特に隠す必要もないので素直に答えた……素直にね。

「ニホンでは何を学ばれてたんですか？」

「情報工学です」

「それは何ですか？」

「スマホみたいなものを作ったり、動かすアプリを開発したりする人材を育てる学問です」

「ミズキさんもスマホ作れるんですか？」

「いやいや、学生ですのでまだまだ」

「ではそのうち作れるようになるんですか？」

「いえ、研究が違いますから私は無理ですね」

「じゃあ何を作るんです？」

一瞬間を置くと、前を向いたまま自分が研究していた卒業論文の内容を話す——

「AIを運用するための新しいプログラミング言語の開発と、それを用いた株式投資の自動売買システムの構築をテーマに卒業論文を書いてました。でもずっと麻雀やネトゲで遊びまくってるので全然進んでなくて、教授が激おこでした」

そう言って笑ったあと、少し意地悪い顔で彼を見やる。

「私の言ってること……全然わかんないでしょ」

「……ええまったく」

彼は観念したのか、あとは他愛もない話をしながらギルドまで向かった。

ここまででわかったこと――

俺の言葉は話す相手――今だとマール語に翻訳されている。

すべてではなく、写真という単語のようにこの国にない単語は日本語読みのまま伝わっているみたい。

なので今後は相手に内容を伝えるにはなるべく簡易な単語を使うように心がけないといけない。

決して「死体を撮ってきた」だの「実物を見たほうが早いでしょ」などと言ってはいけないのだ。


ティアラ冒険者ギルドに到着。

昨日は暗くて建物全体がよくわからなかった。

今見ると海外の映画でよく見る中世の石造りの屋敷そのものだ。

大きさはそうだな……日本の田舎の町役場といったところか。佇まいも何となく公共機関っぽい雰囲気が漂っている。

タランさんがドアを開いて「どうぞ」と促す。入ると昨晩と打って変わって随分賑やかだ。

昨日のリリーさんの所には客がいる。

隣にはさらに二人の受付嬢がいて、三人とも対応中だ。

髪しか見えないがショートカットのリリーさんが向かって一番右、セミロングの女性が真ん中、ポニーテールの女性が左端だ。

少し離れた左のカウンターでは薬草を手に冒険者が話をしている……買取だろうな。

カウンターの後ろでは算盤を弾いてる数名の職員。その横を書類を手に通り過ぎる職員……と皆忙しそう。

店内では依頼を張りだしてある大きな掲示板を眺めている者や、壁際のベンチに座って雑談している者もいる。

派手さのない服装、コスプレ感溢れる鎧と剣、蛍光灯の明かりなどない低照度の店内――

これがテーマパークだったら満点だな。

「繁盛してますね」

「おかげさまで」

見たまんまの感想を述べると、カウンターが空くまでこの町のギルドについて説明を受けた。

この町、フランタ市には冒険者ギルドが三つある――ティアラ、ヨムヨム、アーレンシアだ。

まずティアラ冒険者ギルド——東地区にある。新人～中堅向け。
個人向けの護衛や配達、害獣駆除や軽量級の魔獣退治を主にしている。町の求人募集や短期就労も扱っているので普通の市民も来店する。

次にヨムヨム冒険者ギルド——西地区にある。中堅～上級者向け。
荷馬車の護衛、複数パーティーでの大規模駆除、大型の魔獣や魔物退治を扱っている。ティアラで経験積んだらヨムヨムで頑張るみたいな感じ。

最後にアーレンシア商業組合——南地区にある。中堅～上級者向け。

商業ギルドが運営しているのでほぼ護衛一択。実力と信用がないと門前払い。ヨムヨムで頑張っていれば、お声がかかる具合だ。


薬草や獲物の買取は、依頼に関係なくどのギルドも常時受け付けている。

なので生活地区で住み分けしていると思っても差し支えない。

俺が発見した冒険者たちは配達依頼の途中だったという。ステップアップの試験だったらしく、亡くなったのは残念だそうだ。

とはいえ彼の口ぶりは、当の冒険者たちのことは知らないみたいだ。

「あれだな……『ハローワーク』と『買取センター』と『宅配便』がくっついてる感じか……」

日本の職種と照らし合わせるとそんな感じだろう。

リリーさんのカウンターが空いたので彼が手で指し示す。

主任を目にした彼女は、その横に俺がいるのに気づいて慌てて立ち上がった。

「あ…あの……昨晩はすみませんでした」

謝罪の声が店内に響き、皆の注目が俺に集まる。

この悪目立ちは地味にこたえるなと思いつつ、大丈夫ですと手で示す。

タランさんは、俺を横目でチラっと見ると、リリーさんに指示を出した。

「昨晩この方がお持ちした薬草の買取査定の結果をお持ちして」

「はい。あ…でも主任、その方は登録をされてませんので、その…規約的にお支払いが……」

彼は「わかってるよ」という意味でこくりと頷くと、俺に冒険者登録を勧めてきた。

「身分証明書になりますんで」

「ん……」

まあ日本でも何かにつけて会員登録はするしな。特に気にすることでもない。

彼女は頷いて登録書類を準備する。

隣にいる受付嬢たちは、前の客の対応をしながらこちらを横目でチラチラ見ていた。

主任がわざわざ連れてきた人物、リリーの何かあったと思われる反応——

昨晩と言ってた……昨晩何かあったのだ。

笑顔で客の相手をしつつ、耳はしっかりこちらの話を聞いていた。

登録書類の最初に名前の記入欄……一瞬戸惑う。

そういや俺が日本語書いたらどう見えるんだ⁉

少し考えて名前を記入する。

「あの……これ読めます？」

彼女はそれを見て「はい」と答えた。

「マール語お上手ですね」

なるほど……マール語を書いてるらしい。でもどう見ても日本語だ。

認識が操作されてる？　それとも空間が歪んでる？

驚きを隠しつつ、興味をそそられる事象に次々と考えが頭をめぐる。

隣のカウンターも空いた様子。笑顔で答える彼女の横顔を隣の二人がじっと見ている。

次いで出身地の記入欄、俺はまたペンを止め考え込んだ。

「事情があるなら空欄でもいいですよ」

「あ……いやそうじゃないです……」

少し考えて『日本』と記入する。

「これ読めます？」

彼女はしばらく見て首を振る。

その仕草を見て確信する。

ウェストポーチから財布を取り出し、一万円札を出身地欄の下に並べて指さす。

「この字と……この紙のここの字……似てるように見えますか？」

彼女が覗き込む。

すると「この機を逃すな！」と言わんばかりに隣の二人も飛んできて、彼女の両サイドから覗く。

タランさんも俺の後ろからヌッと覗き込んでその字を眺める――

『日本銀行券』という字だ。

「……同じように見えます。これが出身地名ですか？」

事情が呑み込めない女性たちはじっと俺を見据える。

「この紙はなんです？」

タランさんが聞いてきたので見上げ、少し自慢気な顔で答える。

「紙幣……日本の通貨です」

一万円札を彼に渡し、リリーさんにも千円札を出して手渡す。

紙幣の質感や図柄の精密さに感嘆して眺めている。

その光景を見て、俺はある事実を認識した。


『使いたい言語は選んで使える』


おそらく何も考えないで使うと、相手にわかる言語を勝手に選択してるんだ。

俺だけだと日本語、誰かを相手にするときはその人の使う言語――ただし日本語を使うと決めれば日本語にできる……と。

とりあえず筆記だけの確認だが会話もおそらく可能だと思う。

試しに日本語で話しかけてみようかと思ったが、意味ないことに気づき止めた。

しゃべる言葉が日本語だとは限らない。

漢字で日本と書いた横にマール語でも日本と書いておいた。

俺は書類に目を通す。

「書けるところだけでいいですよ」

「わかりました」

タランさんは肖像の人物が気になったらしい。

「この絵の人は誰ですか？　国王ですか？」

「あーその人は福沢諭吉、ユキチさんです」

「誰ですか？」

「んーと……すごい学校を造った偉い人です」

ポニーテールの受付嬢が俺の前に身を乗り出す。

「じゃあこの人は？」

「キャロル！」

リリーさんにたしなめられた女性はキャロルさん。リリーさんより若干年下な感じの明るい女性だ。

もう一人の女性はラーナさん。お姉さん然として落ち着いた印象の女性。

リリーさんも含めて三人ともかなり綺麗な女性だ。

「んーと野口英世、ヒデヨさんです」

「じゃこっちが国王？」

「いえ……んーとたしか、人がたくさん死ぬ病気の研究で勲章をもらった偉い人です」

実はノーベル賞候補に挙がった医者だか学者だかって程度しか知らない——天然痘撲滅だっけか？（※違います）

四人とも異国の通貨というものに興味津々。リリーさんの笑顔に昨晩の失態をカバーできたかなと期待する。

書類の記入が済んだのでリリーさんが確認する。書類を職員に渡し、支払いを持ってくるように指示を出した。

なお登録カードは後日になるとのことなので了承した。

タランさんが少々ご相談があると本題を切り出してきた。

まあ薬草の支払いだけじゃないと覚悟してたので了承する——スマホ売ってくれって言ってくるかな。

談話室に通されると彼は単刀直入に切り出した。

「うちで働きませんか？」

「ん!?」

あんな騒動起こしといて勧誘されるとは！

「何でです？」

「立ち振る舞いが理知的だったからです」

彼は昨晩の事を話してくれた。

憔悴した彼女への対応が上手だったこと。マール語が堪能で敬語での対応もできること。

文字が書けて教養がありそうだったこと。すごい魔道具をお持ちで興味を引かれたとのこと。

「魔道具？」

ゲームや漫画でお馴染みの単語が飛び出し即座にゲーム脳が反応する。

笑っちゃいそうなのを隠すために顔に手をやり、悩んでる仕草をしてごまかす。

「違うのですか？」

考えてみればスマホを説明する単語がこの世界にはない。

ちょうどいいので乗っかることにしよう。

「あー……国によって呼び名が違うんだろうと思います。たぶん認識は合ってんじゃないでしょうか」

魔道具——おそらく魔法を使った道具と思われるものが存在することに顔がにやけていた。

それはともかく、就職を斡旋されたのは実に渡りに船だ。

町での職業に就きたかったし、何より安定した正規雇用というのがいい。

俺も四年で就職を考える時期だったから余計にわかる。

それに返事を引き延ばして条件交渉……などという腹芸は俺にはできないしな。

彼が俺の答えを待っている。

まあ……わざわざ追ってまで雇いたいと言ってくれたわけだしな。請われてというのも悪くない。

数秒考えるふりをして受けることにした。

「いいですよ、私も仕事探してたので。……ウィンウィンですね」

彼は首を捻る。

「……何です？」

「『双方にとって満足』って意味です」

俺はにこっと笑った。

ノックの音がして男の人がトレーに乗ったお金と明細書を持ってきた。

「主任、買取の支払いをお持ちしました」

彼はテーブルの上にそれを置くと一礼して出ていった。

トレーの上を見ると銀色の硬貨が数枚見える。

「こちらが明細書です」

いただいた明細書を見ると一番下に大きな字で『大銀貨一枚、小銀貨二枚』とある。

銀貨——などというものを現実に見るのは初めてだったので少々舞い上がる。

「大銀貨！　これが大銀貨ですか」

鋳造（ちゅうぞう）技術は日本の硬貨と比べるまでもなく稚拙。

でもこれ本物の銀だ。初めて見る銀貨に顔がにやける。

同時にこれの価値が気になる。現代換算でいくらだろう？

……たしか四進法だったな。

「四、六、二十四……宿六日分……あっ違うな、四人だから一人一泊半……ん？　思ったより安い
…気がする。あ、でも依頼があったんよな。それ込みならもうちょいプラス……んーでも……」

前日の宿代から報酬を計算する……が、どうも一人当たりがそれほど多くない気がする。

「これ四人だと宿もせいぜい一泊ですね。コスパ……命かかってる割に報酬が少なくないですか？」

疑問を呈すると、彼は冒険者という職種について説明してくれた。


冒険者――居住地を持たない何でも屋。

各地で発生する問題を、依頼という形で引き受けて解決し賃金を得る。

依頼の受付を扱うのが冒険者ギルド、やり取りはギルドと行う。

冒険者になるのは自由、ただし信用も実績も金もゼロ。簡単な仕事から始めて経験を積む必要がある。

駆け出し冒険者は金がない。宿に泊まらないし泊まれない。

ところがそういう人たちのための用意はある。

冒険者用のテント広場とか、屋根と間仕切りだけの簡易宿泊施設だ。

料理も自炊、洗濯や体を洗う水場も用意してあるし、ちゃんと衛兵が巡回もしているので安全。

それに建築や土木の工事現場だと食堂もある。

冒険者相手に仕事を頼む場合、飯と宿が付いている仕事も結構あるのだ。


「そういうことですか」

それと今回は単に採集量が少ないそうだ。

なるほど……おそらく採集中に襲われたのか。

そういえば冒険者広場というところにテント張ってたな。あれは駆け出し冒険者なのだ。

冒険者というのは結局のところただの『フリーター』だ。あちこち仕事を探して移動している連中。安定した定職につくというのが難しい世界なのかもしれない。

ゲームとは大違いだな。

そもそもなぜ『冒険者』と俺の脳は訳すのか……まあ容易に想像はつく。ネトゲの影響だな。

ともかく就職が決まった。

やはり亡くなった冒険者の報告に来たのは正解だったな。

結果的にいい方向に物事が進んだ……素直に喜ぼう。

「ではよろしくおねがいします、タランさん」

「こちらこそよろしく」

早速寝泊まりする場所について聞く。

「ギルドに職員用の宿舎がありますのでそちらを用意します」

「ありがとうございます」

固定職の正式採用ゲットだぜ。

「三ヶ月は仮採用ですが、あくまでこれは規定上仕方ないので気にしないでください」

「あ……仮でしたか」

まあ日本でも最初は見習い期間っていうのがあるし当たり前ではあるな。

そういや給与がいくらか聞いてなかったな……まあ明日でもいいか。

宿舎に案内してもらう。

部屋は二階、ベッドと机とクローゼットのシンプルな内装。広さは八畳ぐらい……俺のアパートと変わらんな。

彼は自分の仕事に戻ると言い、俺は深々と頭を下げてお礼を述べた。

いきなり異世界に飛ばされ、気づいたら就職して宿舎の一室にいるという。

人生何が起こるかホントわからんな……。

ともあれ落ち着く時間もできた。

ひとつ現在の状況を整理してみることにする。

ベッドに腰かけ、スマホのメモ帳に書き出す——

名　前：御手洗瑞樹
能　力：勝手に言語を翻訳（マール語、猫人語）

魔法を使える（風、水、石、土、雷）、無詠唱可（理由は不明）、ただしおでこから出る
（たぶん指輪のせい）

持ち物：地球産
ウェストポーチ、スマホ、ソーラーパネル付きバッテリー、イヤホン、ペットボトル二本、財布、たばこ二箱、ジッポーライター、オイル、筆箱、アパートの鍵、Tシャツ、ジーパン、ベルト、スニーカー、パンツ一枚
：異世界産
リュック、ショルダーバッグ二つ、地図、小型ナイフ、魔法書、シャツ一枚、ズボン一着、パンツ二枚

所持金：大銀貨一枚、小銀貨二枚、大銅貨六枚、小銅貨十二枚、大鉄貨二枚
職　業：ティアラ冒険者ギルド職員（三ヶ月仮採用）

こんなところか。
冒険者ギルドとは人材派遣業、職員はその斡旋をする仕事。
ハローワークか大学のバイト斡旋課みたいなもんだろう。
事務職なら肉体労働じゃない。少なくとも外で野垂れ死ぬ心配がないのはありがたい。
とはいえあの冒険者たちみたいな目に遭わないとも限らない。
町の治安状況もよくわからないし政治体制も不明……絶対に民主主義じゃあないな。

状況がわかるまでは注意深く生活しよう。

バッグの中から魔法書を取り出し、手に取って眺める。自然と顔がにやけてしまう。

魔法だよ魔法！　現代地球人にとってはこれほど興味を引かれるものはない。

空いた時間に練習したいところだが、どこか練習できる場所とかないのかな。街中で石の魔法をぶっ放すわけにもいかないし……。

そういえば火の魔法がなかったな。おそらくあるとは思うんだけど……。

お約束のヒール系もあるのか気になるところだ。

魔法の情報収集はどうしよう……ギルドの職員に聞いたらわかるのだろうか。

興味は尽きないが、まずは人付き合いからだ。

不審がられてもいけないし、当面は魔法のことは内緒だな。使えることがいいのか悪いのかも現状わからない。

それにどうも……指輪の力がすごい。

石弾は食らわせたら確実に人が死ぬ威力……むやみに使えない。街中じゃ絶対禁止だ。

しばらく対外的には――

『魔法書は拾ったので読んでいるだけ』

ってことで通すことにしよう。学生だしな。

二階の部屋の窓を開け、外を眺めながらたばこを一服する。

電気もない、水道もない、ガスもない、車もない、ＰＣもない、ネットもない。

先行き考えると不安で発狂しそう。

ホームシックの子供じゃないが、早くお家に帰りたい。

頭に吸い込まれた指輪を外せれば帰れるというが……可能なのか⁉

んなことを考えてたらカポッカポッと音がする——

見ると下の通りを馬車が通り過ぎていく。

「蒸気機関から内燃機関までは遠いなー……」

とあるシミュレーションゲームの技術ツリーを思い出す。

車は何百年先かな……と苦笑いしつつ、吸い終わると窓を閉めた。

就職決定後のギルド長室——上司の会話

業務終了後のギルド長室。

「彼を雇いました」

「そうか」

ロキギルド長は、タランの報告に少し驚いたが反対はしなかった。

「得体の知れない奴だが興味を引かれたか。やはりあの箱か？」

「最初はそうでしたが、話をしたらその……すごかったので」

「何だ……すごいって」

彼は勧誘後の会話の内容をわかる範囲で説明し、ギルドで見せてもらった紙幣の話をした。

「ん？　紙の通貨？」

「はい。紙の通貨です」

ギルド長は書類を一枚摘まんでひらひらさせる。

「紙ってこの紙か？」

「はい。その紙です」

「見たのか」

「実際に触りました」

ギルド長は紙が通貨になるという意味が理解できない。紙は破れるし燃えるし、濡れると字も滲んでしまう。

「あれじゃないのか？　借用証書とか……そういう支払い代行の書類を見せたとか……」

「いえ……これくらいのサイズの紙に人物の絵が右に描いてありました」

両手で括弧を作って大きさを示す。

「人物って国王か」

「いえ。それが……学校を造った人物と、病気の研究をした人物だそうです」

「……学校？　……病気？」

「違う色の紙幣を二枚見せていただきました」

ますますわからず困惑する。色が違うとはどういう意味だ⁉

「王族ではないのか」

「国王ではないと言ってましたがわかりません。偉い人……とは言ってました」

ギルド長は腕を組む。

「病気の研究で肖像……か」

「たくさん人が死んだ病気の研究だそうです」

「ふぅん……」

通貨の肖像になるというのは王族以外にあり得ないだろう。

ギルド長は自分が知っているいくつかの大事件を思い出そうとした。

「……ダイラント帝国で発生した病、あれはたしか古代魔法の暴走が原因だったな」

「遺跡調査で起きた事故でしたか。体が朽ちて辺り一帯の村が全滅したとかいう……ですがそんなすごい病気というのはさすがに――」

彼は言いかけて思い出す。

「そういえばその人物は勲章をもらったと言っていました」

「ふぅむ……帝国では解明できずに情報隠蔽しようとした病だ。まあ結局漏れたがな」

「ではニホンではその病気を解明したと？」

「……じゃないのか？」

勲章もらって肖像となると、国を救うぐらいの功績があって王族と結婚……このルートだろうな。

ギルド長は考えるように目線を上にする。

「王都の魔法学校は王立だな」

「はい。――あっ、たしか…すごい学校と言っていました」

「ふむ……王立の魔法学校に匹敵するかそれ以上なんだろう。古代魔法を解明した人物も当然その学校の関係者……最高位の教授とかだろう」

「おぉー！」

タランは思わず感嘆の声を漏らす。

「彼は学生だという。あの小箱を作る学校――王立に匹敵する学校……間違いなくそこの出だろう」

彼は道中に聞いた話がさっぱりわからなかったことを思い出していた。

「もしかして彼はその肖像の人物達と懇意なのでは？」

「懇意って……王族ってことか？」

「さあそこまでは。でも物言いや態度は庶民じゃあないかと……」

二人はまた押し黙った。

コンッコンッ
突然のノックに二人はドキッとしてドアに視線を移す。

「どうぞ」

「失礼します」

ティナメリル副ギルド長が顔を見せた。

彼女はタランとロキの密談の様子を見て、またかという表情をする。

「今度は何です？」

「タランが昨日言っていた人物を職員として雇ったそうだ」

彼を一瞥すると、興味なさげに向き直る。

「そうですか。ロキ、決裁処理をお願いします」

「わかった。あとで見とく――」

「あとで⁉」

机に置いた書類を左端にやる仕草を見て一喝する。

彼女の威圧にギルド長は言い直す。

「あーわかったわかった。今、見る見る！」

宿題やってなくて怒られた子供のように書類に目を通す。

「なあティナメリル……紙の通貨って見たことあるか？」

彼女はギルド長の質問に固まり、しばらくして首を傾げた。

タランは黙っていた。

ところが彼女がゆっくり自分に向いたので慌てて指で大きさを示す。

「これくらいの紙に肖像が書いてある通貨です」

彼の手をじっと見つめ、興味なさげにロキに向き直った。

「知りません」

「そうか」

小言を言うティナメリルでも紙幣を知らないことに意味もなく勝ち誇り、書類の決裁を通した。

経理を担当する

翌日、俺はタラン主任に新入社員として紹介される。

ギルド店内で朝の朝礼。

「御手洗瑞樹です。瑞樹と呼んでください」

主任の横に並んでギルドの職員に挨拶……ところが職員は八名しかいない。

人数が少ないことを主任に聞いたらすぐに教えてくれた。

「朝礼は部門ごとなので」

言われてみると、昨日買取のところにいた男性も、薬草の代金を持ってきた男性もいない。

朝礼も毎日やるわけじゃなく、必要であれば適宜やるスタイルだそう。実に効率的。

しかも始業も8時から9時の間に準備できてたら開けるという適当さ。

この国のアバウトさに少し面食らう。

受付担当は女性三名。

年長順にラーナさん、リリーさん、キャロルさん。

ラーナさんは黒紫のセミロング。たれ目で見た目おっとり系お姉さん。

リリーさんはベージュのショートカット。利発な女子大生といった雰囲気が漂う。初見で泣かせてしまった俺は心象マイナスだ。

キャロルさんはミルキーブロンドのストレートポニーテール。元気っ娘でとても明るい。ギャルっぽいと思うのは失礼かな。

個人的な印象だが、三人ともミスキャンパスとかに出たら必ず優勝するレベルの美人。

女性免疫おこちゃまの俺には笑顔が眩しすぎる。しばらく照れまくりだな。

経理担当は男性三人。

イケメンのガランド、小太りのロックマン、細目のレスリー。何だか三人お疲れの様子。

購買担当が男女二名。

マッチョの大男オットナーさん、彼を尻に敷いてそうなミリアーナさん。まんま海外プロレスの選手とマネージャーコンビだ。

タラン主任は店頭の統括。買取部門の統括も兼ねているのでそっちに行っているときもあるとのこと。

ロキギルド長はここの二階にいて一番偉い人だ。

なおギルドの三階は宿泊用の部屋である。

本館の裏には、副ギルド長が統括している別棟がある。ギルドの財務関係を扱っている部署だとのこと。

ちなみに別棟が元々ギルド本館だったそうで、今いる建物が新館なんだそうだ。

思わずギルドの店内を見渡す。

ここもだいぶ古い建物に見えるんだがな……別棟どんだけ古いんだろう。

しかも何と副ギルド長はギルド長より古株だそうだ。

長年ギルドに仕える執事的な立場かなと想像する。

主任は「近いうちに紹介します……」と何やら含みがある言い方、表情もうっすら笑みを浮かべている。

どうやらすごい人物のようだ。

ギルド長があれだったんで、次は見た目が怖くない人を期待したい。

ちなみに主任が俺の名前を呼ぶイントネーションは『ミズキのズ』にアクセントがくる。

アメリカ人が日本人の名前を呼ぶイントネーションだ。

他のみんなは普通に『ミズキのミ』にアクセントがくる。主任だけ違うのが不思議で仕方がない。

まあ直らない人は直らないよな……失礼だろうから指摘はしないけどさ。

初日の就業開始。主任からいきなり質問を受ける。

「計算はお得意ですよね？」

「どの程度を求められるのかわかりませんが、普通に足し算引き算はできます」

そんな話は一度もしていないのに確信を持っている様子。

あーでも勧誘されたときに計算して見せたな……そのせいか。

ということで経理を担当することになった。男性三人と同じ仕事である。

店内から見て受付嬢の左斜め後ろに四人一塊で島を作って作業している。

島は受付に対して横向き、キャロルさんに一番近い位置がレスリー、彼の正面がガランド、右隣がロックマン。

見るとロックマンの前が空いている——

そこが俺の席だ。

経歴順はガランド、レスリー、ロックマンとのこと。

肩書はないが、ガランドが経理のリーダーだ。

実は一ヶ月前までもう一人いた。残念ながら諸事情でやめてしまったのだそうだ。

折り悪くベテランさんだったようで、若手三人残されて業務が滞り気味らしい。

それでお疲れの様子だったのか……。

「算盤は使えますか?」

渡された算盤には珠が十個ある。

この国の通貨は四進法だったはずなのに珠は十個……それ十進数用じゃないのかと首を傾げる。

「うーん……私が知ってるのと違いますし、そもそも算盤使わないですし……」

「初日なので気にせず、ゆっくりやってください」

主任はあまり気にしない様子で書類の束を俺の机に置く。

そう言い残して自分の席に戻った。

経理の三人は、「わからないことは聞いてください」と親切に言ってくれた。

まず通貨についてガランドに質問すると、俺が異国の人だと今更気づいた様子。

言葉がまるで違和感ないなと褒められた。

俺から銅貨と銀貨の枚数の話を切り出すと、理解していることに驚かれる。

要するに四枚で一つ桁が上がるというわけ。やはり四進法だ。

足し引きの各項目の意味を聞きながらしばらく手計算で行い、合っているかのチェックを見てもらうとOKだった。

「うーん、パソコンが欲しい……」

思わず愚痴る。つらい……本当につらい。

文句を言ってもしょうがない。筆算で計算しよう……高校以来だ。

三人が珍しそうに視線をよこす。

筆算が珍しいのかな……と、すぐに原因に気づいた。

『この国って数字なの？』

ローマ数字、漢数字、ゼロの概念はあるのかどうか……自分は普通に数字で計算してるが、彼らにはどう見えているのだろうか？

おそらく数字がわからないのだな。それで不思議そうに見てるわけだ。

筆記具は羽根ペンとインク……マジマジとペン先を見る。

なるほど……羽根先切って万年筆の要領で使うのか。勉強になるなー。

高校の頃にモテたくて万年筆を買い、学校で使ってまったく注目を浴びずにすぐ止めた痛い思い出がある。

まさに中二病だったな……。

紙にペン先を当てて感触をたしかめる。

金属じゃないから力入れ過ぎるとバキッと折れるなこれ……冒険者登録のときにも思ったが、力加減が難しい。つらさに拍車がかかる。

ボールペンは持っているのだが、どうせ慣れないといけないのだろうと我慢して使う。

しばらくして筆算で一枚使ってしまった。

そういえば紙の価値はどの程度なのだろう……。

周りを見ると、紙自体は普通に流通しているように思える。通路の棚には紙が積んであるし、冊子が詰まった本棚もある。

が、紙の無駄遣いがいいわけない。初日だし慎重にいこう。

ウェストポーチから筆箱を取り出す。

計算は鉛筆で記述、済んだら消しゴムで消して紙を再利用する……という形にしてみよう。

なおウェストポーチは今までの肩掛けでなく、仕事中は本来の腰――自分の正面腹の下にしている。

俺が使っている道具に気づいた三人は、文字を書いては消している作業に驚く。

「……それは何ですか？」

俺のする作業が気になったようで、正面のロックマンが聞いてきた。

「鉛筆と消しゴムです」

「インク使わないの？」

「使いません。黒鉛で書いてゴムで消します」

「消せるんですか？」

「ええ。だから公式文書には使いません。サインとか消せちゃいますから」

レスリーとガランドも文字が消える様子を不思議そうに見ている。

三人とも先輩なのにめっちゃ敬語。タメ口でよろしくてよ……。


一日目の終わり。

主任は瑞樹の退社後、ガランドに様子を聞く。

「どう？」

「そうですねー……」

机の書類の束を見ながら答える。

「異国の人なのにこの国の通貨について知っていたのと、計算がとてもできる人のようなので安心しました」

済ませた書類の束は一番遅いロックマンの半分といったところ。

「初日でこれなら十分でしょう。すぐ追いつきますよ」

主任はふむふむと頷いている。

「ただ――」

ガランドが不思議そうな表情を浮かべる。

「算盤使わないいんですかね。手書きで何か……図を描いて計算してましたから」

「図？」

「はい。でもそのうち何か字を書く程度になって、終わり頃はあまり何も……かなり計算速かったです」

主任は『計算で図を使う』という意味がわからなかった。

「図って何です？」

「あー……書いてた一枚は持って帰ったみたいでここにはないです」

「一枚？」

ガランドは鉛筆と消しゴムについて説明した。

「それが……書いた字を消してました」

「ん？」

「字……消してました」

主任は彼の説明に、まだ知らない道具を持っているのだなと興味が湧いた。

二日目業務開始。

俺は席についてウェストポーチからスマホを取り出す。

「あっ」

目にした見たリリーさんが小さく呟く。

その声に動きが止まる。あーやっぱりスマホはまだ怖いのかな……でもさすがに誤解はもう解けてるよね？

素知らぬふりで、机の上に置く。

隣の二人がリリーさんに顔を向ける。

しまったと口に手をやる彼女を目にし、すぐに俺に向く。

リリーさんと主任以外はスマホは初見。当然彼女を泣かせた話も聞いてはいないだろう。問われたらしゃべるかなー……。

心臓がドキドキした。

経理の三人は俺の仕事ぶりについて特に何も口にしない。

算盤使わずにめんどくさい筆算で計算していたのが不思議な様子だったぐらい。

幸い計算に関しても指輪の翻訳が活躍してくれている。数字に関しても普通に扱ってよさそうだとわかった。

今日から本腰を入れて仕事をしていこう。

ということで俺は『電卓アプリ』を起動する。

昨日持って帰った紙に、各通貨を十進数に直した表を作ってきた。なのでそれを見ながら電卓で計算していく。

小鉄貨を4の0乗——1とすると、大銅貨は4の3乗——64、大銀貨は4の5乗——1024
……というわけ。

十進数に変換して総数算出後、再び四進数に直して通貨に戻す。

手間だけどまずはこれでやってみる。

すぐに右隣のガランドの視界にスマホが入る。途端、目を皿のようにして硬直する。

見たこともない道具……それ道具なのか？　そんな顔つきである。

上目でチラっとこちらを見たロックマンも一瞬で固まる。そのまま隣のレスリーを突いた。

レスリーは何かとロックマンに向くが、彼が固まっているのを見て俺に向く。

右手で何かの小箱を叩く俺の姿を目にすると、中腰姿勢でスマホを凝視した。

「それ何？」

「ん？　……スマホの電卓です」

ロックマンの問いに顔を上げ、彼らが聞いたことのない単語を告げる。

「これが数字で……ここ叩いて入力するとここに結果が表示……あでも進数が違うんで四から十にして……」

ガランドは口元に手をやり、俺とスマホを何度も交互に見やる。

ロックマンは机に手をついたまま口を半開き、レスリーはチベスナ顔……わからなすぎて表情筋が死んでいる。

俺が顔を上げると、何一つわからない説明に、三人とも頷きながら席に戻った。

どうやら表示されてる文字がニョキニョキ動く様に言い知れぬ恐怖を感じたらしい。

なお主任はこのときの様子を後ろから目にしていたが、黙って戻る彼らに特に問題はないのだなと安心して気にしなかった。

三人はその後もちらちらこちらを見やりながら、業務終了まで特に何も聞かなかった。


二日目が終わると、すぐに三人は主任のところに直行した。

「主任！　あれ何です？　彼何です？」

連れてきた主任なら何か知ってると思って聞きに来たのだ。

始業から『得体の知れない小箱』を叩いていた彼に理解が及ばなかったからだ。

しかし主任もわからない。彼はあの道具を『シャシンを作る道具』としか知らないからだ。

「タタタッてしては紙に書き、またタタタッってしては紙に書き、気づいたら一束終らしてました」

「デンタクって言ってたか？」

「もう紙に図は書いてなかったな」

主任もわからないと答え、あれは彼が持っている魔道具だと告げた。

「「「魔道具……」」」

その言葉に三人は絶句した。

それならわからないのも道理だ……と納得する雰囲気も漂う。

処理済みの束は一番速いガランドより少し多い程度。昨日とは雲泥の差である。

それに彼は時折り手を止めては何かを考えていた様子……その際何かぶつぶつ呟いていた。

耳にしたガランドは、何を言っているのかはまったくわからない。

「彼……『セル』とか『マクロ』って言ってたんですが、主任何か知ってます？」

主任は俺に聞くなとばかりに口を真一文字に結んだ。


三日目業務開始。

早速スマホを取り出し、今日は『表計算アプリ』を起動する。

二日分の処理で科目をおおよそ理解した。なので昨晩簡単な表を作成してみたのだ。

まず依頼の種類ごとにシートを作成。

討伐なら害獣名、買取なら素材名を行の一番端のセルに記入する。

列の一番上に頭数や個数、状態の評価を設定し、各セルに数字を入れれば各通貨の枚数で表示される。

未設定の科目が出ればその都度調べ、セルに追加していく。

合計金額からギルドの手数料、源泉徴収の税額などを自動で差し引き、支払う金額を求める。

またこれとは別に『四進数電卓』の代わりになるシートも作成した。

各通貨の枚数を入れるだけで、繰り上げや繰り下げが自動で行われる。

たとえば小銅貨のセルに56と入力すれば、結果欄の小銀貨のセルに3、大銅貨のセルに2と表示される仕組みだ。

配達依頼や荷物運び等の単純作業の報酬算出、または購買の売上計算に使う。

必要なら当日処理分の全合計を見ることも可能。どの系統の依頼がどれくらいの売り上げを占めているかも一目でわかるようにした。

ちなみにこの国の計算もちゃんと十進数、通貨だけ四枚で次に繰り上がる仕組みだった。

それでは書類を取り出し作業開始。

いきなり戸惑う――

スマホでは画面が小さすぎる。

実際何度も拡大縮小をしなければならず結構つらい。まあ昨晩の時点で何となく察していたことではあるのだが……。

「打ちにくー！」

「小っちぇー！」

「キーボード欲しー！」

気づかずに独り言を口にしながら作業していた――『パソコン使う人あるある』である。

ソフトの使い勝手や挙動について、独り言をぶつぶつと口走る。

しかもたいていは悪態や舌打ち……ところが今回は楽しそうに笑っていた。

というのも、科目毎に作ったシートより、四進数電卓のシートが思いのほか便利だったのだ。

その結果、作業効率が大幅に改善され一束の処理が大幅アップ。速いと三分ぐらいで済むようになった。

初日が十五〜十分、二日目が十〜七分ぐらいだった……処理速度アップは明白である。

昨日の電卓使用時に彼らのペースを見ていたので、真面目にやったら大差がついてしまうな……と思っていた。

なので少し手を抜き、依頼の内容を読むなどして時間稼ぎを多少なりともしてみた。

それでも算盤と表計算アプリ……馬車と車並みに速度が違う。

結局自分の担当分は終わってしまい彼らの分を回してもらう。ところがそれも片付けてしまい、四人揃って終業前に暇になった。

俺は主任に「ちょっと……」と、別室に呼ばれた。やりすぎちゃったかな……。

三日目の終わり、片付いた書類の束を主任と経理の三人は眺めている。

「昨日よりさらに速かったんですが……」

「何か笑ってましたよね」

「すごい魔道具ですね」

主任は口元を手で押さえながら動揺を隠していた。

彼はおそらくできる人だろうと思っていた。しかし毎日意味不明なことをする人だとは思わなかったのだ。

ガランドも呆気にとられていた。

「遅れてた分、全部片付いちゃった……な」

ロックマンとレスリーがガランドに聞く。

「確認したんだよね？」

「見たのは全部合ってた」

その答えに二人は言葉を失う。

二日目もすごかったが今日はもうそういうレベルではない。

「昨日みたくタタタッてしてなかったです。何か……何というか……親指と人差し指で何か描いてるような……」

「見る見るうちに書類減ってったな」

「怖くて何してるか聞けなかったよ」

「昨日のデンタク……じゃないのかな」

「いや、同じ道具だったよ……」

三人は口々に感想を述べる。

主任は「あれはシャシンも作れるんだよ」と言おうとしたが、混乱するだけだなと思い言わなかった。

「どこの国の人でしたっけ？」

「ニホンという国だ」

ガランドの質問に主任は答え、その国のすごい学校の生徒だという話をした。

「とにかくすごい人連れてきてくれてありがとうございます」

「あの書類の束が片付くとは思ってませんでしたしね」

「主任！　やめさせないでくださいね」

彼らは溜まっていた書類が片付いて歓喜していた。


四日目の業務開始。

朝早くから依頼の受付や冒険者登録希望の人などで受付は慌ただしい。

経理組も書類は他にもあり、引き続き算盤を弾き始める。

しかしみんなの意識は新人職員の俺に向いているのを感じる。

『今日はこの人何をしでかすのだろう……』

そんな思いだろう。

しばらくして主任がやってきた。手には何やら書類をどっさり抱えている。

木の板ではさんである書類の束を俺の机にドサッと置き、さらに冊子を数冊置く。

上に見えた二冊は『運賃一覧』『素材価格一覧表』とある。

書類の板には『○○見積書』『○○行程運賃算出に関する依頼書』などと記されていた。

俺はそれを見てギョッとした。

「ちょ……何ですこれ⁉」

「ミズキさんには今日からこれをやってもらいます」

「はい⁉」

書類をペラペラとめくる。

それは各荷馬車の大きさや価格、会社ごとの運賃、運送規模や運搬量、通過する領ごとの手数料および税負担、手配する人件費、護衛費用、過去の派遣依頼時の参考資料など――

昨日の業務とはまったく比べ物にならない難易度の高い内容である。

「いやいや……こんなんわかりませんよ！　経理の勉強してませんし……畑違いですよ！」

量も多いが仕分けも多い……何だこれ⁉

そもそも領や国に納める税や通行手数料の取り扱いなどは、この国の制度も知らない人間がやることではない。

経理の三人はおおっと驚き、笑みを浮かべている。

「これ国に精通してる人がやるやつですよね……どうしたんです？」

「財務から練習用にもらってきました」

「練習⁉　練習って何？」

俺の慌てっぷりに受付の彼女たちも面白そうにこちらを向く。店内の客も一体何が始まったのかと成り行きを気にしている。

「あまり深く考えずに勉強だと思って……勉強、得意でしょ？」

「なっ……」

お客様モードの対応が終わった訓練教官みたいに一気に難易度を上げてきた。

実は昨日、別室に呼ばれた際に、初日からの仕事っぷりを根掘り葉掘り質問された。

特に、表計算アプリには度肝を抜かれた様子で、実際にスマホで動作する様を見せたら食い入るように魅入っていた。

それで今日のこれか……というわけだ。

やはりもっと手を抜くべきだったなと悔やむ。

しかしそこは理系学生の性というか、問題があればそれをいかに効率よく解決するかを考えずにはいられない。

やっちゃったなー……。

ため息をつきながら冊子を仕分けしていると、その中に経理と関係ないものを見つけた。

「あの……『素材鑑定』って冊子があるんですけど……」

「ああ、暇なとき読んでみてください。薬草や魔獣の素材鑑定の見方が書いてあります」

「は⁉」

「――興味おありでしょ？」

ほくそ笑む主任、俺はぐぬぬといった表情だ。

皆はそのやり取りを、クスクス笑いながら眺めていた。

数日後のギルド長室――上司の会話

数日後のギルド長室。

コンコンッ

「失礼します」

タランが部屋に入ると、副ギルド長もいた。

「購買からの書類をお持ちしました」

「ご苦労」

ギルド長に渡すと、彼はスッと机の隅に置く――

「見なさいよすぐ！」

ティナメリル副ギルド長が表情を変えずに叱る。

こ煩(うるさ)いババァだなぁという顔をしながら渋々目を通す。

「そういえば彼……すごいんだってな！」

「ええ。依頼算定や報酬支払の書類の束一気に片付けてしまいました」

「ほぉー……で何か見たか？」

「はい」

ギルド長の耳にも瑞樹の活躍の話が伝わっていた。

タランは鉛筆や消しゴム、スマホの電卓や表計算アプリについて説明する。

「あの箱そんなこともできるのか！」

「ええ」

副ギルド長は興味なさそうにドアに向かう。

「それでは失礼します」

「彼、相当頭いいですよ。近いうちに紹介します」

タランがすかさず彼女に告げる。けれど何も言わず、少し頷くと出ていった。

「相変わらず人間に興味ないな……まあエルフだから仕方ないが――」

ギルド長の苦笑いにタランは少し困った表情をする。

しかしタランには確信があった。副ギルド長はきっと瑞樹に興味を示すはずだと……。

「で、今何させてるんだ？」

「素材価格の冊子を渡して読んでもらっています。遠征費用の見積りの練習でもやってもらおうかと」

「できるのか⁉」

「初日は中身見ているだけでしたが、次の日からはデンタクで何か計算し始めていました」

「ほぉー……」

ギルド長は瑞樹の計算能力の高さに驚く。

「あれは算定だけを頼まれたものなので、うちの国について勉強してもらおうとお願いしました。

正直数日分の業務が片付きましたので……」

主任は彼を職員にして本当によかったと内心喜んでいた。

「他の二つには内緒だな」

ヨムヨム冒険者ギルドとアーレンシア商業組合の事である。

「どうでしょう……もう噂ぐらいは耳にしているんじゃないですかね？」

「うーむ……あいつら情報に聡いしな」

瑞樹を引き抜かれないように気をつけような……とお互いの目は語っていた。

受付嬢にスマホを自慢する

就職してから一週間が経ち、職場にも慣れてきた。

この国の一週間は六日、一ヶ月三十日。一年は十二ヶ月＋五日（感謝する日みたいなお休み）らしい。

ギルドの正面には広場がある。

約五十メートル四方の広さで、地面には石畳で円を描くような模様が描かれている。

中央には直径五メートルぐらいの花壇があって、そこには高さ二十メートルの広葉樹が一本あり、横に大きく枝を広げている。

花壇の周りにベンチが据えてあり、人々が座って休んでいる。

広場の道路に面している所には食べ物の露店が数軒あり、昼飯は屋台のものを買ってベンチで食べている。

昼休憩、いつものようにベンチで飯を食って一服していた。

ギルドの玄関が開くのが目に入ると、ラーナさん、リリーさん、キャロルの三人が出てきた。

どうやら彼女たちも昼休憩のようだ。

揃って休憩とは珍しい……ティアラの看板娘はただいま不在か。

すぐにキャロルが俺を見つけた。

ターゲット発見……とばかりに笑みを浮かべながら駆け寄ってくる。

「瑞樹さーん！　リリーさんに聞きましたよー！」

その言葉に思わず呟き込む。

リリーさんといえば一つしかない……例の死体写真の失態だ。あー幻滅されるのだろうか……。

「瑞樹さんの国の……写真？　っての見せてくださーい！」

「あ？　あぁ……あれね」

どうやら騒動のことではない……よかった。

見るとリリーさんが申し訳なさそうに苦笑いを浮かべている。

俺の左横にキャロルがスッと座る。

パーソナルスペースお構いなしで思わずドキッとする……距離感バグってないか？

腕がくっついて、キャロルの温もりが伝わる。

俺の全神経が腕に集中する。

右横にリリーさん、ラーナさんが並んで腰かけた。

ウェストポーチからスマホを取り出して写真を表示する。すると物珍しそうに三人が顔を近づける。

小さいスマホを覗き込む……彼女たちの髪の毛が俺の眼前にある。

ラーナさんが写真を見ようと体をぐっと寄せたので、押される形でリリーさんの腕が俺に触れた。

その感触に再び全神経が集中する。

両腕が美女と密着……至福の時間である。

キャロルが一番手で質問する。

「うわ可愛い！　これ何て猫人です？」

「猫人じゃないです……猫です。マンチカンの子猫です」

笑顔が近くて顔が緩む。

リリーさんは、クリームがたっぷりと乗ったドリンクの画像に注目する。

「これ何です？　すごい綺麗ですね」

「飲み物です。えーと……トールアイスライトカフェモカエクストラミルクウィズキャラメルソースです」

「え……何て？」

「トールアイスラ──」

「わ……わかんない‼」

呪文のような名前に驚いて笑う。

次は私の番とばかりにラーナさんが質問する。

「これは？」

「天丼ですね、メガ盛り天丼。ご飯の上に天ぷらを乗せて食べるんです」

「天丼……天ぷら……初めて聞くわね」

次々に写真を見せては口々に「わかんなーい」と楽しそうに声を上げる。初めて見る日本の文化にご満悦だ。

俺も人生初の経験……美女三人に囲まれて話が弾むシチュエーション。

アニメで見るようなリア充体験に心が躍る。彼女たちの笑顔が眩しい。

そうだ、どうせなら彼女たちに操作させて驚かせてみよう。

リリーさんにスマホを手渡す。

「わっ！」

突然の出来事に体をビクッとさせる。

「やってみて」

画面を指でスライドさせる動きを見せる。

すぐにキャロルが「やって」と促す。リリーさんが恐る恐る指でスライドすると、次の写真に移り変わった。

操作できたことに驚きと共に、少し嬉しそうな表情を見せた。

俺は立ち上がると、キャロルに寄っていいよと手で示す。

嬉しそうに笑顔を見せ、三人は肩寄せ合ってスマホを楽しんだ。

彼女たちがスマホを操る姿を眺めるのも乙なものだな……と、美女三人の楽しげな様子に心が和んだ。

写真が替わるごとに質問され、それに答える俺もちょっとした優越感に浸れて気分がいい。

ちなみにこの国の人は昼飯という習慣がなく、常食は朝と夜の一日二食。

その間にお腹がすけば適当に間食するらしいが、彼女たちが食事してるところを今のところ見たことはない。

どうやら二食に慣れてるとお腹は空かないらしい。

スマホの写真に食べ物が多かったこともあり、俺が大食漢みたいに思われた。

仕事中の休憩も好きな時間に取れる。

日本のように昼に一斉に……みたいな決まった時間ではない。

誰が何時に……とか、それぞれ交代で……とか、ローテで取るという考えもない。

今みたいに受付が誰もいないときは、客は彼女たちが帰ってくるまで待つか、ギルド側で対応できる職員がいれば代わりに対応してもらう。

日本じゃ考えられない緩さ――『働き方改革、斯くあるべし』だと思った。

昼休憩を済ませ、戻ると主任に相談する。

「主任、明日か明後日お休みをいただいてもいいですか？」

「休み？」

「はい。落ち着いたので身の回りの物を揃えようかと」

「なるほど」

笑顔で了承してくれた。

この世界には当然コンビニなどはない。夜に開いている店などないので必要なものは日中でないと揃えられない。

「お金は？」

「大銀貨で買える程度のものしか考えてませんので大丈夫かと……」

「わかりました」

まだはっきりとこの国の物価は掴めてないが、大銀貨はだいたい一〜二万円程度の価値だと思われる。

食料品は安定供給されていて価格も安いみたい。国が安定している証拠だと思う。

金属製品は高い模様。冒険者は剣を買うのも一苦労じゃないかな。

目的を身の回りの物とは言ったがそれは建前。

ホントは本屋に行って魔法関連の書籍がないかの確認が目的である。

……が、どうも本は高いらしい。まあ買えなかったら仕方ない。この国の物価というのもを知りたいしな。

とにかくこの国の実情を知る必要がある。魔法以外でも面白そうな本があればチェックしときたい。

ところでティアラ冒険者ギルドの休業日は月一回程度。

不定休らしいけど、最近は月初めに休むことが習慣化している。

月末が給料日で皆の都合がいいみたい。

全然休めないブラック企業なのかと思いきやそうじゃなく、職員は休みたいときに勝手に休んでよいシステム。

何と、数日休んでも問題にされない。

理由は二つ、一つは移動に時間がかかりすぎること。

遠出の場合は馬車でも数日、王都は行って帰るだけで一週間以上は潰れるらしい……完全に小旅行だ。

王都に気軽に行けないのはとても残念。

もう一つは民族性。日本人みたくワーカホリックな人間はいない。

まあ就業開始の適当さ加減や、休憩時の対応の仕方から仕事に対してはかなり緩いだろうとは思った。

現代でもヨーロッパ人は二ヶ月バカンス休みを取るし、盆暮れしか休まない日本人がおかしいのだろう。

とはいえそこは日本人。

俺は週一で休めれば十分、しばらくはそんな感じで休もうと思っている。

休日に出かける

次の日、仕事を休んで街へ出かける。

目的は本屋。この町には三軒あるらしい。

魔法関連の本を探すべく、できれば全部回りたい。

とはいえ先に屋台で腹ごしらえだ。

『豆とひき肉のトマトスープ』『茹でポテト』『サラダ』を買う。

まずはトマトスープ。

「おっ旨い。あーだが何だ……後味にカレーに使われるスパイスのがくるな。何だっけ……ターメリックだかクミンだか。肉がこれまた何だろう……牛じゃないな。よくわからん」

トマトスープでカレー風味……よくわからんが旨かったのでよし。

次に茹でポテト。

「んー……すごくバターが欲しい。バターが乗ってたら満点だっただろうに……」

やわらかく塩が利いてておいしい。芋自体は普通で甘みもないが、バターがホントに欲しいと思った。バターはこの世界にあるのだろうか。

最後にサラダ。

「…………くっさ！」

ものすごくバジル臭い。

「……パセリか！　あと何だかよくわからん草……ドクダミじゃねえだろうなこれ、くっさい！

バジルとパセリと草のサラダ……超キツい！」

一噛みしたまま固まる。

まあ異文化ってことで無し寄りの有りってことに――

いややっぱないなこれ、無理！

カメムシ食った気分だ。辺りをキョロキョロして口から戻す……これは諦める。

しばらく口を開けてハアハアした。

「しっかしあれだな……料理の傾向がわからない」

とにかく香辛料が多い。詳しくないがカレーに使われる香料のような気がする。舌に残る後味がすごい。

肉の焼き方も独特。串に刺してそぎ落とすやり方……たしかこういうのは南米か中東じゃなかったかな。日本ではまず見ない。

とにかく知らない料理ばかりで困惑している。

日本人の魂である米味噌醤油は絶望的だなこれ……。

ティアラから南へ雑貨街を通り抜け、川沿いを西に進むと一軒目の本屋。

個人商店規模の小さなお店で客は数人いる。そういえばこの国の識字率はどれくらいなんだろう……。

現代でも日本が異常に高いだけで他国は結構低いところも多い。アメリカでさえ八割じゃなかったかな。

それによって本の普及率も違ってきそうだ。町に図書館なんてものはあるのだろうか……。

店主は眠たそうにカウンターに座っている。俺が近づくと顔を上げた。

「魔法関連の本はありますか？」

「魔法？　ここにはないよ」

いきなり変なこと聞くやつだなと怪訝な表情。

「どこならありますか？」

「魔法は魔法学校でないと習えないだろ。学校がないここにはないよ！」

いきなり終了のお知らせ。

魔法関連の書物は無理そうだとわかってがっかりした。

何かよさげな本でも探そうかとも思ったが、それは他でもできるなとすぐ店を出た。

次に行く道中で、武器と防具を売ってる店を見つける。

建物横に車数台分の駐車スペースほどの作業場があり、工具やら武器を目にする。

見ると奥で数人の職人が座って作業をしていた。

「ホントに武器屋ってあるんだな」

ゲームや漫画でお馴染みの店だ……思わず心が躍る。

気づくと店のドアを開けていた。

入ってすぐの樽に剣が無造作に突っ込んである。その雑さ加減に驚いた。

壁には綺麗な武器が飾ってあり、槍や盾なども見える。

なるほど……樽の剣はジャンク品かな。

「何か入用で？」

声をかけた店主は若い茶髪の青年で、見た目はスマートではあるが、薄手の服装から筋肉質なのがわかる。

細マッチョ……イメージ的に消防士が似合いそう。

「あーっと……」

冷やかしだとわかったら露骨に嫌がられるかな……ここはギルド職員の肩書を使おう。

「ティアラの職員で最近雇われたんです。この町は初めてなので覗いてみました」

「ティアラ？」

「そうそこの……」

「ふぅん……」

客もいなくてちょうど話し相手になったのか、愛想は悪くなかった。

「売れ行きは悪くないが武器ばっかり売れる。防具はそれほど出ないな」

ざっと見渡すと長剣や短剣、ナイフばかりが飾ってあり飛び道具が見当たらない。

「弓矢は扱ってないの？」

「弓矢は別の店だな。両方扱ってるところもあるがうちはやってない」

「ふぅん……」

そういえば森で遭難してた時に手袋がなくて枝木集めるのに苦労したのを思い出した。

「手袋置いてある？」

「こっちだな」

種類はそう多くはないが、手にはめてサイズと柔らかさがよさげなのを選んだ。

「これください」

「ん……毎度」

金を払ってそのままバッグにしまう。

「ここは武器や防具の買取もするの？」

「するぞ。だが素材としての価値だけだ」

なるほど、それであのセール品か。

「ありがとう」

「またどうぞ」

思わずゲームの雰囲気を味わえて少し気分が高揚した。

次いで町の北側にあるという二軒目を探す。

町の北側には門がないので大通りがない。建物も似たような造りなので油断すると迷子になりそうだ。

ちょうど家の前で大きな壺に水を汲み入れている人が見えたので尋ねてみる。

「すみません、この辺に本屋ありませんか？」

手を止めて答えてくれた。

「あーそこの路地抜けた反対側の通りを行けばあったはず」

「どうも」

日が当たらず薄汚れている路地を抜けて反対の通りへ。右を見たらそれっぽい店が見える。

「あれかな……」

五十メートル先ぐらいの店へ、少し歩き疲れた足取りで向かう。

すると突然、右腕の袖を引っ張られ、横の路地に引き込まれた——


一瞬の出来事で何が起こったかわからなかった。

右腕を強い力で引っ張られ、バランスを崩してそのまま派手に倒される。

「ぐあっ——」

派手に胸を打ちつけ痛みが走る。何が起きたかわからない。

驚いて振り向き、起き上がろうとしたところを振り下ろしで一発食らう。

「イッ……」

ガツッと鈍い音がして頬骨に激痛が走る。相手を見ようと急いで顔を上げる。

逆光になって顔が見えないが、複数人いる。

それを目にして恐怖する——

襲われている！

人生で初めての暴力的行為……リンチだ。

しかも不意をつかれていきなりの襲撃！

怖い怖い怖い……。

容赦ない攻撃……足を踏まれ腹を蹴られ、誰かがショルダーバッグに手をかける。

「調子に……よくもキャロルちゃ……」

「おいバッグ……蹴るなよ。大事な……だ」

「フンッ、フンッ」

数人がかりで殴る蹴るの暴行を受ける。彼らは何かを言っているがよくわからない。

体をギュッと丸める。

そこを横から思いっきり蹴られて転がされた。

「んん……」

横っ腹にいいのが入りうめき声を上げる。

「胸のやつを奪え！　それに入ってるはずだ」

頭が朦朧とするところに彼らの声……ウェストポーチ狙いだとわかると思考が働き出した。

このままではマズいと何か対応策を巡らせる――

そうだ、魔法だ！

撃つには奴らに顔を向けなければならない。

腹のウェストポーチに手を掛け引っ張る奴、背中のベルトを外そうといじる奴、必死に俺の体を執拗に蹴りつける奴……。

このままでは無理だ。となると使えるのは……あれだ！

《詠唱、雷》

雷の魔法を詠唱――

耳元でヴゥンっという震えるような音がした……と思ったら彼らの動きがピタッと止まった。

息遣いも聞こえない。

すぐにドサドサっと人が倒れる音がした。

どうやら殴る蹴るの暴行は止まったようだ。

ゆっくり体を起こして顔を上げると、三人は倒れていた。

「あ……感電……した⁉」

雷の魔法――最初は漫画のように電気をビリビリっと放電するのかと思い、本を発見した夜に何度も試した。

しかしそんなことは起きなかった。

次の日の朝、周囲に数匹の虫が死んでいるのを目にする。

原因は何かと考え、これは雷の魔法で俺の周りに電気が発生して殺したのだろうと思っていた。

そのことが咄嗟に頭に浮かんだ。

敵に密着した状態で発動したら感電するのではないか……と。

虫が死ぬレベルがどの程度の威力なのかはわからない。イチかバチかの賭けだった。

どうやら人にもがっつり効いたようだ。

相手が動かなくなったのを確認して体を起こす。

ものすごい激痛に顔がゆがむ。

「アァァア――イッテェエェ！」

全身フルボッコ状態……人生で初めてリンチを食らった。

左足はしこたま踏まれ動かない……たぶん折れてるんじゃなかろうか。

顔も最初に一発いいのをもらってるので絶対腫れてる。

けどショルダーバッグとウエストポーチは無事だ。

壁に寄り添い立ち上がり、左足を引きずって通りに出る――

途端、左肩を思いっきりどつかれたような衝撃を受ける。

体が反転するように吹き飛ばされ、同時に風を切る音がしたと思ったら、何かをぶっ刺された激痛が走った。

「――――⁉」

またしても不意を突かれ、経験したことのない痛みに声も出ない。

左肩を見ると、何と棒が突き刺さっている。その棒には矢羽根が見えた。

――矢が刺さっているだと⁉

一瞬目を疑い、すぐに全身の血の気が引く。

凍り付いたのではないかと思うぐらいに体が寒さを感じる。

人は恐怖の度が過ぎると体は動かない。ガクガクと体が震えるだけだ。

俺は殺される……瞬時にその言葉が脳裏に浮かんだ。

再びシュンという風を切る音――右足に何かをねじ込まれるような感触を覚えた。

「ンアァ⁉」

ものすごい激痛に、見なくてもふくらはぎに矢を撃ちこまれたのだと知る。

……頭に食らったら死ぬ！

横倒しの体勢のまま動く右手で頭をかばう。

涙が溢れ、顔を上げても景色が滲んでよく見えない。

通りの向かいの左手、二十メートル先の建物の上に人影が見えた。

俺が動かなくなるのを確認してたのだろうか。

嫌だ……殺される！

壁際まで必死で這い、背中を預ける恰好で寄りかかる。

相手はそれを見て勝ちを確信したのか、何と三階建てぐらいの建物からスッと飛び降りた。

叫び声を上げようとするが声がまったく出ない。

怖すぎると声も出ないいんだな……。

声が出せないことでさらに恐怖が増す。

貫かれた左腕はまったく動かず、右足を矢で撃ち抜かれ、左足も折れてるのか力が入らない。

右手で顔を隠し、壁にもたれるのがやっと……もう動けない。奴がやってくるのをただ目にするだけだった。

ゆっくり歩いてくる様を目にし、怒りがこみ上げる。

怒りは恐怖を打ち消してくれる！

奴は俺の前でしゃがみ、ウェストポーチに手をかける。

「お前が悪いんだ……まあこれは俺様がいただいて――」

《詠唱、石発射》

無詠唱で魔法を発動――

おでこから石弾が撃ち出されると、ドパンッという轟音とともに何か言いかけた奴の顔面を撃ち抜いた。

その弾は勢いあまって後ろの建物の壁をぶち抜いたようだ。

すさまじい勢い。

奴はしゃがみ姿勢から、ふわっと立ち上がり気味にのけぞると、後ろに引っ張られるみたいにひっくり返った。

奴が倒れる光景を、涙で滲む視界が捉えていた。
激しい怒りがいまだ収まらない。
動かなくなった奴を虚ろな目で睨みながら、心の中で吐けるだけの暴言を吐いた。
どれくらい経ったのだろう……。
遠のく意識に誰かが助けを呼ぶ声が聞こえる。
「だ、誰か来てくれー！　人が倒れてるー！　衛兵を呼んでくれー！」
近隣の住人が気づいてくれたらしい。その声に安堵し意識が飛びそうになる。
……声はするが誰も近づかない。
そのうち笛の音が聞こえ、衛兵らしき人物がやってきた。
「うわっ！」
彼は何かに驚いた様子。
一瞬身じろぎし、俺に目を向けるとそこでまた顔をしかめる。
「大丈夫か！」
大丈夫じゃねーに決まってるだろ……と悪態ついたが声に出ていない。
心の中で思ってただけだろうか。それすらわからない。
しかし味方だとわかり安心する。
すると矢が刺さっている個所がドクドクと脈打ち猛烈に痛み始めた。

衛兵が続々とやってくる。

やはり着いた瞬間、皆「うわっ」と声を上げる。現場のひどさに度肝を抜かれているようだ。

野次馬もぞろぞろ集まって騒がしくなってきた。

数名が俺のそばで声をかける。

ところがどうも妙だ——

彼らは俺を見てるだけで一向に手当てしようとしない。

「もうしばらくの辛抱だ」

無茶を言うなと叫ぶ。けれど叫んだつもりが台詞は「あうあうあー」だ。

「じきに聖職者が来る」

「……せい……あ⁉」

一瞬何て言われたかわからなかった。

「お祈りしてもらえば助かるから」

「お……え？」

治療じゃなく祈ると聞こえた気がする……意識が朦朧としてるのだな。

ずっと見てるだけの衛兵、襲ってくるすさまじい痛み、増える野次馬……もうすべてが鬱陶しくて怒りしか湧いてこない。

怒鳴る気力もなくか細い声で聞く。

「お、お祈り？」

「そうだ、お祈りだ」

「……魔法……ですか？」

「違う！　お祈りだ！」

痛みで頑張る気力が尽きてきた……心が折れそうだ。

死の恐怖が襲ってきて怖くなる。

呼吸もだんだん荒くなってきた。

「あ……うぅ……お祈りって」

「すぐ治療するからもう少し頑張れ！」

とにかく意識を保つのが精いっぱいだ。

やがて蹄の音がして、衛兵が白い服の人を乗せてやってきた。

なるほど。衛兵が言った意味に合点がいった。

もう見たまんまだ。

白い服を着た美しい女性……聖女だかシスターだか天使だか、そんな感じの姿が馬の背に見えた。

風にたなびくプラチナブロンド、ロングヘアが素敵な美人だ。

現金なもので、急速に意識がはっきりする。かっこ悪いとこ見せたくないと歯を食いしばる。

すると衛兵が慌ただしく動き出す。

俺の体を囲むように待機し、矢の刺さった右足を押さえる。

「あ!?」

嫌な予感しかしない。

「準備はいいですか？」

いいわけないだろ……頭の中で反射的に返事する。

「な、何が始まるんです？」

聞いても答えない。一人の衛兵が刺さった矢を掴んで彼女に目をやる。

「お願いします」

何をお願いするのか知らないが、こいつらが矢を抜く気なのはわかった。

この手のシーンを映画で何度も見たことがある。

矢を抜かれるときはものすごい叫び声を上げていた……たぶん相当痛いやつだ。

彼女にかっこ悪いとこ見せたくないのに恐怖で涙がこぼれた。

聖職者の女性は両手を組む。

それを見て俺は意表をつかれた……ホントに祈ってやがる。

彼女が詠唱を開始する——

《今から癒しの祈りを唱えます。シシルの神様、私はとても感謝をしています。祈りは正しいです。認めてください。それでは癒しをお願いします。治癒(ヒール)》

彼女の手がボワッと光を纏ったのを見るや否や、衛兵が矢を一気に抜く。

「あぐぅあぁ痛ってぇえ！」

すぐに彼女は組んでた手を離し、矢の貫通部分をはさむように押える。

「⁉」

俺はわけもわからず成り行きを見やる。

どれくらいだろう……。

十数秒ほど押さえてたように思え、手の光が消えた。

静かに彼女が手を離す。

「ぬほぉ⁉」

思わず変な声が出た。

何てこった！　傷がふさがっているではないか！

血がべっとりで見えにくいが、矢を抜かれても血が噴き出たりしない。

ちゃんと塞がっている模様……あでもすごく痛いままだ。

傷は消えたが貫通した時の痛みがそのまま残ってるな。これ治ってる気がしないのだがどうなんだろう……。

彼女はふぅっと一息ついて、やりましたって顔をしている。

不安な表情をしている俺と目が合った。

「少し待ってくださいね。すぐに左肩のお祈りをいたします」

どうやらこれで治ってるらしい。

なるほどね……完全に理解した。

『お祈りとは魔法だ』


魔法ではなくお祈りと言っている。

言葉が違うのか解釈が違うのか……わからないがお祈りと翻訳されている。

けど今のはたしかに魔法の呪文だ。俺には魔法と何ら変わらず聞こえた……ヒール魔法だ。

探していたヒール魔法が目の前にある。

喜びで胸の鼓動が速くなった。

そのせいで矢が刺さってるところが激しく痛み出す。

どうでもいいが今の呪文、ものすごく長かったな……。

そんなことを考えていたら彼女が再び手を組む。

その姿を目にしてあることが浮かび、すぐに大事なことに気づく――

スマホは無事か⁉

「ちょ…ちょっと待って！　待って待って！」

彼女は何事かと戸惑い手を止め、衛兵も驚いた様子で俺を見る。

「とにかく待って！　えーっと……水！　水持ってきて。んで手にかけてくれ！　早く早く早く！」

周りのみんなは意図がわからず動いてくれない。

「いいから持ってこい！　もってこぉぉぉい!!」

痛くて叫び声が怒鳴り声だ。

衛兵もただ事ではない空気を察し、急いで持ってくるようにと指示を出す。

水がきた。

俺の右手に水をかける。

血がべっとりだったのを濡らして服で拭き、ウェストポーチからスマホを取り出して恐る恐る電源を入れる。

——点いた！

「よかったあああああ！」

胸を撫でおろす。

衝撃で壊れてないか不安だった。いや……それ以前に『雷の魔法』で感電してるはずだろうに。

運よくショートしなかったのか、理由は不明だがとにかく無事でよかった。

すぐに重要な作業に入る。

「はい静かに！　全員黙れ！　だーまーれぇぇー!!」

衛兵もそれに続く。

「おい黙れ、みんな静かにしろ！」

全員がスマホを注視する。

自撮り撮影モードＯＫ、撮影を開始して彼女に向かって頷く。

「準備ＯＫ！　それでは先生よろしくお願いします。大きな声で一元気よく一！」

彼女は少し戸惑っていたが、一呼吸しお祈り開始する。

《シシルの神様………ヒール》

詠唱完了――

手がボワッと光る。衛兵が肩の矢を抜き塞ぐように手を当てた。

光が消え、彼女が手を離す……血のりで見えにくいが、しっかり肩の穴がふさがっている。

俺は治療シーンの撮影に成功したのを確認して、心の中でよっしゃと叫んだ。

ヒールをゲットした瞬間である。

冒険者の狂気な思い――弓使い視点

俺は弓使いの冒険者だ。

冒険者として三年以上の経験、今じゃ護衛任務の依頼も受けられるほどの実力だ。

先日ティアラで受けた『東のコリント市までの親子の護衛依頼』を済ませて報告に帰ってきたところだ。

「ご苦労様でした」

「あ、いえ……はい」

リリーちゃんは今日も可愛い……俺はその笑顔を見るのが生きがいだ。
……おっといかん、報告が済んだらとっととどかないとな。
去り際、書類に目を落とす彼女を見つめる。
いつかリリーちゃんを俺に振り向かせて見せるぜ。
まだそのときじゃない。慌てずじっくり機会を待つのだ。
突然リリーちゃんの声が店内に響く。
「あ…あの……昨晩はすみませんでした」
咄嗟に目がいく――
彼女は焦っている様子だ。見るとギルドの職員の横に男がいるぞ――何だ⁉
昨晩……昨晩って何だ⁉
たしかにリリーちゃんはそう言った。
奴がリリーちゃんに何かしたのか？　気になるな……。
購買で買い物するふりをしながら様子を見よう。
奴が座って何かを書き始めた。なるほど……冒険者登録か。
ん……奴は何かを取り出している。するとラーナさんとキャロルちゃんも飛びついた。
なっ⁉　何だ何だ！　何がそんなに面白いんだ！
いきなり馴れ馴れしくリリーちゃんに話しかけやがって、何だその紙は！
そんなもんで気ぃ引きやがって。

ラーナさんもキャロルちゃんも釣られて喜んでやがる……気に入らない。

購買近くの壁際でたむろしている三人の冒険者が目に入る。

見ると奴を睨んで不機嫌な顔をしている。

こいつらたしか、キャロルちゃん目当ての三馬鹿だったな。奴と楽しそうなのが気に入らないと見える。

ふん……お前らしょっちゅうキャロルちゃんに粉かけてるがまったく相手にされないだろ。いい加減お前らごときじゃ無理って悟れ。

俺はお前らとは違う。

焦ってリリーちゃんに粉かけたりしない。いけると判断できるまでじっくり待つ。弓使いだからな。

くそっ……あの男がリリーちゃんに色目をつかってるのは間違いない。まったく気に入らない。


次の日、広場で屋台の飯を頬張ってからティアラに顔を出す。

今日もリリーちゃんのために依頼をこなしていいとこ見せるぜ。俺は稼げる男だってな。

ふっ…そういやリリーちゃんも俺のことが気になる様子だったな……昨日の笑顔はいつもと違っていた。

他のやつに向ける笑顔と輝きが違う……俺に向ける笑顔は特別だ。

ふとキャロルちゃんの後ろにいる男が目に入る。

な……くそっなぜあの男が職員になっている！　なぜだ……冒険者じゃないのか⁉

あんなどこの馬の骨ともわからないやつ……ちょ、リリーちゃん近いぞ！　もっとそいつから離れるんだ。

なぜ三人ともその男のすることをいちいち気にするんだ……何を見ているんだ！

ちょうど買取査定の冒険者がいる。そいつの陰から男の様子を眺める。

……何だその小箱は⁉

見ると職員の男どもも驚いている。

……そ…そんなすごい道具なのか？

経理の男が話しているのを耳にする。

どうやらとてつもない魔道具らしい。

なるほど、それでリリーちゃんは気を引かれたんだな。

……いや、ワザと見せつけて気を引いたに違いない。

気に入らない。まったく気に入らない。

数日あの男を観察したが、どうやら経理業務が得意らしい。

すごい魔道具を使いこなすようでそれなりに優秀、受付の彼女たちも奴を歓迎している様子だ。

事あるごとに奴に笑顔を見せている。その度に腸(はらわた)が煮えくり返る。

昼休憩で三人揃って外へ出る様子。

ほほう、しょうがないな……俺が見守ってやるとするか。

購買から彼女たちが出るのを目にすると、例の三馬鹿もあとを追って出る模様。

ふん、あいつらもついて出るのか……相手にされないくせに。

まあ気持ちは分からんでもない。

ギルドを出た瞬間、驚愕の光景を目にしてしまう――

何と、リリーちゃんが奴の隣に座っているではないか！

なっ！　何であいつの隣に座るんだリリーちゃん！　しかもキャロルちゃんとラーナさんも！

ふざけんなっ！　密着しすぎだろ！　離れろリリーちゃん！　リリーちゃん！

ムギィィィィイ！！！

握る拳に力が入る。

さらに彼女たちは奴の手元を覗き込むように顔を近づけ、上目遣いで笑顔を見せている。

何でそいつに笑う？　その笑顔は俺にだろ！　ふざけんなリリーちゃん！

イイイィィィィィッ!!

あんの野郎！　リリーちゃんを惑わすあいつは重罪だ！

殺す！　あいつ殺す！　絶対許さないっ!!

屋台のそばにいる三馬鹿が目に入る。

奴らもあの男に怒髪天を突いている。

お前らキャロルちゃんにあんなことされたことないだろ。

俺もリリーちゃんの隣に座りたい。

くそう……くそう……。

依頼を探すふりをして店内へ戻る。

おっと……奴は明日休むのか。

ふぅん街へ買い物……なるほど……。

店内にいる三馬鹿が目に入る。ふといい案が浮かんだ。

これはチャンスだ。痛い目を見せてわからせてやろう。

三馬鹿に声をかける。

「おいお前ら知ってるか？　あいつキャロルちゃんに気があるらしいぞ。経理の奴から聞いた」

「⁉」

「得体のしれない魔道具で気ぃ引いてるらしい」

彼らがあの男を睨みつける。

「ムカつくだろ、ちょいと痛い目見せてやらねえか？」

三馬鹿は顔を見合わせたのち、にやけながら頷いた。

あっさり乗りやがった。単純馬鹿はチョロいぜ。

「情報仕入れてから作戦を立てる。明日ギルド裏に集合な」

魔道具か何か知らないがそんなもんで彼女たちの気を引くあいつに目にもの見せてやる。


朝方、仕入れた情報で計画を立てる。

「どうやらあいつは本屋へ行くみたいだ」

地図を広げて場所を覚える。

「この町の本屋は三軒、ここここのは大通りぞいだから目立つので無理だ。狙い目はここの本屋だ。路地が複数あって待ち伏せしやすい。俺が屋根伝いに尾行して指示するからお前ら離れてついて行け」

三馬鹿は楽しそうに頷く。あいつを痛めつけられると思うと嬉しくてしょうがないらしい。

奴を発見、追跡開始。

一軒目……やはり人がいる。諦めて次へ。

武器屋を出たあとの様子を見る――よし北の本屋へ向かうらしい……ルートに乗ってるな。

手信号で合図を出す。

（路地に入った。次出たら合図する）

（通りに出た――）

（よし来る……隠れろ！）

三馬鹿は奴の右腕の袖を掴んで路地裏へ連れ込んだ。

よし引きずり込んだ！　ざまあみろだ。

通りの対面側の建物の屋根上にいる関係で、三馬鹿が襲ってる状況がわからない。

だが三対一。しかも奴はただのギルド職員で相手は冒険者、武器も持っている……結果ははなから見えている。

ふっ、いい気味だ。

三馬鹿にはバッグを奪えと言ってある。あとは好きにしろとな。

殺すとマズいからほどほどにな……とは言ったがやりすぎて殺してくれたらありがたい。まあ焚きつけたからな……うまくいくだろう。

バッグ持って来たら外で合流し魔道具はもらう。グダグダいうようなら始末すればいい。

顔を見られてるのはあいつらだ。俺は蚊帳の外……賢いぜ。

………。

三馬鹿からの連絡がない。

それにしても出てこねえな。何やってんだ、あんなひょろひょろ野郎相手に……。

奴が這い出てきた。

なっ…何でだ⁉　三馬鹿どうした……やられてたのか⁉　わけがわからないぞ‼

くそっ通りに出てきやがった…マズい！

けれど奴の様子を見て安心する。

んん……ボロボロだぞ。

あいつらやることはやったんだな。よし…幸い通りに人通りもない――

ここで始末してしまおう。

急ぎ弓を構えて一射――

バシッ
よしっ肩に命中！

さすがに殺すのはマズい。矢を撃ちこんだとなると三馬鹿だと言い訳が立たない……いや、俺だとわからなければ問題ないか。

見ると奴はまだ逃げようとしている。

くそっ……止まらない。回り込んで……ええい走りながらだ。

構えて二射――

バシッ
足を撃ち抜いた！　これで動きを止めた。

路地裏を見渡せるところに来ると、倒れてる三馬鹿が目に入った。

おいおい何だあいつら……三人ともやられたのか。ホント雑魚だったな。

まあいい。急いでバッグと矢を回収しないと！

三階建ての屋根から飛び下りる。

スタッ
奴を見ると手で顔を隠して怯えている。もはや虫の息だ。

ふん、いい様だぜ。おまえが俺のリリーちゃんに手ぇ出すからだ。

これに懲りて二度とすんなよ……ってあの世行きか、クククッ。

奴の前に跪き、手で見えない顔に向けて捨て台詞をかける。

「お前が悪いんだ」

「まあこれは俺様がいただいて――」

一瞬奴の手が下がり、指の隙間から俺を睨みつける眼が見えた――

ズバンッ

「ガァッ！」

一瞬ものすごい衝撃と音が聞こえたかと思うと、目の前が真っ暗になった。

遠のく意識――

あ……あれぇ？

何か……前が見え……あっあっあぁあああぁぁぁ――

弓使いは力なくひっくり返り絶命した。

事件の報せ――ティアラ冒険者ギルド

ティアラ冒険者ギルド前に衛兵の乗った馬が止まった。

ドアがバンッと開くと衛兵が入ってきた。

何事かと中にいた人全員が注目する。

「どうしました？」

「先ほど暴漢騒ぎがありまして、襲われたのがここの職員でしたので連絡に参りました」

主任がカウンター越しに声をかけると、衛兵が彼の元に寄る。

職員は皆騒然とした。

衛兵は取り出した身分証明書を見せる。

「ミズキさん！」

主任の言葉に受付嬢たちは血の気が引く。

「どこで？」

「中央市街地の北側、小路が入り組んでいる通りです」

主任は一瞬なぜ北の通りに……とすぐに思い出す。

「ああ…本屋に行くとか言ってたから……」

思わず目を閉じる。

「で、状態は？　生きているんですよね？」

「左肩と右足に矢が貫通、左足も損傷、顔もひどく殴打された形跡がありますが、意識ははっきりしてました」

「――矢⁉」

主任は何かの間違いじゃないかと聞き返す。

皆も彼が殺されかけたという事実に衝撃を受けた。

「治療は？」

「私が出るときにはまだでしたが、連絡は行ってるのでもう到着してるかと」

話だけでは状況がわからないと、主任は急ぎ向かうことにする。

「ガランド、ギルド長に報告してください。他は引き続き業務を続けて。ラーナ、あとはお願いします」

指示を出すと主任は現場に向かった。

ガランドがギルド長に報告に向かう。

トンットンッ

「どうぞ」

「失礼します。ギルド長、先ほど連絡がありまして、瑞樹が暴漢に襲われたそうです」

「何っ⁉」

書いていた手紙のインクがじわっと滲む。

「襲われた⁉」

「本日は休みを取って買い物に出かけると言ってたそうです。つい今しがた衛兵が連絡してきまして、矢で撃たれて重傷だそうです」

「撃たれた⁉」

ただ襲われたのではない事実に衝撃を受ける。

「はい。左肩と右足だそうです。あと相当殴られたらしいですが意識ははっきりしてたそうです」

「……わかった。ご苦労」

「失礼します」

ロキは考えを巡らせる。

襲われた理由は彼の持つスマホだろうか。

職場で使っている以上は目につく。あれを殺してまで欲しくなった奴がいるのか……可能性はある。

そういえばタランが他のギルドにはもうバレてるかもと言っておった……。

だが強硬手段で奪おうとするとは思えん。第一あれがどんな魔道具かわからないはずだ。

いや……冒険者が金目のもの欲しさに襲ったというのはあるか。

とはいえ白昼ギルド職員が襲われたというのは看過できん。双方に連絡を取って事情を探ってみるか。

ギルド長は出かける準備をした。


襲撃の事実を副ギルド長にも伝える。

コンッコンッ
「はい」

「失礼します」

リリーが副ギルド長に報告に来た。

「副ギルド長、先ほど連絡があったのですが、職員が暴漢に襲われたそうです」

彼女は顔を上げる。

「どなたです?」

「御手洗瑞樹です」

「………そうですか」

報告に小さく頷くと、リリーは一礼して退出した。

彼女は表情一つ変えなかった。

最近ロキが気にかけてた人物だったかなと頭に浮かんだ。

持ち物がどうだの働きぶりがどうだのと何かにつけて自分に話す……まあ私には関係のないこと。

そう思いつつも職員が襲われたという事実は少し気になった。

現場の後始末

俺が襲撃された現場は依然騒然としている。

痛みはすごいが意識ははっきりしている。治療の効果だろう。

俺の足先に倒れている人物の上半身に布が被せてある。取り急ぎ見えないようにしたようだ。

ああ……襲ってきた奴か。

たしか顔面に向けて石弾をぶっ放したから顔がぐちゃぐちゃのはず……それで隠しているのだろう。

そういえば衛兵は到着時に悲鳴を上げていたな。

なるほど、さぞかし素敵な姿なのだろう。目にした人はご愁傷さまだな。

奥の三人のところで衛兵が数名で何か話をしている様子。

治療をしてくれた聖職者の彼女を見ると、しゃがんで衛兵と何か打合せをしている。

その表情には疲労の色が見える。

たった二回の魔法、お祈りは相当消耗するみたいだ。

ヒール魔法はマナを食うのか……となるとそうポンポン治癒魔法は使えないということか。

現場を見ながらいろいろと考えを巡らせていた――

てかいつまで俺をここに置いとくつもりだ！

イラついてるのを我慢して衛兵に質問すると、治療院に送るための荷馬車を手配中とのこと。

日本じゃ救急車が五分で来るのに何とも遅い対応。

まあ日本と比べるのは間違いだが、ほっとかれてる身には知ったことではない……早くしてほしい。

待つ間、現場の街並みを見渡す――

たしかに治安が悪そうな場所だ……。

現代でも治安の悪いとこはたくさんある。バイクに乗ったひったくりが銃で脅して強盗する動画とかも見たことがある。

日本でも近年は通り魔殺人のニュースをたまに聞く。

なおのこと異世界じゃ暴漢に襲われる程度のことは日常茶飯事なのかもしれない……さすがにそれは言い過ぎか。

街中に監視カメラがある世界じゃない。通報から五分で警察が来るわけじゃない世界。

簡単に襲われて呆気なく死んでしまう世界。

治安が最高水準の日本で生活してた俺には経験するまでわからなかった。

理解できていなかった。

聖職者の彼女と目が合う。

何となしに笑みを浮かべると彼女がこくりと頷く。

もう大丈夫という意味なのだろうか。

『矢で撃ち抜かれた傷を、彼女が手で押さえたと思ったらいつのまにか傷が消えていた』

とにかく傷は魔法で治る。

それが知れたのは大きいが、自分の身で試す羽目になるとは思わなかった。

ふと呪文の言葉を思い出す。

たしか最後……ヒールと言ってた気がする。

ゲームでお馴染みの単語だ。やはり翻訳は俺が知っている単語を使うようだ。

そうそう大事なことを聞くのを忘れてた。

「あ…あの、ずっと痛いんですけどこういうもんなんですか？　お祈りしてもらうの初めてなので……」

「痛みまでは取れません。でも明日には軽くなると思います」

なるほど、そういうことなのね。

治療しても痛みは取れない……これは気をつけないといけないな。

治しても痛みで動けなくなる。実際に今がそうだ。

ゲームのようにバンバンヒールもらって戦闘継続なんてできないって意味だ。

先に知れてマジよかった。

途端、安堵からかアドレナリンが切れたみたい。

矢が刺さっていたところが金槌でガンガン叩かれてるように痛み出した。

今までもだいぶ痛かったのだが、どうやら本番はこれからのようだ。

歯を食いしばって耐えていると、彼女がもう一回お祈りができるというので骨折しているであろう左足も治してもらう。

しばらくして荷馬車が到着した。

衛兵数人が俺を抱えて乗せる。どうやら治療院というところへ運ばれるらしい。


十数分後、治療院に到着する。

治療院は教会が運営する病院みたいなものだ。

運営費は寄付と領からの補助で、今回のような町での暴行事件の場合の怪我は治療費がかからないという。

とはいえあとで感謝の印として寄付をするのが普通だそうだ。

治療院についたところで知った人の顔が見えた。

「主任！」

気が緩んで涙が滲む。

「う……大丈夫ですか？」

一瞬絶句しかけた様子……おそらく俺の見た目が相当ひどかったのだろう。

「ええ、重傷の部分は治療してもらったので今、治療院まで運んでもらったところです」

普通に受け答えしている俺を見て安心したようだ。主任が見守る中、数名の聖職者に治療をしてもらい全快した。

——ホントに傷一つなくなった。

おそらく顔面とかすごく腫れていたのだろうが、触っても腫れてる様子はない。

ただ熱っぽい気がする。

やはり痛覚は取れないそうなので、今も左肩と右足を鍛冶師が笑顔で金槌振り下ろしているレベルで痛い。

すぐに何やら粉末状の薬を渡された。鎮痛剤らしい。

水をもらって飲む——

するとどうだ……数分で効き目が表れ、痛みが我慢できるレベルにまで落ちてきた。

飲んだ薬は相当すごい鎮痛剤だ。

どうやら今日はここに入院させられ、明日動けそうなら退院だそうだ。

治療院の入口付近で衛兵と話をしていた主任がやってきた。どうやら事情を聞いていたらしい。

心配そうな表情で俺の横に腰かける。

「何があったんです？」

「俺もよくわからんのですが、いきなり路地に引っ張り込まれて袋叩きにされました」

「おそらくコレが目的だったかと」

ウェストポーチを手でポンポンと叩く。

「矢で撃たれたのに助かったのは運がよかったです」

主任も安堵の表情を浮かべた。

しばらくして二人の衛兵がやってきた。

いかにもリーダーっぽい風格がある人物と、その副官みたいな人物だ。

副官の装いは衛兵のそれではなく、魔法士っぽい丈の長い服を着ている……おそらくそうだ。

「フランタ防衛隊第一小隊隊長カートンです。具合はどうですか？」

やはり偉い人だ。

主任が立つと身長が同じぐらいだったので一八〇センチぐらいか。

金髪のイケメンだけど、妙に圧を感じる。隊長オーラかな。

「おかげさまで。ただ体は激痛が走ってるので身をよじるのもキツいです」

「そのままで」

彼は状況説明をする。

暴漢は四人。うち三人は死亡、一人は辛うじて息があったらしい。

先に襲ってきた連中はやはり感電した様子。三人のうち二人死んだと聞いて目線を下げる。神妙な面持ちを示しつつ、心の中では喝采を上げていた――「ざまあみろ！」だ。

むしろ一人仕留めそこなったことに舌打ちしそうになり、口を固く結ぶ。

生存者の一人を聖職者が治療しようとしたところ、外傷がないのに呼吸困難だった理由がわからなかったそうだ。

それで俺に事情を聞きに来たようだ……当然すっとぼける。

「襲われて必死だったので正直よく覚えてません。何人で襲われてたのかもわからなかったですし」

「そうですか」

隊長はずっと俺の目を見ている。

何か隠していると疑っている様子だ。

まあ実際隠してるしな……圧が強いのはそういうことか。

数日後に事情聴取があるので防衛隊本部に来てもらいたいとのこと。

時期は加害者の聴取が済んでからになるので日時は手紙で知らせるという。

想定はしてたので軽く頷き、「わかりました」と返事した。

主任も俺の容体を確認できたということで、明日迎えに来ると言い残して帰っていった。

全身の痛みがサンバのリズムを奏でていて寝るに寝られない。

そこでウェストポーチからスマホとイヤホンを取り出す。

イヤホンを差して保存してある音楽リストから、落ち着きそうなクラシック曲を探す。

これかな……『月光』を選曲してベッドの中に潜り込んで聞く。

第一楽章、第二楽章……とても静かな曲、これなら眠れるかな、とウトウトしかけたところで第三楽章……激しいリズムでビクッと起きる。

「あぁびっくりした！　選曲ミスってた――『月の光』と間違えた」

周りを見ると特に気づかれていない様子。

その後、適当なアニソンメドレーにして眠りについた。

治療後、ギルドに戻る

次の日、主任が迎えに来てくれた。

肩をトントンとされるまで起きなかった。相当体力を消耗していたのだろう。

体を起こすとイヤホンとスマホが出てたのに気づき、慌ててウェストポーチにしまう。

主任がすぐに「これを……」と言って着替えを渡してくれた。

「あ……そうか」

昨日着てた服は血だらけの泥だらけだ。

「制服の予備ですので気にせず……」

「ありがとうございます」

たしかに襲われたボロボロの姿で帰るのは忍びない。

帰る前、治療院の方にお礼の挨拶をする。教会への寄付は後日伺う旨を伝えると頭を下げてくれた。

まあ個人的に気になることもあるし……宗教とかお祈りとかかな。

外に出ると馬車が用意されていた。

「え……」

主任が用意してくれたらしい。

まあ重傷負った怪我人を歩かせて帰るのかと言われれば、たしかにそれはないな。

初めての馬車が怪我での乗車か……状況はどうあれ嬉しい。

どこの馬車かと尋ねたら、送迎用の貸し出しをする業者がいるのだそうだ。

日本のタクシーみたいなもんかと思ったらお値段はそれなりにするという。

ＶＩＰ待遇のハイヤーのほうだな。ギルドの持ち出しか……。

そう思うとちょっぴし申し訳ない気持ちになる……と思っていたら数分で着いた。まあ歩いても十数分の距離だしな。

ギルドに入るとすぐにみんな気づいて心配そうに寄ってきた。

口々に大丈夫かと声をかけてくれる。

受付対応中のラーナさんとリリーさんが立ち上がってこちらを見たので手を上げて応える。

ガランドたちの心配に頷いて応える中、キャロルの不安そうな表情が目に入る。

笑みを浮かべてガッツポーズをして見せる。すると安心して笑ってくれた。

皆が気にかけてくれたことに目頭が熱くなる。

死の淵からの生還というシチュエーションは初めてなので、正直照れくさかった。

「ご心配をおかけしました。こういうとき……どんな顔をすればいいかわかんないです」

アニメ史上最大級の鉄板ネタで返答する。

けれども当然、お約束の返しはない。

その代わりみんながハハハと笑ってくれたのがとても心地よかった。

店内にいた客は事情を知らないので、何事かと注目を集めてしまった。

騒ぎに気づいて二階からギルド長が顔を出す。

「瑞樹、タラン」

手招きをされたので皆に礼をしてギルド長室へ向かった。


ソファーに座ると、事の顛末を襲われた時点からわかる範囲で説明する。

「そうか。無事で何よりだ……」

「ありがとうございます」

ギルド長は腕を組んでじっと俺の目を見る。

「で、そんだけやられて反撃してやっつけたと聞いたが……」

ギルド長は昨日の時点である程度の情報は掴んでいる様子。

ただの一般職員が武器も持たずに一方的に暴行を受け、矢まで射られたのに反撃して倒したことを知っているのだろう。

何か秘密があるのは明らかだ。

主任も帰りに口にはしなかったが気になっているはず。一番よく接しているからな。

俺としても隠せると思っていないし、あの隊長に事情聴取でも聞かれるのは確実だろう。

魔法が使えることは隠しときたいが、ギルド長や主任には話しておいたほうがいいと思う。

軽く咳払いして秘密を話す。

「ん、実はですね……魔法が使えます」

衝撃の告白をしたつもりだが、二人は特に驚かなかった。それくらいのことは想定してたのかもしれない。

「ただ、なんていうかですね……自分でもよくわかってないんです」

使えるようになった経緯をざっと説明した。

ドアがトントンと音がして、リリーさんがお茶を持ってきてくれた。

「魔法は学校で習ったんじゃないんですか？」

「学校？」

主任の質問に首を傾げる。

「ええ、ミズキさんの学校です」

「んーと…前に言ったと思うんですが、私、情報……あーこれを作るような勉強してたわけで魔法は知りません」

ウェストポーチをポンポンと叩き、スマホを指で操作する素振りをして見せる。

「つまり本を読んで唱えたら使えた……ということですか？」

「そうそう…そうです！」

ギルド長と主任は顔を見合わせる。話を疑っているのだろうか。

「でも……魔法学校？　は知りませんが魔法には興味あるんで、自分で勉強したかったんです。昨日お休みいただいたのは魔法書探しが理由でした。ですが一軒目の本屋の店主に『魔法書は王都の魔法学校にしかない』みたいなこと言われて……で二軒目行く途中に襲われたわけです」

そこまで一気に話してお茶を口にする。

「何の……魔法を使ったんだ？」

「んーと、雷と…石ですね」

「ふむ」

主任もギルド長も魔法は詳しくないらしい。それで納得してくれた。

ＩＴ音痴の人間にＡＩの話をしたらふーんって返される感じと似てる。

とにかく無事で何よりと労いを受け、今日は休めともう一日お休みをいただいた。

次の日出社。

みんなは体調万全になるまで休んでいいよと案じてくれた。

俺は大丈夫ですと撃たれた肩をポンポンと叩く。

あの状態から完治する魔法……お祈りはマジですごい。

痛み止めの薬もすごい。効き目がハンパない。

二日目になると痛みが筋肉痛レベルまでに落ちた。撃たれた箇所の筋肉に力をグッと入れたら痛いと思う程度である。

鎮痛剤は今後常備薬としてウェストポーチに入れとこう。

経理の皆がしばらくは無理せずにと優しく言ってくれたので、俺もそのつもりと笑って返す。

書類をペラペラめくりながら一昨日の出来事について思いを巡らせていた。

治癒(ヒール)——

傷を治す魔法。

外科医いらず……というかこの世界にはおそらく医者はいないなこれ。

確実に死ぬだろう重傷者がものの数秒で完治する。

まんまＲＰＧゲームの世界観。

ヒーラーが数人いたら絶対死なねえなと思う……いればな。

いなきゃあっさり死ぬ。襲ってきた奴らは三人死んだ。

まぁ殺したのは俺なんだけど。

あいつらの中に聖職者がいたら俺が死んでいた。本当に運がよかった。

聖職者は冒険者にならないのだろうか。

ティアラで聖職者を一度も見たことがない。というより存在を知ったのは一昨日だ。

お姉さんマジ美人だったな……。

たしかに昨日、俺が瀕死のときに衛兵が聖職者を連れてきてくれた。

教会所属だった……別口なのか？

冒険者としてまったく見ない理由……主任に聞いてみるか。

「主任、教会の聖職者の方って冒険者とパーティー組んだりしないんですか？」

「組みますよ」

あっさり思いも寄らない答えが返ってくる。

「え？　でもティアラじゃ全然見ませんが……」

「頼めば来ますよ。でもうちは頼むような依頼はほとんどありませんから」

「――頼む？」

よくわからないという顔をしたら主任が説明してくれた。


聖職者をパーティーに入れるのは独特なシステムになっている。

聖職者は教会所属なので、パーティーを組みたい場合はまずギルドから教会に派遣要請を出す。

要請があると、依頼内容に応じた聖職者が派遣されてパーティーを組む。

依頼が完了すると、パーティーは聖職者に派遣費用を支払う……という仕組み。

つまり『何もしてなくてもお金はもらえる』ようになっている。

たとえば討伐依頼をこなした際、誰も傷つかずに済むとヒーラーは何もしないことになる。

それで依頼の取り分を山分けになると、たいてい戦った連中から不満が出る。

しかしヒーラーを頼んだということは、それを容認して受けた依頼なので文句を言えないだろってことだ。

要は『保険で呼んだんだから料金は払え』というわけ。

ただしこれ、派遣を頼んだ冒険者は依頼が空振りでも聖職者には金を払わなければならない。

つまり派遣されるのは大規模な討伐依頼時、または怪我が予想される難易度の高い討伐時ということだ。


「その……簡単な依頼でも怪我することはあると思うんですが……」

「購買に傷薬売ってますし、町に帰ってから教会に行けば治してもらえますよ」

身も蓋もない……簡単な傷なら舐めとけってことか。

ヒーラーの必要性は現地で死ぬ可能性が高い場合のみか……まあたしかにそうだな。

ゲーム序盤は薬草食って治すのと一緒か。金ないもんな。

聖職者派遣の話はなかなかいいシステムだとは思う。取り分で揉めることがなくなるという点ではな……。

ゲームでもヒーラーの働きを理解しない戦闘職というのは実に多い。後方支援を理解できない連中だ。

実社会でも会社は営業や開発だけが金稼いでいる……と思って総務や庶務の仕事を見下す連中のようなものだ。

物事を全体で考えられないバカだ。

この世界でもそういう連中が多いから聖職者を別枠で扱っているのだろう。

「うちでも聖職者を頼む案件とかないんですかね」

「まあないですね。よほど死に目に遭いそうな魔獣や魔物退治でもなければ。でもそんなのうちでは受けませんから」

「ふむ……」

机の書類をペラっとめくる。

俺が伝票整理してる書類は、薬草採集や配達依頼の精算がほとんど……まあ楽でいいんだけど。

そもそも魔獣というものが何かを知らない。命の危険がない依頼が多いのならそれに越したことはないわな。

……だが何か面白くない。

「何ていうか……パーティーとして一党を組んでいる聖職者っていないんですかね？」

「何でです？」

「いやその……イメージっていうか固定で組まないのかなーと……」

「そりゃいますよ」

「え⁉」

いるのかよ。拍子抜けだ。

つまり、聖職者の中にもずっと教会で働くのが嫌な人もいる。

そういう人は率先して冒険者たちとパーティーを組んで活動するという。

それで意気投合するパーティーができればずっと一緒に活動する。

教会側も収入の一部を入れてくれれば特に文句はない。教義の一環として受け入れている。

「それ聞いて安心しました。もし俺がパーティー組むときは絶対聖職者は固定で入れますね」

「そうなんですか？」

「ヒーラーいないパーティーとか日本人には考えられないので……」

「瑞樹、冒険者すんの？」

話を聞いていたガランドが口をはさむ。

「しませんけど⁉」

するなら入れるよって話をすると、よくわからんって顔された。まあゲームの話だしな。

「日本人はパーティー組むときはヒーラー入れるって相場が決まってるんですよ」

「へぇー」

漫画でもアニメでもゲームでも、ヒーラーいないパーティーなどない。組むならあの綺麗なお姉さんがいいなーと妄想していた。

「あでもヒール三回でバテるのはなー……」

現実とゲームは違う。顔で選んでたら痛い目に遭う……とわかってはいるけどなー。

ひょっとして新人聖職者なのだろうか……使えるスキルはどの程度なのだろうか。

いろいろと考えながら電卓の画面を叩いていた。

猫人とエルフとの会話

昼過ぎ、とある親子がティアラ冒険者ギルドを捜してやってきた。

「あーここかな?」

父の言葉に連れの子供は嬉しそうに元気よくドアを開ける。

彼らの姿を目にした客はざわついた。

その親子は特に気にすることなく空いているカウンターへ進む。

書類の記入をしていたリリーさんは、来客に顔を上げると驚いて目をぱちくりさせる。

「あ……いらっしゃいませ。ご依頼ですか?」

「えーと、こちらに御手洗瑞樹さんという方がいらっしゃると聞いてきたんですが……」

その人物は身長一六〇ぐらい、背中に大型のリュックを背負った行商人風の——

猫人だ。

俺はそのとき、スマホを必死に叩いてたのでまったく気づいていなかった。

「瑞樹さん、あの……」

「はい？」

リリーさんの声に顔を上げると、カウンターのデカい茶トラが目に入る。

「うぉ！」

思わずびっくり！

連れの子猫が俺に気づいてピョンピョン跳びはねる。

「兄ちゃん！　兄ちゃん！　僕！　僕！」

「――――ああ！」

思い出し顔が緩む。

席を立って店内へ出向き、壁際のベンチに一緒に座った。

「ティアラ冒険者ギルドの御手洗瑞樹です。瑞樹で結構です」

彼は一瞬驚いた表情を見せ、すぐになるほど……という顔で挨拶をした。

「行商人のルーミルです。この子はラッチェル。先日は助けていただいてありがとうございました」

「ああいえ。私は何もしてませんので」

ラッチェルは俺の膝をバンバンと叩き足に抱きつく。可愛くて思わず頭を撫でる。

「それにしても……ホントに猫人語を話されるんですね」

「あっ……まあ」

店内の客が驚いてる理由がわかった――

猫人語を話してるからだ！

そういや門番の衛兵がわからず困惑してたな。

人には理解できないらしい。

「マール語と猫人語、どちらがいいですか？」

「話しやすいのは猫人語ですが、どちらでも構いませんよ」

「んー……」

少し考えてラッチェルに目をやる。

「ラッチェルはマール語は？」

「まだ……もう少ししたら始めようかと」

「ふむ。じゃあラッチェルも聞きたいでしょうし猫人語でいきましょう」

「わかりました」

俺がいたずらっぽく笑うと、彼も猫独特の笑顔を見せた。

もしかすると俺は今、ニャーニャー言ってるのかもしれないな……そう思うと少し愉快だ。

ルーミルが来店の理由を語る。

本来は回復直後にお礼に来る予定だった。

しかしそのときは俺が旅人だと聞いたらしい。なのでもう会えないなと……。

それから二日ほど治療院にて治療。

そのことで別の町の予定に遅れそうになり、急ぎ出立せざるを得ない事情もあった。

今日この町に立ち寄った折り、東門のガットミル隊長から俺がここに勤めていると聞いたという。

「何でも先日襲われたと聞きましたが、ご無事で何よりです」

「いやまあ、とんでもない目に遭いました」

少し照れつつ頭を掻く。

「兄ちゃん、死んじゃダメだよ！」

「いや死なんし」

ラッチェルの慰めに「もしや……」とルーミルに小声で聞く。

「ラッチェルはオ……男の子？　女の子？」

彼はラッチェルを一瞥すると、俺を見て目を細める。

「――女の子です」

やらかすとこだったと胸を撫でおろす。

僕って言ってるから男の子だとばっかり……ボクっ娘だったとは。気づいてよかった。

ギルド内は騒然としていた。
猫人と人間が話をしている。マール語ではなく猫人語でだ。
それは傍目にはニャーニャーと猫が鳴いているようにしか聞こえない。
人間がニャーニャー鳴いているのだ。

「ニャニャッ…ヌゥウ…ニィニャッ、ナァアアァッニャ、ニャアアアニャアァア…ニィア」

「ナァ…ニャ、アアアゥニャウニャウ、ナァアアアニャンンン…ナッナニャーン」

「ニャッニャッニャッニャッ、ニャァアー……ヌゥ…」

こんな感じだ。

キャロルはもう信じられなーいと口を半開きでラーナの肩を掴んでゆする。

ラーナはラッチェルが俺の足にじゃれついてるのがたまらないらしく、うっとりした様子で目を離せない。

リリーはもう、自分は一体何を見ているのだろうと思考が停止。ずっとこちらを凝視して固まっている。

経理の三人も中腰状態で「何だあれ……」という表情だ。購買のオットナーとミリアーナさんも、商品棚から覗くようにこちらを窺っていた。

ただ間違いなく全員がこう思っている——

『お前は一体何者なのだ！』

残る主任はというと……残念ながらここにいなかった。

運の悪いことに別件で出かけており、この貴重な風景を見逃したのだ。

帰ってきたらおそらくキャロルから自慢気に語られてさぞ悔しがることだろう。

来店する客も綺麗な二度見で絶句していた。

◆　◆　◆

ルーミルの荷物は大きなリュックと肩掛けカバン、それとキャリーケースみたいな木箱。

初めて行商人というものを目にする。大荷物を抱えての移動、何となく大変そうだなという感じ。

「何を商売されてるんです？」

「生活雑貨と嗜好品、あとは頼まれたものを必要に応じて手に入れてくる感じですね」

彼はあちこちにいる猫人コミュニティー相手に商品を売買しているという。

ただしこの町にはなく、付き合いのある商店主に時折り品を卸しているのだそうだ。

嗜好品――という言葉を聞いて、俺の持ってきたたばこがあと一箱なのを思い出す。

「たばこってあります？」

「ありますが……猫人用ですよ」

と言いながら荷物をゴソゴソと探して商品を取り出す。

「煙管(キセル)？」

ただしこれは猫人用なので長さが菜箸ぐらいある。

「ご存じですか！　人はあまりこれで吸わないんですよね」

「あーそうなんだ。うちの国じゃ昔それで吸ってたみたいなんですよ」

「どこの国です？」

「日本です」

ルーミルは少し考え込む。けれど知らないなという表情。

「人用のたばこも仕入れましょうか？」

「でもルーミルさんは人相手じゃないんでしょ？」

「そうでもないですよ。嗜好品を扱うので人間とも取引しますし。お茶は結構売れるんですよ」

「なるほど」

「どんなたばこです？」

ウェストポーチからマールボロを出して一本差し上げた。

彼は鼻で匂いをかぎ、ふむふむといった表情でこちらに返す。

俺はそれで種類でもわかるのか……まあ猫だしな、と妙な納得をする。

「差し上げますよ」

「大丈夫です」

たばこよりマールボロの赤白の箱が珍しい様子。

渡したらしばらく念入りに観察していた。

「紙ですか？」

「紙ですね」

「すごい綺麗です」

たばこの箱に感心した様子。

「商売にならないなら無理されなくても大丈夫ですので」

「いえ大丈夫です。いくつか心当たりがあるので試しに持ってきます。この町に来る理由ができてこの子も嬉しいでしょうし」

俺とルーミルはラッチェルを見る。

「まあそう言っていただけるなら……」

ラッチェルはへへへーとばかりにまた俺の膝をバンバン叩いた。可愛いのぅ……。

二人を玄関前まで見送る。

ルーミルは「近いうちに寄ります」と言い残し、ラッチェルも「またねー」と手を振っていた。

席に戻ったらみんなが待ち構えていた。

あれこれ質問攻め……なぜ猫人語を話せるのかと問われたがごまかすしかない。

「まあ……学校で習ったので」

絶対嘘だとみんな思っている……キャロル以外は。


翌日、主任はギルドのみんなから昨日の猫人が来た話を聞いた。

原因を知ってじろっと俺を見る。

女性たちが可愛い可愛いを連呼するので、顔には出さなかったが悔しそう。

知らんぷりを決め込もうか……。

しかし商品頼んだので近いうちまた来ると告げると溜飲が下がった模様。

「今度からは私がいるときにお願いします」

珍しく主任が揶揄ったので笑って返す。

猫人の冒険者でもいればギルドに立ち寄るんだろうが、行商人では依頼でもなければ来店しない。

俺も身長ほぼ俺と同サイズの猫、見たのも初めてだし会話も初めてだ。

ただあれだ……日本はゆるキャラ大国だ。着ぐるみキャラには慣れている。

被り物と思えるからまったく驚かない。

ふとある考えがよぎる。

――これ猫以外も当然おるよな?

犬とか熊とかいるのだろうか。

アニメで見た熊キャラを思い出して思わず噴き出しそうになった。


昼過ぎ、ギルド長が階段を下りてきて声をかける。

「タラン、ちょっと出かけてくる――」

言いかけたそのとき、奥から白っぽい薄手の肩掛けを羽織った女性がスッと登場した。

俺は書類を見ていたので気づかなかった。主任が席を立って声をかける。

「副ギルド長!」

後ろを向いて彼女を目にした瞬間、驚いて声が出た。

「うぉ!」

透明感のある素肌に、美人という形容では足りないその容姿端麗な顔――そして長い耳。

俺はその耳に目を奪われた――

エルフだぁぁあああああああああ！！！


思わず目が点になる。

いや考えてみればそうだ！

猫人もいたのだからエルフがいてもおかしくはない！

魔法が存在する世界だもんな。

とはいえ客の来店で驚くならまだしも、職場にポッと出現するとは予想できるわけもない。

不意をつかれて体が震える。ワクワクが止まらない！

皆も驚いている……ところが理由は俺とは違ってた。

あとで知るのだが、副ギルド長は滅多に店頭に姿を見せない。

年に一度あるかないかの頻度らしい。

ギルド長室に来る際は、職員が帰宅したあとなのだ。

来店した客も彼女の登場に驚いている。

うちの冒険者は新人が多いので、ティアラにエルフがいると知らない人がほとんど。

いわゆる隠れキャラである。

なので目にした人は間違いなくびっくりする。みんな自慢するんだと。そりゃそうだろうな……。

道理で主任がいずれ紹介するって言ったとき、自信ありげに含みを持たせてたわけだ。

「何か御用ですか？」

主任の問いに答えず店内をゆっくり見渡す。

目が合った。

翠玉（すいぎょく）の瞳は吸い込まれそうなほど美しい……けど華麗にスルーされる。

彼女は主任に書類を手渡す。

いつもは職員が持ってくるのになぜだろうと驚いている様子。

ギルド長も階段から彼女の様子を窺っている。

主任はハッと気づく。

「副ギルド長！　彼が先日雇いました……ニホン人のミタライミズキさんです」

「ミズキさん、ティナメリル副ギルド長です」

「⁉」

いきなり紹介されて焦る。

慌てて立とうとして机をガタガタっと揺らした。

エルフを目にしてこれほど緊張するとは……心臓がバクバクしてる。

「あ、ハ…初めまして、この度…こちらで働くことになりました御手洗瑞樹でッ。よろシュくお願いします」

あがって声がうわずった……恥ずかしさでバッと会釈する。

やらかして顔が火照るのを感じて目を閉じる。本物を目にしてテンパった。

ゆっくり顔を上げると、なぜか彼女はとても驚いている。

主任に目をやると、彼もびっくりしている。

「あっ」

すぐに気づいた……俺がエルフ語をしゃべったからだ！

皆も驚いている。

目線は副ギルド長に向き、彼女の反応を待っているようだ。

ギルド長も階段の手すりを掴んで固まったままだ。

相当マズい出来事なのだろうか……。

彼女はしばらく俺を見つめると、「よろしく」と一言だけ発して戻っていった。

それをきっかけにギルド長も出かけた。

すぐさまみんなから質問が飛ぶ。

猫人語に続いてエルフ語もとなると、さすがに「勉強しました」は通じない。

詳しくは言えないと前置きしてネタばらしをする。

「んーと、皆さんが言ってることはわかります。でも言葉はわかりません」

禅問答みたいな答えに皆、首を傾げる。

「あのですね……私マール語知らないんですよ！」

みんなの表情が「何言ってんだお前！」と語っている。そらそうだ……今まさにしゃべっているからな。

「自分がしゃべっているのは日本語で、皆さんの言葉も日本語に聞こえてます」

と言ってもまったくピンとこないよな……。

口の形もマール語をしゃべっているように見えるそうだ。

自分で説明してて思う。

うーむ……『わかるけどわからない』という意味を説明するのはかなり難しい。

すると主任が後ろから声をかけた。

「『私の名前はタランです』これわかりますか？」

「『私の名前は御手洗瑞樹です』これでいいですか？」

それに答えるとみんながどよめいた。

どうやら隣の国――ダイラント帝国の言葉『ダイラント語』をしゃべったらしい。

それで何となくわかってもらえたようだ。

『自動で言葉を翻訳して相手に合わせて話せる能力』を持っていると。

魔法がある世界だからか、むしろそのほうが納得できるらしい。

俺は気味悪がられなかったことに安堵した。

試しに「猫人語で『よろしく』と言うよ」と伝え、そして声をかけた――

みんな真似てニャーと鳴く。

お互いの顔を見合わせ爆笑した。

さてと仕事に戻る……が、エルフとの出会いが頭を駆け巡る。

にやにやが止まらない。

エルフが上司にいる会社。マジでここに就職できてよかったと心の底から喜んだ。

防衛隊本部

一昨日、行商人のルーミル親子が帰ったあとに衛兵が手紙を持ってきた。

先日の襲撃事件の事情聴取に来てほしいとの内容である。

主任に告げると、特に問題はないとの事だったので了承すると自分も付き添うと言ってくれた。

正直心細かったので助かった。

なので今日、俺は主任と馬車で防衛隊本部に向かっている。

――だが気が重い。

襲撃を受け大けがを負わされた身ではあるが結果的には三人殺した加害者でもある。

この国ではそういうのはどう扱われるのだろう……正当防衛とかあるのかな。

必ず倒した方法を聞かれるだろう。何をどこまで言えばいいだろうか……。

外の街並みを見ながら考えていた。

東大通りから中央市街地へ向かい、西大通りに入ってしばらく進んで北に折れる。

すかさず馬車から二階建ての洋館が目に入る……あれか——

防衛隊本部である。

なんとなく歴史の教科書で見た『鹿鳴館』みたいだなと思った。

門をくぐると、いかにも兵士の駐屯地らしい重々しい雰囲気が漂っている。

窓のない取調室に通されると、治療院で会った人物が入室してきた。

フランタ防衛隊第一小隊のカートン隊長だ。

相変わらずのイケメンオーラ……加えてここは彼らのホームグラウンド。圧が前より明らかに強い。

アウェーの俺は一人だったら心折れてるなきっと。

前回もいた魔法士と思われる隊員も同席するようだ。

「その後どうですか？」

「おかげさまで大丈夫です」

「そうですか。それはよかった」

軽く挨拶から始まり、襲撃の事情聴取が始まった。


まずは時系列の再確認。

事件の内容が治療院で話したのと齟齬がないかの確認だ。襲われて助かったところまで話す。

特に問題はない。

次に加害者の素性と現状。

犯人は四人。路地裏で倒れてた三人は冒険者でいずれも剣士。ティアラ冒険者ギルドで登録、一年以上の経験者。

もう一人の弓使いも冒険者。ティアラで登録、最近はヨムヨムで活動。三年以上の経験者。

俺を襲撃して返り討ちに遭い、剣士二人、弓使い一人の計三人死亡。一人は聖職者の治療で回復。

生きてた一人は俺に蹴りをかましてた奴だそうだ。

ウェストポーチを奪おうとして密着してた奴がガッツリ感電、蹴りの奴は一瞬だったから助かったってとこか……。

彼らとの面識を聞かれたがまったくないと答え、襲われた理由を尋ねる。

「その前に聞きたいんだが……襲った彼らに反撃して三人死んでいる――」

おっと先に本題を切り出してきたな。

隊長はやんわりとした口調で話している。しかし態度は重罪人を相手にしてるそれだ……圧が急に強くなったな。

「何をしたか教えてくれますか?」

目が全然笑っていない……超怖ぇ～。

まあ目の前にいる人物は三人殺した殺人者だからな。ただの一般市民のギルド職員が武力を商売にしてる冒険者を倒したのだ。

「よくわかりません……殺されかけたんです。正当防衛です」

「正当……防衛……」

意味は通じている。

「襲われたから反撃しただけ……というわけだね」

「反撃かどうかもわかりません」

彼は首を捻る。

「というと？」

へたに隠し立てして嘘つくと碌なことにならないが、かといって全部話すわけにもいかない。

上手にごまかすには、ある程度本当のことを交ぜつつ嘘をつくのがいいと何かで読んだ覚えがある。

「実は魔法が使えます。森で亡くなってた魔法士の本を読んだら使えるようになったんで咄嗟にそれを使いました」

「何の魔法？」

「雷の魔法と石の魔法です」

そう聞くと後ろに控えてた人物に目をやる。

「雷の魔法を詠唱した……ということですか？」

「あなたは？」

「第一小隊の魔法士クールミンです」

やはり魔法が使える人だ。

「わかりません」

「……わかりませんとは？」

「雷の魔法は練習で『体が帯電する』って気づきました。で、やつらがウェストポーチを奪おうと被さってきたので咄嗟に唱えました」

「タイデン……ですか」

発音に微妙な違和感を感じた。もしかして帯電の意味がわからなかったり……する？

「……はい」

「それで倒したと」

隊長が口をはさむ。

「だからわかりません。気づいたら倒れてただけです」

頑なにわからないで通す。

実際本当にわからないのだ。たぶんそうだろうとは思うけど自分から言う必要はない。

「雷……なんだよね？」

「はい」

クールミンが何やら納得いかなそうな表情を浮かべている。

「本を読んで使えたと……」

「……何か？」

クールミンが俺をじっと見つめる——

「雷の魔法は……魔法学校でも使えた人は誰もいません」

「は⁉」

思わず耳を疑った。

「何でです？」

「わかりません」

「は⁉」

魔法士が『使えない理由がわからない』と言っている。どういう意味なのか——

彼によると、雷の魔法は『文字通りに詠唱しても発動しない』呪文らしい。

教える教授たちもなぜ発動しないのか、とんと理解できていない。解読のための情報が足りないと悩んでるそうだ。

なので『何がどうなるのかわからない』らしい。

——あ、これ相当ヤバい！

魔法学校の教授ですら発動しない魔法を使っちゃったわけだ。

そういや魔法書の『雷の魔法』のページが他の魔法に比べ少なかったな……。

んなもん初級魔法書に載せるなよ……。

じゃねえわ！

載せてくれたから助かったんだ。感謝感謝だ。

雷の魔法が難しいとか知らない。

簡単に使えたとなれば不審者レベルが急上昇……弁明せねばなるまい。

「俺は袋叩きにされてウェストポーチを奪われそうになったのでその場に丸まって……で雷の魔法を詠唱したらやつらがその場に倒れてた……。それしかわかりません」

一気にまくしたてる。

焦りが顔に出てるかもしれないがもうそれしか答えないことにする。

俺が何か隠してる……と隊長は見抜いてる感じがするが追及はできないはずだ。

「……まあいいでしょう」

よし乗りきった。

隊長は書類をめくって次に移った。

「では次に弓使いを倒した状況を教えてください」

「這う這うの体で路地から出た瞬間に左肩を撃たれ、しばらくして右足を撃たれました。このままじゃ死ぬと思って手で頭を隠したら屋根の上に人影を見たんです。そしたらそいつ……三階建ての建物の上から飛び降りてこちらに歩いてきました」

隊長はじっとこちらを見ている。

「俺は顔の前に手をやったまま怯えてるふうを装い、それで俺が怖がってるんだろうと気にせずウエストポーチに手をかけた。そのとき、相手の顔の前に手をやって魔法を撃ちました」

おでこの前に手を当て怖がる演技をして見せる。

その様子にクールミンがすかさず質問する。

「石の魔法を使ったんですね」

「はい」

「詠唱したんですか？」

「はい」

「詠唱バレませんでしたか？」

やはり無詠唱はマズいっぽいな。

「あー聞こえないように小声でしたし、相手も俺が魔法を撃つとは思わなかったんじゃないですか？」

「それで石の魔法を間近で食らったってわけか」

奴の顔面は陥没し、直視できない状態だったと隊長は説明した。

俺は練習で威力を知ってたので直撃したらどうなるか……まあグロ画像だろう。

隊長がクールミンに目を向ける。

「間近で直撃食らうとあんな感じになるのか？」

「いやーわかりません。逃げる奴の背中や足に撃ったことありますが、近距離で顔面直撃はないので……」

そこまで言って俺を一瞥、何か含みがある様子。

「ただ……」

「ん？」

「威力は詠唱の精度だと言われているので、相当上手な詠唱だったことにはなります」

彼はしばし俺をじっと見つめる。

「魔法書読んだだけで撃てるか……と言われたら正直……」

「……何だ」

隊長がせっつく。

「いえ……信じられないなーと」

なるほど……『威力は詠唱の精度』か。指輪の能力でネイティブランゲージだから完璧ってことか。

「クールミンさんは石の魔法の詠唱は得意で？」

「そこそこ」

隊長が振り向いて眉をひそめる。

「おまえ『そこそこ』なの？　前んときは『完璧』ってなかったか？」

「あ、いや……完璧です」

彼は少し不思議に思っている様子だ。

「ただその……自分が石の魔法を使ったとしても、せいぜい顔面骨折ぐらいかなーと思ったので。中身吹っ飛ばすまでは……と」

「そんなにひどかったですか？」

「隊員で吐いてたのがいたんでね……不甲斐ない」

よかった……布をかけといてくれて。

いくつか補足で質問を受けたが、結局――

『路地裏の三人は雷の魔法食らって感電、二人死亡一人重傷、弓使いは石の魔法を直近で食らって死亡』

ということで落ち着いた。

ところがクールミンはどうしても納得いかないらしい……。

「さっきの雷の話ですが、ホントに使えたんですよね？」

「……まあ、はい」

「いや……あの詠唱を本読んだだけで使えたってのがいまだに信じられなくて」

「はあ」

あまり触れられたくないので塩対応を決め込む。

「……ちょっと見せてもらえませんか？」

「何を？」

「雷の魔法」

「「「は!?」」」

その場にいた全員がびっくりした。思わず隊長が咎める。

「何言ってんだお前！」

「隊長！　魔法学校の生徒が誰も使えない魔法を彼は使えるんですよ！　どう考えたっておかしいでしょ！」

それに関しては俺も同意見……だが断る。

「嫌ですよ！　何かあったらどうするんです？」

何かあったらというか……確実にやらかす。

なぜなら制御ができないからだ。

そもそも効果範囲もわからない。

部屋全体だったら隊長殺して死刑確実だ。

隊長は彼に言い聞かせ、俺に手で制止する仕草をする。

「あー……お前が気になるのもわかるが今日は被害者の事情聴取だ。それ以外のことはできん」

「…………わかりました」

そら自分が使えない魔法を使えると言われりゃ見せろってなるわな。マズいな……。

雷の魔法が使えたならその詠唱を疑われてしまう、使えないなら倒した方法を疑われてしまう。

手の打ちようがない。

「隊長さん、一つ確認ですが……」

「何か？」

「今日の事情聴取の内容は外に出すんですか？」

「あー報告書として上司に提出するから隊長間で情報は共有する。それ以外には出ない」

クールミンを一瞥する。

「他の隊員には？」

「んー……各隊長には釘を刺しとくが……正直漏れる可能性はある」

「そうですか」

さすがにしょうがないか……。今後聞かれたらごまかし通すしかないな。

隊長が話題を変える。

「ところで、この国の人じゃないようだが出身は？」

「日本です」

「ニホン？」

隊長はしばし考え込むが、「知らない」と言い、クールミンも知らないと首を振った。

ここで主任が口をはさむ。

「彼はニホンの学生なんですが、帰れない事情があり、うちで雇いました。彼の通ってた学校はすごい魔法の知識があるようで、特に言語が得意な様子を何度も見ています。先日うちに来た猫人とも猫人語で話をしてました」

「猫人語！」

クールミンが驚愕の表情を浮かべ、隊長は以前の報告を思い出した。

「そういえば少し前に猫人が道で倒れて、その救助をしたって話があったな……。猫人語を話す旅人が通訳して協力したと――」

「ああ…それ私です」

「なるほど」

言語が得意だけでは納得はしないだろうが、これ以上話をしても無駄だと判断して打ち切った。

隊長は書類をめくって再び話す。

「で、彼らが瑞樹さんを襲った理由ですが……嫉妬です」

「「嫉妬!?」」

俺と主任は仰天して思わず顔を見合わせた……スマホじゃないのかよ！

まったくもって思い当たる節がない……。

カートン隊長は尋問して得られた話をした――

容疑者の連中は、俺が受付のキャロルと仲良くしてたのが気に入らなかったらしい。

そこに弓使いの奴が少し痛めつけてやろうと持ち掛けてきたので話に乗った。

キャロルが夢中になっている魔道具を持っていると、弓使いに言われたので奪うよう指示された。

それがなくなればキャロルも興味がなくなるだろうと。

何とまあ……呆れて物も言えないとはこのことだ。

まったく面識のない赤の他人からキャロルとの恋愛疑惑をかけられ袋叩きにされたわけだ。

そういえば蹴られてるときにキャロルの名前を聞いた気がする。

彼らがウェストポーチを狙ってきてたので魔道具狙いの物盗りだと思っていた。

それは間違いではなかった。しかしながら事の発端が嫉妬とは思いもよらない。

「弓使いの奴も嫉妬ですか？」

隊長は頷いた。

「あいつはリリーという職員にお熱だったそうで、本人は隠してるつもりだったらしい。まあ三人にはバレバレだったらしいがな」

その話を聞いて怒りが湧いてきた。

「そんなんで俺を殺そうとしたんか、あのクソどもは……ストーカーかよ、クソッ!!」

「ストーカー？」

隊長はそれは何だという顔だ。

「私の国で『しつこく相手に付きまとって迷惑かける人間』の総称です。断られても何度も交際を申し込んだり、付きまとったり待ち伏せしたり、興味を引こうと嫌がらせをしてね。すべては相手のためにやっている――という、常識とかけ離れた思考になります。そしてそれでも自分の好意を受け入れてもらえないとわかると、好意が激しい憎悪にかわり――」

少し間を置く。

「最終的には好きな人を殺します」

クールミンと主任が驚く。

「え？　好きな人を殺すの？」

俺は頷いたがカートン隊長は動じてなかった。たぶん知っているんだろう……そういう連中の行動心理を。

　事情聴取は終わった。

「取り調べした奴が素直に自供してくれたんで、おおよそ状況は把握してたんだよ」

「なら俺は不問ですか？」

「三人殺害しているが、殺されかけたのは明らかだしな」

「当たり前です」

　少しムスッとする。

「君がひどい状態だったのは治療院からの報告でも聞いているし、君のいうセートーボーエーだ」

「よかった」

　国も政治体制も違う以上、何がどう判断されるかわからない。罰せられないとわかって安心する。

「まあでも彼らの死因については不明な点もあるが、君から聞いた話で調書はまとめ上げるよ」

「わかりました」

　帰り際に一つ気になったことを思い出した。

「そうだ……一つ教えてほしいんですが――」

「ん？」

「弓使いが屋根の上からサッと降りてきて平気で歩いてたんですが、あれは何です？」

「ああ…『身体強化術』だな。知らない？」

「知りません。魔法ですか？」

「んー魔法といえば魔法になるのか？」

隊長はクールミンのほうを向く。

「そうですね。魔法学校ではなく戦士学校で習いますが、マナを使う点では一緒です。なので魔法といえば魔法です」

「力が強くなるんですか？」

「まあそんな感じだな。力が強くなったり高く跳べたり足が速くなったりだな」

「なるほど。ちなみに隊長は？」

「使えるぞ」

「ですよねー！」

馬車が手配される間、防衛隊の隊員が数名俺を見て何やら話しているのを目にする。

俺が弓使いを倒したことの噂でもしているのだろう……少し憂鬱だが仕方がないことだ。

面倒なことが起こらなければいいが……。

俺と主任は馬車に乗って防衛隊本部をあとにした。

事情聴取を終えて

防衛隊本部での事情聴取を終え帰宅。部屋でたばこを一服しつついろいろ思い返していた。

今回の襲撃事件は防衛隊でもだいぶ話題になってたらしい。

去り際、俺を目にしては足を止める隊員が多くいた。

まあそれはそうだろう……一人は顔面粉砕レベルの死にっぷりだ。

何をしたらあーなるのだろうと訝(いぶか)るのも当然だな。

カートン隊長も魔法士のクールミンもだいぶ素性を疑っている様子。何かと話しかけられた。

日本でいう警察機構の連中に魔法の威力を知られたのは痛い。

しばらくは彼らの動向には注意して行動しよう。

スマホを取り出し日付を確認すると『7月20日』、この地に来たのが四日だったから半月過ぎたところか。

ベッドに横たわり目をつぶる。

「…………イベント多すぎだろぉおおおおお！！！」

思わず口をつく。

正直、生活は不便極まりない。それでもテーマパークで働いてると思えばまだ我慢できる。

だが殺されかけた……思い返すだけで怖い。

ヘタレな日本人にはつらすぎる。

森で冒険者の死体を発見して、町の外は危険なのだとは思っていた。

町でも普通に死にかけるのだな。

平和な日本で生きてた学生にいきなり殺伐とした世界に順応しろというのが無理な話だ。

町の中も外もヒャッハーな世界……今後どう対応していけばいいのやら。

やはり決めては魔法だろう。

今回も魔法が使えてなければバッドエンドだった。魔法については早急に調べたい。

まずはどこかで練習できる環境を探さないとだな。

ベッドに寝転がりながら情報を整理してみる。


まず魔法、魔法とは発掘物。

今の世界の人たちが作ったのではなく『過去の遺跡から発見』した知識である。

過去に滅んだ文明が魔法を使っていて、それをこの世界の人たちが活用しているという感じ。

創造主の話にあった大量絶滅の件も踏まえればその頃の産物だろう。

現状知っている魔法は――『風、水、石、土、雷』、まだ試していない治癒も加えて六つ。

風と水と石は撃ち出す魔法。

石の弾の大きさはテニスボールぐらいだと思う。結構大きい……そら顔面潰れるわな。

土は何か地面を上げ下げできる。穴掘りとか盛り土などの土木作業だろうか……使いどころがわからない。

雷は体が帯電する。

魔法学校出の魔法士が使えない高難易度技らしい。

じゃあなぜ初級にあるのだろうか。読みが違うか、発音が違う、とか言ってたな……。

日本語にしか見えない俺にはたしかめるすべはない。

さて呪文について。たとえばこの石の呪文——

《私は今から唱えます。石の魔法。石の神ヌトス。よろしくお願いします。石発射》

このクソださ詠唱、これ……『魔法言語を直訳で読んでしまっている』せいだと判明。

実はちゃんとかっこいい詠唱なんだろうけど、必要最低限の表現で理解しちゃってるみたい。

最初呪文と勘違いした文章——

『今こそ我が言の葉により疾き風を放たん、風神ウィンドルの名のもとに、疾風』

この中二病全開の台詞が呪文の説明文。おそらくマール語だと思う。

ではなぜこちらは直訳じゃないのだろうか。

まあ……俺のゲーム脳がそう訳してしまっているだけだろうな。嫌いじゃないし。

俺の魔法の異なる点——『おでこから発動』と『無詠唱』の二つ。

ところが実はもう一つある——それが『詠唱の短縮』だ。

詠唱で必要なのは、実は「唱えます」と「石発射」の二単語だけ。

創造主から『神はいない』と聞いたので、もしかしてと省いたら見事正解。

そこからいろいろ削って最終的に二単語まで減らすことができた。

過去の文明の呪文制作者が何を思って必要のない単語を入れたのかは不明。宗教的な賛美をしたかったのだろうか。

たまたま開発中に発動して『撃てたからヨシ！　もういじらない』と決め打ちしただけかもしれない。

今の人たちは発見した呪文が正しいと思っているのでそれを見直すことなどしない。

無駄な部分が付いてるとは露ほども思わないだろうしな。

それに魔法学校でも言語の解析がまだ完ぺきではないのかもしれない。

魔法士のクールミンが言っていた『雷の魔法が使えない』という話からもおそらくそうだろう。

使えるとバレたら連れていかれそうだ……気をつけよう。

詠唱の単語はというと、実は『好きな単語に置き換え可能』である。魔法の翻訳が直訳だったことからピンときた。

つまり「唱えます」を「詠唱」。「発射」を「撃て」でも可能で、意味が同じ単語ならよいのだ。

先の弓使いに放った呪文は、無詠唱で《詠唱、石撃て》という短縮呪文を使用した。

短くできてたからすぐ撃てたのだ。元の呪文をだらだら詠唱してたら死んでたな。

おそらくもうちょっと頑張れば《唱・石・射》と、『悪・即・断』みたいにはできそうな気がしてはいる。

どうせなら横文字のカッコいい詠唱にしてみたりして――

《chant（チャント） stone（ストーン） shoot（シュート）》

おおう……これいいんじゃね？

襲われたことで得られた新魔法、治癒（ヒール）を得た。

まだ試してないけど……。

いやだって自分で指切って……とか怖くて無理だ。

よく漫画で自分の指をナイフで切っちゃうシーンとかあるけど……できねぇだろ普通！

とにかく自分で切るのは根性なしの俺には無理。そのうち怪我人を見つけたら試したいと思う。

そういえば気になった点があれだ――

『魔法とお祈りが違うという認識』

俺には同じ魔法にしか聞こえない。

しかし衛兵は「違う」と言っていた。おそらく言語が違うのだろう。

教会がお祈りと言い張るから指輪の翻訳もそれを受け入れてる感じ。

治癒魔法が幅を利かせているこの世界での医療行為は教会が独占している。

彼らの言い分には逆らえない。

『健康保険料（お祈り）も国民負担（呪文）なんだから税金（魔法）と一緒でしょ？』

と言っても絶対に認めないのと一緒だ。

ということは今後、言語が違う魔法が見つかる可能性がある。

『火』はおそらく別言語だ。

何となくこの世界の理（ことわり）がわかってきた気がした。

今後の課題を考えてみよう。

魔法については魔法学校出身者に聞きたいが、今はやめたほうがよさそう。

クールミンに雷は使えることが知られたのは痛かったな。

立場上、彼がペラペラ言いふらすとは思えない。とはいえ衛兵たちの態度からすると漏れるのも時間の問題な気がする。

変なことにならないことを祈るしかない。

本を読んだだけの人間が、学校出の人より能力高いと知られていいことなんか絶対にない。これ以上のネタバレは避けないといけない。

そういえば、彼は『呪文の威力は詠唱の精度』と言っていたな。

つまり俺の場合、指輪のおかげで呪文すべてネイティブランゲージになってるから精度百パーセントってことか。

チートだねー。

それと治癒魔法。

これは教会が聖職者に呪文を教えてるはず。なのでテキストが必ずあるはずだ。なんとか手に入れたい。

とりあえず給料出たら教会にお礼の寄付に行き、そのときに探ってみよう。

最後にカートン隊長が言っていた『身体強化術』だ。

これは今のところ内容は不明だが、戦士学校で習うと言っていた。おそらく教本はあるはず。

できるなら修得したほうがいいスキルだ。

何せ三階から飛び降りて普通に歩いてたからな。まんまアニメや漫画の世界だ。

あとはやっぱりいつかは王都だなー。

本屋の店主は「魔法関係の本は王都だ」って言ってたからな。いずれ行きたいな。

「魔法……王都……学校……」

ひとしきり頭で状況整理をしたら眠くなってきた。

今日はこのまま寝てしまおう。

襲撃後のギルド長室——上司の会話

ギルド終業後のギルド長室。

タランはギルド長に事情聴取の結果を報告している。

「嫉妬⁉︎」

「はい。襲った四人はミズキがキャロルやリリーと仲がよかったのが気に入らなかったようです」

ギルド長は唖然とする。

襲われた理由が色恋沙汰とは思っていなかったからだ。

「彼はそんな仲いいのか？」

「いいえ、職員として普通に接してるだけだと思います。スマホを狙ってたのは事実ですが、単にそれがなくなれば彼女らがミズキに近づくことはなくなるだろうと……」

ギルド長はこめかみに手をやる。

「いやでも矢で撃たれただろ！」

「はい。弓使いが主犯で、路地裏で襲った三人は奴に唆（そそのか）されたと。奴はミズキの殺害も辞さなかったようです」

「嫉妬でか！」

「はい」

タランは瑞樹が言っていたストーカーの心理とやらを話す。

ギルド長もこの手合いの行動原理について知らなかったみたいで興味深く聞いた。

「てことは最終的にはキャロルやリリーが殺されていた可能性があるということか」

「そうなりますね」

「うーむ……」

「彼の国ではよくある犯罪だと言っていました」

ギルド長はため息をつく。

とにかく罪に問われるようなことがなくてよかった。

「ヨムヨム、アーレンシアの様子はどうでした？」

「上の連中に会ってきた。職員が襲われた件を憂慮していたな」

「スマホの件はどうでした？」

ギルド長は首を振る。知らないらしい。

「けれど知っている可能性はある。うちに来た冒険者もスマホを目にしているからな」

「そうですね」

噂の魔道具を持ってた人物が襲われたと耳にしたら、存在を知っていても口にはしないだろう。

しかしもう問題はそこではない。

一般職員に冒険者が殺されたのだ。

しかも四人のうち一人は討伐依頼を受けられる実力者だ。事情聴取が済んだ今、両ギルドにも情報が入っていることだろう。

「どう出ますかね？」

「何もせんだろう。会っても少し聞かれる程度だ。だが魔法士連中はどうか。耳にすれば――」

「うちに来ますかね？」

「……あの手合いはなぁ……馬鹿数名はおるかもな」

カートン隊長やクールミンが外へ話を漏らすとは思っていない。

とはいえこの手の話が漏れなかったというのは、ザルで水を掬えると吹聴するほどありえない話だ。

魔法書読んだだけの一般人が魔法士より実力が上らしい……などと聞かされたらちょっかいを出してくる奴はいるかもしれない。

「瑞樹には相手にするなと釘を刺しとけ」

「彼はそんなタイプじゃないでしょ」

「そうか？　三人殺してるぞ！」

「セートーボーエーでしょ？」

「じゃあ襲われたら殺すんじゃないのか？」

「あー……」

ギルド長の指摘にタランは不安になる。

瑞樹に「町での魔法の使用は慎重に……」と言っておこう。

哀れな魔法士たち

数日後、とある三人の魔法士がティアラ冒険者ギルドにやってきた。

年齢的には二十代後半。

一人は金髪の青年で魔法士にしては筋肉質で高身長。

後ろに控えてる二人はどちらも茶髪。ニヤニヤして体格はいかにも文系という感じが漂っている。

「ミタライミズキって奴はいるか？」

キャロルのカウンター前で声を荒らげる。

俺は顔を上げると、キャロルが何か変なのが来たという表情で俺を見る。

「お前がミタライミズキか」

たちの悪い冒険者どもだ。

こいつらの物言いはホントなってないなと思う。

主任が俺を雇うときに「理知的で敬語が使えるから」と評価された理由がよくわかった。

実に生意気そうな男三人……見た目から魔法士だろう。

クールミンが着てた丈の長い服、応援団の人が着てる長ランとかいうやつに似てる。

それで森の中に行ったりするのは不便だろうに。

いかにも馬鹿っぽい連中だな。

とはいえ客だ……キャロルの横に行く。

「私が瑞樹ですが何か？」

「お前、魔法が使えるんだってな」

もう漏れてた。

衛兵……口軽すぎだな。金でも積まれたか。

主任が忠告してくれたことが現実になり警戒する。

「えーと、どちら様で？」

「魔法が使えるんだろって聞いてんだよ。襲われたけど反撃して倒したんだってな」

金髪の男が声を荒らげて威圧する。職員はもちろん店内の客もこちらを見る。

半月前の俺ならビビって涙目になってただろう。

こちとら、つい先日死線を越えたばかりだ。

沸々と怒りゲージが溜まっていく。

「お答えする義務はございません。お引き取りを」

「ちょっと修練場で見せてくれよ。俺のも見せるからさー」

ヘラヘラとこちらを馬鹿にする態度だ。後ろの二人はずっとニヤニヤして職員を見渡している。

てか修練場ってとこがあんのか……。

「仕事中ですので。あと他のお客様の迷惑です」

「ああ？　俺だって客だろ！　俺が見せてくれって言ってんだから見せろよ！」

実に典型的なヤンキー口調……この世界にもこの手合いはちゃんといるのだな。

魔法では絶対に負けない自信があっても気圧されるとやっぱり怖い。

だがカチンとくるな。

おかげで怒りゲージが満タンだ。

さてどうしたものか……。

主任が来ようとしたが手で制止する。

俺はスマホを取って撮影モードにする。

「ちょっといいですか？」

「あぁ？」

パシャッ
一瞬フラッシュが焚かれ、金髪の魔法士が怯む。

「な、何だ！」

パシャ、パシャ
かまわず奥の二人を連続で撮影する。

「何!?」

「これ見てくれる？」

撮影した写真を見せる。

彼は一瞬何かが光ったことにビビっているのが丸わかりで、イラつきながらも言われたとおりにスマホを覗き込む――

「う…うぁわぁあああぁ！」

自分の姿がそこにあるのを目にして絶叫する。

恐れて後ずさると、勢い余って後ろの奴にぶつかり、三人ともこけた。

初めてリリーさんが写真を見たときと同じリアクションだ。

『この世界の人は写真が理解できない』

後ろの二人にも自分の映った写真を見せる。

彼らも金髪の魔法士同様に怯えた。

「これはな、お前らみたいなカスハラ野郎に対処するための道具だ」

三人は床に倒れたまま真っ青になっている。

店内の客は、ヤバい雰囲気を察して店を出始めた。

「な……カス……何？」

「カスタマーハラスメント。うちの国で『迷惑をかける客』って意味だ。変な要求をしたり暴力的で侮辱的な言動をする客のことだ」

キャロルに奴らを撮影した写真を見せる。

「あ～写真！　そうやって撮るんだ～！」

よく考えたらスマホで撮影する様を見せたのは初めてだ。

キャロルは写真の撮り方を知って喜んだので、口の端上げてドヤって見せる。

「これで今お前らの姿を撮った。これを警察に提出すればお前らは逮捕される」

「ケーサツ？　何だケーサツって……」

かまわず続ける。

「この道具で姿を撮られるとだな、警察にずっと監視されるんだ。そらもうずっとだ。外歩いてるときも寝てるときも、トイレで用足してるときもだ。お前らが悪事を働けば即警察がやってきて逮捕する。そして処刑だ」

奴らを睨んで語気を強める。

「俺は今お前らの姿を撮った。俺がこれを消さない限りずーっとお前らは警察に監視され続ける」

彼らは一体何が起きているのか、まったく理解できなかった。

意気がっていた金髪の魔法士は、恐怖のどん底に落とされていた。

あいつは何を言っているのだ……まったくわからない。

まず何をされた！　あの道具は何だ！

『ピカッと光ったら自分の姿があの道具に入っていた』

じ……自分はどうなったのだ！

あの道具の自分は何なのだ……。

受付の女はさも当たり前のことのように言っていた。

『とる……何を？』

いつも迷惑な客はこうされてるのか？

ケーサツが監視すると言っていた。ずっとだ。トイレの中まで監視すると言っている。

だからケーサツって何だ⁉

魔法士は男を見て思い出した——

『あいつは三人を殺した奴だ』

たしかに今「処刑だ」って言った……言ったな。聞いた話じゃ『魔法書を読んだだけで魔法を使えた』らしい。

そもそもそんな話があるわけがない！

雷の魔法で殺したって聞いた……嘘だ！

そもそも雷の魔法を使える奴なんていない。聞いたことがない。

石の魔法で顔面吹っ飛ばした⁉　ありえない！　せいぜい骨折が関の山だ。

あれだ……あの魔道具だ。

姿を取られた。俺を取られた。俺のナニカを取られたのだ。

ケーサツが何かもわからない。

監視されてきっと殺されるのだ。そういう道具なのだ。

『あの道具で姿を取られたら死ぬのだ！』

あああああああああああ!!

連れの二人も同じような考えに囚われていた。

◆◆◆

魔法士三人は恐怖に震えている。

もう自分たちがここに何しに来たのかも忘れたようで、掠れたような声で呻いている。

「うぅあぁ…あ…あぁぁあぁぁ……」

彼らを見下して告げる。

「そうだな……君らがもう俺に難癖をつけたり、うちのギルドに迷惑をかけないと誓うなら――」

「この写真を消してやろう。なかったことにしてやる……どうする？」

途端、連れの二人が泣きだした。

「う…うぁ…す……ぐっ、すびません、ごっごいづに言われでぇ…づ…づいでぎだだけなんでずぅ」

こうかはばつぐんだ！

「あぁあ、お……おれもぉおぉおぉぉ」

「君はどうする？」

彼はすっかり怯えた子犬のようだ。苦虫を噛み潰したような顔でゆっくり頷く。

俺は写真を消して、スマホの黒い画面を見せた。

「写真は消しました。もう大丈夫です」

そう言われると三人は解けるように脱力した。

それを目にすると、少し大きめの声で周りに聞こえるように言う。

「君らにも冒険者としての立場があるだろう。恥ずかしい思いをしたなんて知られたくはないだろ？」

彼らはもはや受け答えする気力もない。

「だからな……今日ここでの出来事、写真のこととか……黙っててほしいんだけどな」

言えばどうなるかわかるよね……という雰囲気で彼らに伝える。

チラっと店内を見渡す。他の冒険者にも聞こえただろう。

『彼らのことは言うな！　写真のことは言うな！　言うとお前も撮るぞ！　撮られたら死ぬぞ！』

そう思ってもらいたい。

魔法士連中は這う這うの体で去っていった。

主任はおかしいのを我慢している。

「ミズキさん、シャシンってそういうものだったんですか？」

「そ〜ですよぉ〜！」

俺はスマホを掲げながら笑う。

あらかじめ主任から話を聞いておいてよかった。いきなりだとやはり圧倒されていただろう。

この後みんなに『カスハラ』や『警察』について説明すると、日本の衛兵はすごいんだなと称賛された。

せっかくなので三人の写真を撮ろうか。

ラーナさん、リリーさん、キャロルの三人にこちらを向いてもらい撮影する——

パシャッ
一瞬フラッシュに驚く。

スマホを渡して自分たちの写真を見せる。

そこには三人の美女が、おっかなびっくりといった表情で写っていた。

破顔一笑、お互いを見ながら喜んでいた。

「瑞樹さ〜ん、私たちも逮捕されちゃうんですかぁ〜？」

「そうだよ～」

キャロルの言葉にみんなハハハと笑って場が和んだ。

彼女の明るさにホッとしている自分がいる。

うまくあしらえた……とはいえやはり内心は怖かったらしい。体が妙にふわふわした感じだ。

そしてこの日以降、魔法士がこのギルドにちょっかいを出しに来ることはなかった。

「ホントに馬鹿がやってきたのか！」

タランはギルド長に騒動の件を報告に来ている。

瑞樹が手際よくあしらった話をする。

「例のシャシンで手玉に取っていました」

ギルド長は豪快に笑う。

なるほど……たしかにあれは腰を抜かすだろう。自分たちもそうだったからな。

彼のスマホの使い方に感心した。

「話は変わるのですが――」

「ん？」

「ティナメリル副ギルド長のことです」

「うむ」

「なぜお見えになったんでしょう?」

「さあな——……」

ギルド長は頭を掻く。先日店頭に副ギルド長が顔を見せた件だ。

彼女は滅多に人前に出ない。人が嫌いなんじゃないかと思うぐらい姿を見せない。

その彼女が出てきたのだ。思惑が気になるのは当然だ。

ギルド長は彼女に関して深くは考えないようにしている。

正確には『考えるのを諦めた』が正しい。彼女の行動原理がわからないからだ。

ロキの肩書はティナメリルより上ではあるが、設立当初からいるらしい彼女には頭が上がらない。

彼女が副という立場なのは、このギルドができてからの不文律を頑なに守っているためだ。

その不文律を知る者はもちろん彼女しかいない。

知っていた人間はとうの昔に亡くなっているからだ。いや……知ってた人間がいたのかもわからないのだ。

「それであの……ミズキの言葉……エルフ語ですかね?」

「わからん」

二人ともエルフ語など聞いたこともない。

しかし瑞樹が聞いたこともない言語でティナメリルに話しかけるのを目にしたのだ。おそらくエルフ語だろう。

「わしも彼女のことはほとんど知らんのだ」

ロキは、ギルド長になるまで彼女と接する機会はほとんどなかった。

長になってからそれなりに接するようになった。

彼女は自分のことについて何も話さないし聞いても答えない。前任の長に聞いても同様に何も知らなかった。

ただわかっていることは――

『自分が生まれる前からティアラにいて、自分が死んでからもティアラにいる』

エルフが長寿命ということしかわからないのだ。

「ティナメリルは人に興味ないからな。もう忘れてるんじゃないか」

「そう……ですね」

一応ギルド長に同意する。

しかしタランは思っていた――きっと瑞樹のことを見にきたのだろうなと。

ティナメリル副ギルド長

ティアラ冒険者ギルドに勤めてから三週間が経った。

数日前から受付業務は大忙しだ。

月単位の依頼を受けている冒険者の更新が増えている。彼女たち三人で回しきれないときは他の職員も臨時でカウンターに座って対応する。

おかげで俺も受付業務を覚えた。

加えて暇な冒険者がここぞとばかりに薬草採集に勤しみ、買取も三人ぐらいで対応している。

これには理由がある――

もうじき月末なのだ。

依頼更新の客は引き続き雇用主から契約してくるようにと言われた人たち。働きがよかったのだろう……派遣継続のようだ。

買取が忙しいのはフリーの冒険者、または討伐や護衛からあぶれた連中。金稼ぐべく獣狩ったり草摘んだりと小銭稼ぎ。

そんなわけで月末が近づくとギルドも大忙しなのだ。


この日の昼過ぎた頃、主任が職員連れて何やら箱を手押し車に載せてやってきた。

それを見てみんなの顔が一気にほころぶ。

俺も察した。お給料だ。

それぞれ呼ばれて明細書と布袋の包みをもらう。

「ミズキさん」

主任に呼ばれて机の前へ向かう。

「今月入ったミズキさんは日数三週間ですが、諸般の事情を考慮して丸一ヶ月分の支給になります」

「え、マジでいいんですか？　いやぁありがたいですぅ」

初めての就職先が異世界、それが超ホワイト企業だったことに感激する。心の中で日本の企業も見倣えと叫んでいた。

席に戻って包みを開けて中を見る。何やら金色に光る硬貨がある――

「うぉぉ金貨だぁあああ！」

初めて手にする金貨に大喜び。お給料は小金貨一枚、大銀貨一枚、以下略……。

「う～ん輝く山吹色の小判……じゃなくてコイン、うっとりするな～」

金貨を指でスリスリしているとガランドが不思議そう。

「金貨、珍しいのか？」

「うちの国じゃ金貨使いませんからねー」

「へぇそうなんだ」

事情を知っているリリーさんとキャロルが説明する。

「瑞樹さんの国って紙の通貨なんですよ。紙幣っていうんでしたっけ……」

「ユキチさんとヒデヨさんです」

そういえば経理の三人には紙幣を見せてなかった。

財布から紙幣を取り出す。五千円札持ってなくて正直スマンカッタ……イチヨウさん。

「硬貨は使わないんですか？」

「ありますよ」

主任が尋ねたので手持ちの硬貨も見せる。

「うおぉー！　何これ細かい、絵が綺麗！」

「穴が開いてるのがある！　これ……銀じゃないですね」

「一番小さいのすごく軽ーい！」

鋳造技術はこの世界のレベルとは段違い。みんな俺の硬貨を手に取って口々に感想を述べる。

ちなみに一番人気は一円玉。金属なのに軽いことに魔法かと疑われた。

「日本では金の価値はないんですか？」

「いやいや…日本でも金の価値は高いですよ。通貨として使わないだけです」

現代の金融は信用創造。

お金は信用で成り立っている……なんて話をしても通じない。

単純に重いからって理由にした。実際間違いじゃないしね。

みんなが日本の通貨に夢中になってる間にいただいた給料明細書を見る。

「あ……仮採用で二割減」

すっかり忘れてた。

主任の「まだ就業中ですよ」の言葉に皆仕事に戻る。

俺は金貨が嬉しくて机の上にちょこんと置いて眺めていた。

「失くしても知りませんよ」

その様子をリリーさんが咎める。初任給に舞い上がってる俺は軽口で返す。

「失くさないも〜ん！」

その言い草に彼女はふふっと笑った。

初めての給料をいただいた。

やっとこの地でやっていけそうな実感が湧く。

正規雇用でお金の心配もなくなった。

そうだな……ぼちぼち魔法の練習も始めたい。

そんなことを考えていたら、別棟の女性職員が奥から顔を覗かせる。

「えっとすみません。瑞樹さんは……」

その声に全員振り向く。

「はい？」

「ティナメリル副ギルド長からの言伝で、今日の業務終了後、副ギルド長室に来るようにとのことです」

その台詞にスッと血の気が引く。

「……はい。わかりました」

この前の件なのは間違いない。

何だろう……絶対エルフ語の事は聞かれるな。

若干不安がよぎる……でもエルフの彼女に会えることを内心喜んでいた。

◆　◆　◆

終業後、財務部の職員に別棟二階の副ギルド長室に案内される。

こちらが二階建ての旧館ということで、たしかに年代を感じるが、今の三階建ての本館と大差ない気がする。

強いて言えば廊下の板張りが古いかなと思うぐらいか。

トンットンッ

「はい」

「失礼します。御手洗瑞樹さんをお連れしました」

「ありがとう。今日は誰も通さないように」

通すなとの言葉に職員は驚く。会釈して慌てて退出する。

俺も内心ドキッとしてる。

ドアを開けた正面奥の机に副ギルド長の姿がある。

ゆっくり立ち上がり俺を迎え出る。その所作一つ一つに感動する。

揺れる金色の髪、透き通る色白の肌。

吸い込まれそうな翠玉色の瞳、笹葉のような長い耳——

すべてが魅力的……見ているだけで眼福だ。

時刻は6時過ぎてぼちぼち暗くなる頃。

この世界には、現代の天井照明みたいな明るいものはない。

部屋には魔道具のランプが数か所置いてあるだけで光量も少ない。室内は深夜のバー程度の明るさかな。

俺がソファーに座ると、彼女は部屋の一角に置いてあるティーテーブルに向かう。

ティーポットの蓋を取り、六角壺のキャニスターから茶葉を二杯入れる。

銀のポットからお湯を注ぎ、カップスタンドからソーサーとカップを取るとトレイに二客並べた。

しばしティーポットをじっと見つめ、持ち上げると軽くくるっくるっと回す。

トレイに乗せると、テーブルへ運び対面に座った。

女性にお茶を入れてもらうなど初めてだ。

落ち着かない様子でその所作をずっと眺めてた。

彼女は姿勢を正し、スッと手を膝の上で重ねる。

「改めまして、ティナメリルです」

挨拶され驚く……お茶を入れるのかと思っていた。

「あ、は…はい、御手洗瑞樹と申します。よろしくお願いします」

慌てて自己紹介するが、またエルフ語で話してしまったと気づく。

「あ、す…すみません」

「それで構いませんよ」

見るとかすかに微笑んでいる。

彼女はティーポットを手に取り、茶こしで茶葉を濾しながらカップにお茶を注ぐ。

「どうぞ」

俺は思わずペコリと頭を下げた。

少々ドギマギしながらカップを持ち上げる。

その手がブルブルと震えていて、お茶をこぼしそうになる。

「!?」

どうやら緊張してるらしい。

一度カップを戻す。

「すみません。かなり緊張してるみたいなので少し置いてから……」

ものすごく恥ずかしい。ただお茶を飲むことさえできんのか俺は……。

気づかれないように大きく息を吸う。

副ギルド長は気にしていない様子。俺は落ち着こうとゆっくりゆっくり息を吐く。

彼女に目を向ける……が、どこを見ていいかで迷う。

胸元……いや首元辺りに目線を落としとこう。

エルフ語で挨拶してしまったときはとても驚かれていた。何となく機嫌を損ねた感じにも見えなくもなかったし……。

今日のこの様子だと問題はないとみてよさそうだ。

ちょっと顔に目をやる。

改めて見入るその姿はどう見ても二十代前半――俺と同年代にしか見えない。

でもギルド長より前から在籍していると主任は言っていた。

つまり年はだいぶ上のはず。やはりエルフは容姿変わらぬ長寿なのだろうか。

「エルフを見るのは初めてですか？」

「はい。私の国にはいませんですので」

エルフ語を話せるのにエルフに会うのは初めてという矛盾にも、変な敬語になってしまったことにも気づいていなかった。

「お国は？」

「日本というところです」

「どういうお国？」

俺は少し考えて――

「この国より文明が進んでて、災害は多いけど戦争もなく平和で、みんな幸せに暮らしてる国です。そしてエルフは日本人にとって憧れに近い種族でみんな大好きです」

好感触を得るべく、エルフ好きな点を告げておく。

彼女はふぅんと細かく頷いた。

会話をしたことでやっと手の震えが収まり、お茶を一口飲む。

「エルフ語はどこで？」

「あーっと日本の学校で――」

「違いますね」

被せ気味に彼女に否定され言葉が詰まる。

まるで先生に一瞬で嘘を見破られた小学生みたいだ。

その緑の瞳は語っている……全部知っていますよと。

すぐに失敗に気づいた。

『エルフは日本にいないって言ったのに言葉を知ってるのはおかしいよな』

恥ずかしくなりテーブルに目を落とす。

チラっと彼女を上目で見やる。

これあれかな……『怒らないから本当のことを言いなさい』というやつ。実際言うと怒られるんだがな……。

諦めて白状する。

「すみません嘘です。副ギルド長」

「ティナメリルで結構です」

「あ……はい、ティナメリル……さん」

名前で呼んでいいと言われ、ちょっと気持ちが落ち着く。

どうもティナメリルさんには嘘をついちゃダメなんじゃないか……本能がそう示唆した。

なので自分に起こってることを素直に話そう。

「えっとですね……これ今、エルフ語に聞こえてるんですよね？」

「………」

「ですが私は自分の母国語、日本語をしゃべっています」

反応がなくて少し困る。

「そして人が話す言葉はすべて日本語に聞こえてて、相手が何語で話しているかがわかりません」

彼女は首を傾げる。

「これも日本語に聞こえてるの？」

「はい」

「これも？」

「はい……え、何語です？」

「マール語です」

「あ、はい。日本語です」

「あ、今マール語になりましたね」

「え、ホントです？」

「あ、またエルフ語です」

口をすぼめて苦笑いを浮かべる。

「すみません。それが本当か嘘かもわかりません」

もしかして揶揄われたのだろうか……自嘲気味に笑うと、彼女もクスクスと笑顔を覗かせた。

初めて見た笑顔――

ヤバい……とてもとても可愛い、そして美しい。

思わず見惚れる。

照れ隠しに口をギュッとするが、顔が赤くなるのが自分でもわかる。

俺から言っていいのかわからないが本題を切り出す。

「それであの、今日呼ばれた理由は？」

彼女はそれに答えずに別の質問をする。

「エルフについてご存じ？」

「いえ、あまり……」

「寿命が長いことは？」

「あーはい、それは何となく……」

俺の知識は漫画やアニメの設定でしかなく空想上のものだ。なので知らないが正解。

だけど寿命が長いのはやはり本当だったんだな……。

「今話している言葉、エルフ語と言ったけど…………正確には違います」

「ん？」

「私の話している言葉は――『ユスティンヴァナルの大森林に住むエルフ族が使う言葉』が正しいのよ」

「…………はぁ」

それの何が違うの？

少し困惑した表情を見せると、彼女はエルフについて静かに語り始めた。

エルフ族――

寿命は千年以上の長命種。実は二千とも三千とも。

ただし不老不死ではなくちゃんと老いて死ぬ。

深い森の中で三百〜一万ぐらいのコミュニティーを形成して生活する種族。

エルフは『世界樹』と呼ばれる木を奉じてそれを中心に活動している。

ただ、世界樹という名前から『世界に一本しかない』と人間には誤解されているが、実はコミュニティーごとに木は存在する。

つまり『エルフが住む森は、世界樹とともに複数ある』ということ。

ほとんどがそのコミュニティーから出て生活することはなく、一生を森の中で過ごして終わる。

人や他の種族との接触を極端に嫌っているので、近づかれると問答無用で攻撃する。

他の種族を下に見ているし、そもそも言葉が通じないから交渉のしようがない。

しかも長命種ゆえの性なのか、文化的向上がほとんど生じず、何千年経とうが生活スタイルは昔のままである。

ざっくりいえば『森の中でただ食っちゃ寝している』だけ。ずっと寝てばっかりの者も多いらしい。

ところがそんな種族にも異端児は出現する。

外の世界に出てみたい、人間や他の種族と交流してみたい、という考えの者がたまに出てくる。

それで外には出ても大半は一人で森に住み、人や多種族と細々と交流して生活するレベル。

いわゆる『森の中にポツンと一軒家』だ。

その外に出たエルフの中に、さらに希少種が出現する。

それが積極的に人と交流し、人の町に住んだりするエルフなわけだ。


ここまで話すと、彼女は一息つくようにお茶を口にした。

話を聞いて、思ったより驚かないな……というのが正直な感想である。

要はティナメリルさんは、閉鎖的な田舎が嫌で都会に飛び出してきた娘ってわけだ。

実にありがちな話……年数の単位が二桁は違うけど。

エルフが人嫌いという設定もよくある話だ。敵対から仲良くなるパターンかな……と勝手に妄想してしまう。

意外だったのは世界樹が複数あるってことだ。これを奪うために争うといったイベントはなさそうだ。

「つまりティナメリルさんは、エルフの森から外へ飛び出して人と接することを望んだエルフ……ということですか？」

「…………おそらく」

「は？」

彼女は少し物憂げな表情で、カップの縁を指でなぞる。

「憶えてないのよ。記憶がないから」

いきなりの記憶喪失発言！

一体どういうことか……深刻な方向へ流れてるような気がして不安がよぎる。

「あの……記憶がないというのは、その……事故とか何かで？」

彼女は違うと首を振る。

どうやらありがちな話じゃないっぽい。

彼女は話を続けた。


短命の人種が羨むエルフの長命には生物学的に欠点があった。

『数百年経つと生存意欲が低下する』

どうも五百年も経つと如実に現れる。理由はわからない。

ただ生きる気力がなくなるので、何もしなければ自殺か餓死で死ぬ。

ところが不思議なことに、その生存意欲を保つシステムが存在した――

それが『世界樹』と『忘却の秘術』である。

世界樹は『エルフの記憶を保管する』機能を持っている。

なのでエルフは記憶を世界樹に移してから秘術で過去の記憶を忘れるという。

たとえばこうだ――

五百年生きたエルフが世界樹に過去三百年分の記憶を移す。

移した三百年分を忘れると、二百年分の記憶だけが残る。

結果、自分は二百歳だ……と考えるようになるという。

……ホントかよ⁉

さすがに珍妙な話だな……というより理解が及ばない。

過去を忘れたからといって自分は若いと思うようになるのだろうか。

俺が二十年分忘れたら「ぼく二さい」って思うか？

……ないな。

まあそう言ってるからそうなんだろうな……と受け入れるしかない。長寿命にしかわからん話だ。

「んー……何で保存するんです？　忘れるだけじゃダメなんですか？」

「過去がないことに不安になるものが出るのよ」

「不安……ですか」

記憶の消去は古いものから消されていく。なので最初のほう、出生や両親、子供の頃の記憶からなくなる。

そうすると自分が誰なのか……時折り不安にかられてしまう。

そのため適宜過去の記憶を戻し、落ち着いたらまた忘れるのだそうだ。

ティナメリルさんは、そこまで話すとじっと黙った。

俺が理解するのを待っているようだ。

うーむ……生存意欲がなくなると言われても正直ピンとこない。

死にたくなるといったら、たいていは鬱と相場が決まっている。

しかし……餓死というのはすさまじい。

世界樹の機能は『個人のＨＤＤデータをデータサーバーに保存する』という作業だな。

それを生物的にできる種族ってことか……。

というより創造主がエルフを創ったんだろうに、何でこんなめんどくさいシステムを――

あっ……創造主は気づかなかったのか！

長寿にしたら途中で自滅するってわからなかったんだ。だから応急処置的に世界樹システムを作った……そんな感じか。

何となく正解を導いたかなと納得する。

あれ……何か引っかかるな――

「んー……記憶を保存したことは憶えてるんですか？」

「憶えてないわ」

「じゃあどうやって戻すんです？」

「記憶を保持し続けている長老が数名いるのよ」

「何と！」

村の長老と呼ばれる数名のエルフがいる。最初からの記憶をずっと保持し続けてて、村の維持や世界樹の保守に努めている。

彼らは不安に駆られたエルフの記憶を戻す作業をする。

ところが当然、本人たちの生存意欲もどんどん低下する。

なので死なないように数名で自分の記憶の一時保存、全戻しを繰り返しているのだ。

なるほど……世界樹というサーバーの管理者が複数人いて、定期的に保守業務をしている。

千年単位で保守業務……超絶ブラック過ぎる。

あっ、重大なことに気づいた！

ティナメリルさんは記憶がないと言っていた。

ということは——

「ティナメリルさん、記憶のバックアップ——保存は？」

「当然ないわ」

そういうことか。

彼女は記憶の保持ができずにすべて忘れていってるわけか。

そういや『過去がないと不安になる』って言ってたな……。

一体彼女は何年分消してるんだ？

数百年——いや……間違いなく千年は超えてるな。

それはさすがにつらい……つらいの一言じゃ済まんなこれ。

たった二十二年しか生きていない俺でも思う。

彼女は保存ができないから記憶を忘れたくない。けれど忘れないと生存意欲が低下するから生きられない。

バックアップもできずに忘れるというのは相当に怖いはずだ。

だって不安になるって自分で言ってたもんな。生半可な不安じゃないんだろう。考えたらゾッとする。

……いやそれホントに怖いだろ、記憶だぞ！

大量の思い出ファイルをゴミ箱フォルダに移して『ゴミ箱を空にする』をバックアップなしでクリックするようなもんだ……。

できんできん！　……俺にはできん！

それを彼女は何回もやってきたのか……恐怖に震えながら。

あっ……それすら憶えてないのか……。

彼女に何て言っていいかわからない。かける言葉も見つからない。

表情からは何の感情も読み取れない。

話を聞いた俺には少し寂しそうに見えた。

外に憧れ、人に興味を持ち外に出たエルフ、けれど長命種の宿命で過去の記憶を消した。

その消した記憶には外に出たかった目的や希望も入ってたのだろう。

出自や子供のころの記憶はおろか『自分がなぜ人の町で生活しているのか』——その原因もわからず生きている。

いやそれだけじゃない！

彼女はエルフだ、人間じゃない！

違う生き物の中に一エルフ……孤独感がハンパじゃない！

いやもうまったく想像できないレベルの境遇だと気づいた。

外に出たくなったのは仕方ない。そういう性分だったのだろう。

でも出たらバックアップできないから目的や気持ちも忘れる。出るときそのことに気づかなかったのだろうか？

おそらく『気づいてたけど気持ちを抑えられなかった』または『ホントに気づいてなかった』のどちらかだろうな。

で、結局『忘れちゃったからどっちでもいい』ということか……。

——いやちょっと待て……忘れたんだよね。いろいろ諸々……あれ？

「あっ…んん⁉」

この空気に水を差すように右手を挙げる。

「あの、さっき……話してる言葉は『なんとか大森林のエルフの言葉』って言ってませんでした？」

「ええ」

「それだ！　出自憶えてるんですか？」

「……憶えてないわよ」

「はぁ⁉」

里の事は忘れてるはずなのに出身の森の名前は覚えてる……矛盾している。

彼女はゆっくり立ち上がると机に向かい、引き出しから一冊の本を取り出した。

それを俺に渡すと開いてみなさいと促す。

表紙の裏に次の言葉が書いてあった――

『これを読んでるあなたの名前はティナメリル……これはあなたの記憶です』

最初のページの一行目……、

『あなたはユスティンヴァナルの大森林で生まれたエルフ。父はダイナンメリル、母はイーレンティア――』

と、生い立ちなどから始まる記憶が延々と綴られていた。

「あの……これ…は？」

「私が記憶を忘れる際に必ず傍らに置いて、記憶の保管をするように書き記す覚え書です」

「覚え書⁉」

「すべてを書き記してるわけではないみたいですが、重要なことを憶えておくようにしているみたいです」

自分のことを語ってるけど見事に他人事だ。

先ほど語ったエルフについての話もこれに書いてあったそうだ。

……あーこれ知ってるわ！

ハリウッド映画で似たような話を観た。

起きたら前日のことをすべて忘れてしまう刑事が、重要なことを忘れないように体に刺青入れて記しとくという内容だ。

天井に『朝起きたら刺青を見ろ』と書いてあるのな。

まんまそれだ。

ペラペラとめくりながら見せてもらう。

見事に日本語だな……と不思議な気分。

「あ、ちなみにエルフの里を出た動機とか書いてありました？」

「なかったわ」

「それは欲しかったですね」

「そうね」

自分に対してなってないわね……と言ってるように聞こえた。

彼女が俺のティーカップを目にする。

空になっていたので「お茶は？」と促してくれた。俺は軽く笑みを浮かべて「お願いします」と応じる。

彼女はティーポットを持って立ち上がった。

ティーテーブルでお湯を注いで茶こぼしに葉を捨てる。

再び茶葉を二杯入れポットから湯を注いだ。

よく考えたら彼女は副ギルド長なんだよな……上司にお茶を入れてもらって何となく申し訳ない気持ちになる。

再び椅子に座るのを待って、もう一つの重要なことを聞く。

「そうそう、その話してる言葉がエルフ語じゃないっていうの……どういう意味です？」

「エルフのコミュニティーはたくさんあると言いましたね」

「ええ」

「近いコミュニティーとは言葉は通じるけど、遠方のコミュニティーとは通じないのよ」

「……人間と一緒で地域が異なると言葉が違うってことですか」

「そう」

「あーね……」

人にとってはエルフ語と一括りにするけどエルフにとっては部族ごとに違うのか。

要するに方言みたいなものか。そら鹿児島弁と津軽弁じゃ通じんわな。

つまり彼女が話す言語は彼女のコミュニティーしか知らない。外に出たのが彼女だけだから人間が知ってるわけがないのだ。

「あ、それでか！」

最初のやり取りを思い出す。

「私が学校で習ったって言ったら否定したのは」

彼女が「正解よ」と言わんばかりに目を細めて笑う。

もう超可愛い！

俺は顔に火が付いたように火照ってしまった。

少し頭を働かせて落ち着こうとする。

「でも言語をよく憶えてましたね。話す人いないんでしょ？」

「そうだけど、三百年自習してれば忘れないわ」

「あ、三百年分の記憶はあるんですか」

「ええ」

「あれ？　二百年じゃないんですか？　残るの」

「年数は選べるのよ」

『忘却の秘術』については話せないと言われたが、軽くシステムを教えてくれた。

何百年分かを忘れたくなったら秘術を使う。

その際残す年数を決めるのだそう。

だいたい二、三百年が普通で、百年だけ残す人もいたという。

ただし百年未満はできない。

なぜできないかはわからない。そういう秘術だと。

「最低でも人間には合わせとくってことでしょうかね」

「………………」

「へたして全部忘れちゃったら、ただのボケ老人ですもんね」

しまった……失言だ。

思わず彼女の顔を見やるが、お茶を口にする表情に変化はない。

ボケ老人は言葉が過ぎたな……わからなかったと思いたい。

それにしてもエルフの生態には驚きだ。

生粋のエルフは森からまったく出ず敵対的、森を出たエルフは人里離れた孤独生活、人の町で生活するエルフは希少種だ。

アニメや漫画みたいな冒険者とかいるのかと期待したが残念だ。

「なんか思ってたのと違ってショックでした」

「ん？」

「いや、日本じゃエルフは人と仲良しってのが人気なんです。エルフの里にも行けるし、一緒に暮らしてるとか、そういうの想像してたんです」

なんとなく俺の話に興味を示してくれている。

「特に一緒にパーティー組んで冒険するってのは王道で、そういうの期待してたんですけどねー」

彼女は何かを思い出すように目線を斜め上に向ける。

「いるわよ」

「…………は？」

「冒険しているエルフも、人と一緒に暮らしているエルフもいるわよ」

「いるんすか⁉」

目を見開いて驚く。何だか話がしっちゃかめっちゃかだ。

排他的だと言えば交流してるともいうし、ティナメリルさんだけボッチかと思えば他にもいるという。

結局エルフって何なの……と言いたい気分である。

「ちょっといいですか？」

「はい」

「ティナメリルさんみたいに町で生活するエルフは珍しいんですよね？」

「おそらくね」

「そんなエルフ、他にいるんですか？」

彼女は再び立ち上がると、机の引き出しから色褪せた木製の文箱(ふばこ)を取り出した。

見ると中身は手紙の束だ。

そのうちの一つを手にして戻る。

「これは？」

渡された手紙をひっくり返してという素振り——中身ではなく宛名を見ろという事か。

裏を見ると差出人の名前——『ミスティルリル』とある。

「……ミスティルリル……これは？」

「メイベルミーン領の小さな商会に勤めてるエルフよ」

「え？」

「文通しているの」

「は!?」

「文通しているの」

「いや聞きました」

「そこの商店主と一緒に暮らしているわ」

「なっ⁉」

思わず目をぱちくりさせた。いきなり日常感溢れる展開だ。

何だろうこの展開は――

今までの話の流れ的に『アムネジアのティナメリル』ってタイトルで映画作れそうな感じだったじゃん。

過去を忘れたくないけど忘れなきゃ生きていけない的な、一人孤独に生きている悲しいストーリー展開してたんじゃないの⁉

いたじゃん二人目。人間の町で暮らしてるエルフ。しかも一緒に暮らしてるらしい。一つ屋根の下だよ……めっちゃ羨ましい！

しかも文通してるという。しっかり友達がいるではないか。

「あーとですね……そのミスティルリルさんは女性ですか？」

「ええ」

「その……ご結婚されてるってことですか？」

「いえ……そうではないみたい。ただ一緒に生活していると書いてあったわ」

あちゃー！　期待した展開ではなかった。

「それはちょっと残念」

「ん？」

「いえ……こっちの話です」

夫婦とかそういうのかと思ったが残念……残念なのか？

「会ったことはあるんですか？」

「んー……この国はまだなかった頃かしらね」

この国は建国何年なんだ？（後に約七十年と知る）

「私がここにいるのを彼女が少し前に知って手紙を寄越してくれたの」

「少し……」

あなたの少しは人間の単位ではないよね……十年単位な気がする。（後に約二十年と判明）

「自分も一所（ひとところ）に落ち着いてるわと連絡が来て、それからの文通付き合いね」

「はぁ……」

何ともほっこりする展開である。

彼女は一人孤独に生きてるのかと思ってた。

でも文通で済ませてるってことは会ってるってわけじゃないんだな。寂しいから顔見に来たとかないのかな……。

ティナメリルさんが俺をじっと見つめている。

他のエルフがいるという事実が嬉しいと思われたのか、もう一言加えてきた。

「……もう一人いるわよ。マルゼン王国には」

「あ⁉」

思わずだみ声が出た。

「王都の商業ギルドで副頭取をしているという。名前はたしか……オルディアーナ」

「なんと……」

「でも彼女とは文通していないからよく知らないわ」

付き合いの基準は文通なのか……てか知らないということは会ったことはないんだな。

おそらく王都にいると誰かから聞いたのだろう。ギルド長かな……。

まあエルフがこんだけ少なければ、どこにいるかぐらいは伝わるか。

「それに他国にも町に住んでるエルフはいると聞いたから、数は少ないなりにいるのよ」

「そうなんですね」

そこまで話すとお茶を口にした。

他にいると聞いても会いに行こうとは思わない感じだ。

エルフはボッチ耐性が高いらしい。

「じゃあ人とパーティー組んで冒険してるってエルフもそういった人たちなんですか？」

彼女はカップを置くが、手を離すのに数秒かかった。

その止まった動作に一瞬焦る。

「いえ……冒険しているエルフたちはかなり事情が違うわ」

エルフが人の町に出るもう一つの事情について話し始めた。

エルフが人と接するようになるのには二通りある。

一つは、たまに出現する異端児。

ティナメリルさんみたいに森の生活を飛び出して人との接触を選んだエルフ。

もう一つが、森を出て生活せざるを得なくなったエルフ——

それは『世界樹を失ったエルフ』である。

世界樹を失う出来事というのは『災害』と『戦争』だ。

失うレベルというのはもうコミュニティーが全滅に近い損害を受けていて、ほとんど生き残りはいない。

だけどそんな状況でも一桁、もしくは二桁ぐらいの生き残りがいる場合がある。

そういうエルフたちが森を出て、新たにコミュニティーを再建するところから始まるという。

その場合、世界樹がないので森にこだわる必要がない。壊滅的打撃からの復活なので排他的でもいられない。

定住先を見つけ、人と付き合いながら細々と生活を始める。

千年も経てば数百人程度のコミュニティーには復活するという。

ただし世界樹がないから記憶の保持ができない。なのでそのうち『なぜここで暮らすようになったか』という理由も忘れる。

そうすると他のエルフとはまったく違うタイプのエルフが誕生する。

自分たちが基準と思うエルフたちができあがる……というわけだ。

俺のゲーム脳が反応する――まんま『数名からの村開拓シミュレーションゲーム』だな。

「まったく違うタイプとはどういう意味ですか？」

「森じゃなく山や海、山岳や峡谷に住んでいるエルフのことよ。砂漠に住んでいるエルフもいるわね」

「何して生活してるんですか？」

「山なら林業、海なら漁業、山岳や峡谷なら狩猟や放牧、鉱石採掘もしているそうよ。砂漠は……傭兵業だったかしら」

「た、たくましいですね」

「あなたがさっき言った、エルフの里へ人が行き来したりっていうのも、この手のコミュニティーならあるわね」

「ああ、取引してるからか」

世界樹を失って森を出たけど、再び森で生活するようになったエルフたちもいるらしい。

その場合、人と同じく森を開拓し、家を建て、農業などで生計を立てるスタイルになるそうだ。

積極的に人と交流しているから、エルフの里として認識されてるだろうとのこと。

森の奥深くに侵入して純粋種に遭遇したらおそらく生きて帰れない。だからそっちはまったく知られないわけだ。

なるほど……純粋種が引きこもりだから、復活組のエルフが人にとっての基準になるのか。

「じゃあ人とパーティー組んで冒険者やってるって手合いも……」

「その手のコミュニティーのエルフたちね。何年か前に砂漠に住むエルフが私を訪ねてきたのよ。商隊の護衛でこの町にやってきたと言ってね。この町にエルフがいるからと聞いて挨拶……というか見に来た感じね。私がいわゆる純粋種だからと」

「そういうことでしたか……」

やっとアニメや漫画の話に近づいた……。

見ると時刻は午後8時前。すっかり日も暮れている。

俺が外に目をやったのを見て彼女は立ち上がる。

お話は終わりかなと思ったら——

「少し待ってなさい」

そう言い残して彼女は部屋を出ていった。

何だろうと妙に落ち着かずドキドキしていると、どこかの部屋の扉がパタンと聞こえ、そしてすぐに戻ってきた。

「ずいぶん話し込んでしまいましたね」

座った彼女を見ると別の本を手にしている。そういえば俺が呼ばれた理由を聞いてないな。

「あ……今更ですが、それで俺が呼ばれた理由は何ですか？」

「ん？　これですよ」

これ……その本の事かなと思ったら違うようで、目線を上げると俺をじっと見つめている。


「あなたと話がしたかったのです、瑞樹」


え……今なんて⁉

時間が止まったような錯覚に襲われる。

少しトーンを落とした口調で下の名前を呼ばれ、思わず心臓がギュッとなった。

今、呼び捨てだった！

いやいや不意打ち過ぎるでしょ！

ただでさえ美人エルフに免疫ないのに！　しかも相手はエルフだし！

絶世の美人エルフにそんな殺し文句を言われたら一発でノックダウンだ。

息をするのも忘れていた。

顔は真っ赤どころではない……完全に舞い上がってしまっている。

「えっと、どういう……」

声がうわずってうまく発せられない。

「あなたの言葉を聞いて話がしたくなったのです……もうずいぶん使わなかったから……」

「――あー……」

そういうことか！

急に冷静になる。

ギルドで俺のエルフ語を聞いたとき、ありえないと思ったのだろう。自分以外から自分の故郷の言語を聞くとは。

人がしゃべったからではなく、言葉を聞いたこと自体が彼女の琴線に触れたのだ。

あの長ーい沈黙は衝撃の重さを表していたのだな。

今まで言葉を忘れないように独りで復習していたのだ。話せる相手がいるとなれば会話したくなるのは当然だろう。

至極納得のいく理由に体の力が抜けたのがわかった。どうやら今の今まで緊張してたようだ……。

彼女も本心を話せたのか、表情がパッと晴れやかな感じ。

「どうでした？　私はちゃんと話せてました？」

「言われてみれば最初の頃よりずいぶん饒舌になってる感じがします」

本職のエルフにちゃんと話せてたかと聞かれる……何とも面はゆい。

千年単位の錆び取りに協力したってわけか。潤滑油として役立ったのなら何よりだ。嬉しさがこみ上げる。

「というか『角が取れて丸くなった』印象がしますよ」

理由を知ったおかげで俺も口が滑らかだ。

彼女はふふっと笑う。

「あなたの言葉には所々意味不明のフレーズが入りますね……日本語ですか？」

「あーそのようですね。すみません」

今の『角が取れて……』が伝わらなかったのか。

「角が取れてっていうのは日本の言いまわしで、最初の頃よりやわらかい印象になりましたよって意味です」

「謝らなくていいわ。そういえばあなたの国のことを全然聞けませんでした」

「あー」

「今度あなたの国のことを教えてください」

そう言うと手にしてた本を俺に手渡した。

それはずいぶん傷んでて表紙や紙質もとても古い。

「これは？」

「これの前の覚え書です」

先ほどの本を手に取り答えた。

そりゃそうか。

数百年のバックアップの書物となると傷むどころの話ではないな。

正倉院に収められてる文献をいまだに使ってるようなもんだ。写し替えは必要だ。

「『保存の魔法』をかけて使っていたのですがさすがに傷みがひどくなって、十数年前に買いなおしてこちらに書き写したのです。何せここに来る前から使ってたものですから」

ガチで古文書レベルの文献じゃないか。

本を持つ手に力が入る。

――ちょっと待て、今なんつった⁉

「今『保存の魔法』って言いましたね。魔法が使えるんですか？」

「たしかあなたは学生だと聞きました。魔法学校の学生ですか？」

「いえ違います。ですがこの国に来て魔法を覚えようかなと思ってるものですから」

「そうですか」

俺は魔法が使えることをにおわせる発言をしたことに気づいていなかった。

「じゃあちょうどいいですね。それにも書いてありますから――『保存の魔法』」

「ん⁉」

「差し上げます」

一瞬耳を疑う。くれると言ったか⁉

「…………は⁉」

「もう新しいのがありますので古いのは要りません」

あまりのことに思考が停止する。

手にした本に目をやり思いっきり焦る。

「いやいやいやいやいやいやいやいやいや！　何言ってんですか！」

彼女は首を傾げる。

「こ…こんな古文書クラスの重要な本、いただけませんよ！」

顔を見ると「何で？」という表情だ。

「だ…大事なものでしょこれ」

「だから新しい書き写しがあるのでもう要りませんと——」

「いや…そうかもしれませんが……でも……」

「今日お話に付き合ってくれたお礼です。こんなのでよければ……ですが」

「いや、こんなのってレベルじゃないんですが……」

なかなか踏ん切りがつかなかった。だが「はい」という答え以外待ってなさそうだ。

恐縮しつつありがたくいただくことにする。

「いや……その……はい…ありがとう……ございます」

ものすごいお宝を手にしてしまっていた展開に驚愕し、しばしその古ぼけた本を凝視していた。

そろそろ退出しようと席を立つ。

「そうだティナメリルさん、たまには店頭にも顔を出してくださいよ」

「？」

「みんなもきっと話したがってますよ。エルフ語じゃなくても話しましょうよ」

俺の物言いも遠慮がなくなっている。

彼女が人前に顔を見せない理由はわからない。なるべく人と接する機会を増やしたほうがいいように思う。

「遠い昔の気持ちを思い出すかもですよ？」

元々は人が嫌いなわけじゃない。きっと魂にこびりついてるはずだ。

彼女は少し考え込むと軽く頷いた。

退出間際、振り返ってもう一度彼女を見やる。

「ティナメリルさん、今日は楽しかったです。またいつでも話し相手になりますのでぜひ呼んでください」

「ん、今度は日本の話を聞かせてちょうだい」

「むふふー期待していいですよ。話すことは山ほどあります」

彼女にドヤ顔を決める。

「何せ日本は建国二千六百年の歴史を持つ国ですからね。エルフの寿命にだって負けてませんよ」

満面の笑みを返してくれた彼女に、俺の心はすっかり魅了されてしまった。

彼女の日記

ティナメリルさんとの楽しいひとときを終えた。

実に素晴らしかった。

呼び出されたときは何かしらのお説教かとテン下げ気分だった……ところが蓋を開ければエルフ

の壮大な秘密の大暴露。

この世界の人間で知っているのは間違いなく俺だけだ。

そう……彼女と俺だけの秘密。

しかも「あなたとお話ししたかった……」ってさ！

これで有頂天にならん男がおったら連れてこいってんだ。

思い返すだけで顔がにやける――♪どうにもとまらない！

窓辺に立ちながら一服、机の上に置かれた一冊の古びた本に目を落とす。

まさかティナメリルさんが『忘却お婆ちゃん』だとは驚きである。

エルフの森のことを語る節々がちょいちょい他人事っぽくて気になってたんだけど、そういう理由だったんだな。

しかーし！　そんなことは些末なことだ!!


「ティナメリルさん最高だ！」


口に出さずにはいられない。

テーブルはさんで正面に見えるティナメリルさんが素敵すぎ。

エメラルド色の瞳は綺麗なんだけど最初は正直怖かった。でも慣れたらずっと見ていたい、人を引きつける魅力を秘めている。

吸い込まれるって表現の意味がやっとわかった。

俺、免疫が全然ないからすぐ照れて顔伏せちゃったもんなー情けない。

パーソナルスペースに入られたら硬直して動けなくなるな——

いやそういう状況はないけどもさ。

しかし、いまだに信じられない。

あれで千歳超えのお婆ちゃんだというのが。

外見からは絶対わからない。

年齢不詳。

最初は見た目、同年代かなーって印象だった。

けど上司口調もあってか、アラサーっぽく感じるときがある。完全に年上のお姉さんだ。

部屋が薄暗かったのもあって、何ともムーディーな雰囲気であった。

あれがお茶じゃなくお酒だったら……もうちょっとこういい雰囲気になってだな——

「いかんいかんいかん!」

思わず邪な考えが浮かびそうになって手で払う。

どうせ何も言えずに押し黙ってるだけだろ……俺は。

明日ギルドはお休みだ。

お給料もらった今日はおそらくみんな飲みに出てることだろう。

俺も明日はまた買い物にでも出ようかなと思っていた。

ところが期せずして貴重な本をいただいたわけだ。せっかくだから出かけずに読んでみよう。

ふと重要なことに気づく――

「よく考えたらこれ『ティナメリルさんの日記』ってことだよな」

思わずゴクリと唾を呑む。

日記をいただいたという意味を、つい妄想してしまう――

女性に日記を「あげる」と言われたのだ……女性だぞ！

それってかなりすごいことだろう。

もちろん俺に気があるわけじゃないのは重々承知の助である。

エルフの文字を読めるのは俺だけだから読んでみたら？　……程度の認識だと思う。

間違いない……わかってるさ。

でもエルフ大好き侍は、彼女がくれた意味をいいように捉えてしまう。

「もっと親密になりたいとか……あるか？」

エルフの秘密を話してくれた意味を考えてしまう。

人間が知ってどうなるわけでもない。

だが話す必要もないだろ！

むしろ『忘却の秘術』の話なんて超絶秘密事項だ。人間に話していい内容とは思えない。

「あ、そういや人と一緒に住んでる純粋種のエルフがいるんだったな。その人は知ってる可能性はあるか」

例のエルフと一緒に生活しているという人間のことが頭に浮かぶ。

妄想がどんどん膨らんでいく。

「いーよなー。『私と一緒に生活を共にしませんか？』って暗に言われてたりして……秘密知ったんだからーみたいな……」

顔のにやけが止まらない。

「……いやーないないないないない。何考えてんの俺！　落ち着け馬鹿！　ティナメリルさんに失礼だろ！」

たばこを持つ手を頭の上で大きく振る。

よくよく考えたら彼女が一人で生活してるとは言ってない。

すでに既婚者なのかもしれない。

「……今、誰かと住んでんのかな」

そう考えて少し落ち込む。

「独りだといいなー……」

漫画とかである『美人すぎて人が寄りつかない系キャラ』のことが頭に浮かぶ。

人とお近づきになりたいけど中々接し方がわからない的なやつだ。

何となく彼女の境遇からするとそれに近い気がする――

いや……してきた。きっとそうに違いない！

「エルフと一つ屋根の下の生活……いいよなぁ」

都合のいい結論に達し、アニメで見たシチュエーションが頭に浮かんだ。

日本人は本当にエルフとの生活に憧れがあるのだ。（※主張には個人差があります）

「――って違う！　あれ上司、会社の上司！　そういう考えダメ、絶対！」

最後に見た満面の笑みが脳裏から離れず、完全にティナメリルさんに悩殺されていた。

「……よし飯！　とりあえず飯食いに行く！　腹減ってるからいかんのだ。食欲満たせば落ち着くだろ！」

たばこを消して部屋をあとにする。

ティアラにはラスボスがいることを思い知らされた夜だった。


翌朝、スマホのアラームで起床。時刻は8時。

外に食事をしに出て、日中に閉まっているギルドが目に入る。

「ふぅん……会社が休みってのはこういう感じなのか」

いつもの職場が閉まってて誰もいないというのが不思議に思えた。

勤めるというのが初めてだしな。

異世界生活約一ヶ月だけど、愛着が湧くというのはこういうことなのだろうか……。

二時間ほどぶらついて帰宅。

昼飯を食わない生活にも慣れたが、つまみ用の食料は買ってきた。

本日は自室で読書だ。

少々舞い上がってしまった昨晩と違い、今日は真面目に内容を勉強する。

明るい日差しの下で見ると、いただいた本はたしかにかなり傷んでる様子。

革張りの装丁もかなり傷が入っているし、中の紙が外れそうになっているのも数枚ある。

「そういや『保存の魔法』がかけてあるってたな……」

手に取って見回すが何もわからないし感じない。

触り心地も革と紙だ。

コーティングとか、そういう類のことではないらしい。

「まあ数百年物だしな」

机の上に真っすぐ置いてゆっくり本を開いた。


本はティナメリルさんの歴史である。

人の日記を読むという背徳感を感じつつ読み進めていく。

自分の出自に始まり、エルフの生態――例の記憶の保持や忘却についてや、ユスティンヴァナルの大森林のことが書いてある。

しかし何だかあまりいい事が書いてない。

実は昨晩の話でも、何となく身内に辛辣な印象がしていた。

記述でも「木と同じ」「向上心がない」「常に寝ている」など、あまり森のエルフが好きではない書き方だ。

「田舎娘が自分の出身地を卑下するようなもんかな……あるあるだな」

田舎出身の俺も何となく共感が持てる。

読み進めていき、いよいよ物語が始まる……と、すぐに初めて見る単語が目に飛び込んだ——

「なっ！　魔族と戦争になった⁉」

内容は、魔族がこの大陸に侵略に来てエルフと戦争になったという記述だ。

幸いユスティンヴァナルの大森林まで手は伸びなかったらしい。

援軍として戦争には参加する。魔族を撃退したが、壊滅したエルフの森もあったとのこと。

「うへぇ！　魔族っていんのか……あっ」

ここで創造主の言ってたことを思い出す。

「そういや一番目と二番目の種族が争いになったつってたな。それが魔族とエルフってことじゃねえかな？」

確証はないがおそらく間違いない。その辺のことを今度、創造主に聞いてみよう。

読み進めていく。

日本語にしか見えないがおそらくエルフの文字と文法、何かのしきたりや宗教的な行いのことが書いてある。

さほど大したことは書いていない。

「ホントの最低、小学生低学年レベルの内容かな……」

まあたしかにそうだ。

真面目に書いてたら学校の教科書全部書き写すようなもんだ。必要最低限でいいのだろう。

そもそも忘却しても直近三百年分は残るのだ。

人間の人生五回分——普通に生活してれば絶対に忘れない。

エルフの知識を三百年一度も使わなかったら消えちゃうって話。

だから自習してるってわけだ。

「自習ね——……」

ふと自分が今まで学校で習ってきた文法用語が頭に浮かぶ。

「『カ行変格活用』だの『過去完了』だの『接続法二式』だのは会話しないと忘れるんじゃないかな……」

これを見ると言語体系はおそらく表音文字だろう。アルファベットに近けりゃ覚える数も少ない。

とはいえ話し方は読み書きだけでは難しいからな。

昨日の会話で『外国人が話す変な日本語』っぽくは聞こえなかったのでまだ大丈夫なんだろう。

「これからも話し相手は大事だな……うん」

お茶会の理由を得たりとにんまり。

お、最重要案件を発見！

「あっ…これが魔法か」

見ると『保存の魔法』だけでなく他にも数種類書いてある。

「おおぉーこれはすごい！　結構あるある！」

思わず小躍りする。

「保存……生育……隠蔽って何だ……消えるんか？　……探知！　レーダーみたいなのもあんのか、すげー！」

いきなり使えそうな魔法ばかりだ。

「待て待て……まだ使えると決まったわけじゃないしな。魔法はあとだ」

やっと彼女の外での生活の記録が見つかる。

「こっからか。最初は森でのボッチ生活……」

やはりというか、人との交わりがないので年数という概念がない。

エルフ自身も長寿なので期間についての頓着がない。場所の記述も森の雰囲気だけだ。

「……正直全然わからん。小学生でももうちょい書くぞ」

飛ばしてバラバラめくる。

「……人とまったく接触しない」

ボッチ期間が長い……と思ってたらやっと接触。出奔して何年目なのかが不明だ。

「よっしゃ！　第一村人発見だ！」

ティナメリルさん、人種の言葉を覚える——ところがすぐに終焉を迎える。

「あ、村が滅んだ」

戦争に巻き込まれたらしい。ティナメリルさんまたボッチ。

また森を出て別の森へ。

今度はすぐ近隣の村と交流開始。言語が違うのでまた一から学習……で覚えた。

「情報としての最低限のことしか書いてないな。人に興味あるんじゃないのか？」

が、すぐに気づく……これはコミュ障なんだ！

「そらそうだ、人もエルフもおっかなびっくりの接触だよな。異人種だし」

そう思うことにして読み進める。

やがてある村に定住……人の家に住ん——

「なっ⁉　一緒に住んだとな！」

わりとあっさり人と一緒に生活してた。

「うぇぇぇぇああそんなぁぁあああ！」

後頭部をハンマーで殴られたような衝撃だ。

「いや……そりゃ美人だもんね。途中人と一緒になることあるよね。うん……でもなー」

彼女は千歳を超えてる女性だ。

エルフの森でもいい人はいただろうし生娘であるはずがない——わかってるさ。

でもでも拗らせボーイには、彼女が誰かと一緒になってたという事実はあまり見たくはなかったのだ。

「まあでも幸せならＯＫだ——あっ死んだ！」

一緒に住んでた人は病で亡くなったらしい。

「あー……これはさすがにやっかんでられんな。お悔やみ申し上げます」

思わず目をつぶり合掌。

しばらく人の町では飢饉やら戦争やらが続いた。

近づけなかったので森でのボッチ生活が続く……。

しばらくして人との交流が再開。

ティアラじゃないギルドっぽい名前……数人の名前……。

「お、冒険者やってんじゃん。パーティーを組んでるぞ。やっぱ弓だ」

きた！　お約束の展開！

読んでくと、最初の頃はそっけなかった記述がだんだん人の名前も出てくるようになってきた。

感情を知らなかった人形が人の温かみに触れて開花してく感じ……王道で大好きだ。

また人の町に住み、誰かと一緒の生活、死別してまた違う地へ。

大きな戦争もあったようだけど、巻き込まれることはなく今に至っている……と。

一番最後は『ティアラ冒険者ギルド』とだけ書いてあった。


俺は本を閉じて一息つく。

十数年が一行で進んでいく――まるで歴史年表だ。

「さすがに規模がすごいな。人生の厚みがハンパない」

人間の場合、死による別れは親族友人含めても数度だ。ところがエルフの場合、人と付き合えばそれが数十倍になるわけだ。

「人と接して別れての数が尋常じゃない。いいことだけならともかく悲しいことがどんどんスタックしてくのはつらいもんがあるかもなー」

生きてくのに記憶消去が必要ってのはこれもあるのかな。何となく秘密の片鱗を知れた気がした。

この本は記憶の保持が目的だ。

エルフの根幹にまつわる情報を記述しとくのがメインみたい。

なので森を出てからの内容はそこまで重要じゃない感じだ。

特にエルフの言語についてはまず使うことがないのできちんと復習しないといけないとあった。

記憶消去のときにそれが消し飛んでしまう可能性が高いからだろう。

エルフ語忘れて人語だけになってしまったら――考えただけでゾッとする。

悲しいだけじゃ済まないな。

第一真面目に出来事書いてたら、『昭和天皇実録』全十八巻の十倍は巻数いきそうだしな。

書くのも読むのもしんどいな。

けどそれはそれで見てみたい気はする。

読後の感想――『俺との出来事は忘れるの禁止』ってお願いしておこう。

薬草買取騒動、そして魔法の出番

ティアラ冒険者ギルドの買取でトラブルが発生している。

薬草を売りに来た四人の冒険者たちが、買取を断られたのだが納得せずに揉めている。

持ち込んだのは『グロリオ草』なる薬草。

どうも採集に失敗したらしく、価値がないらしい。

「何で買い取ってくれねえんだよ！」

「ですから何度も言っているように、この薬草は茎ではなく根のほうに価値があるんです。この束は根元から刈り取られた上の部分しかないので価値がありません」

目にしたそれは、長さ一メートルと大きな草。

しかしこれは茎が折れ、枯れているように見える。しかも肝心の根っこを切っちゃったらしい。

てか薬草にしちゃデカい草だな。

「知らねえよ！　買取するって書いてあるじゃねえか！」

「俺らが採ってきたもんにケチつける気か！」

「茎でも使えるとこあんだろ！　いいから買い取れよ！」

主任も一緒に二人で説得している。

けれどまったく納得しない。

俺を含めた職員も事を何となしに手を止めて注視していた。

「そう言われましても薬草の採集手順についてはちゃんと知っておられますよね？」

この手の話は初心者講習でやっている話だ。

草の有効部位を覚えられない冒険者は全部掘って持ってくるものだ。

ちなみに俺も受けた。

「ああ？　馬鹿にしてんのか！」

「この薬草は茎の部分でいいはずだろ、ごまかすなよ！」

「俺らが間違ってるって言いたいのかよ！　ふざけんな！」

さすがに二人はこの手のトラブルに慣れている様子。口調も丁寧でビビる様子もなく毅然（きぜん）と対応している。

ただこの手の連中は理屈じゃ効かない。

相手が諦めるまで我慢するしかないのが面倒くさい。間違いを指摘したところで自分は悪くないと言い続けるからだ。

日本でも『注文したものと違う』だの『レジはちゃんと通した』だのと間違いを認めない客の類だ。

この手の連中は異世界でもいるんだな。

俺もここに勤めて一ヶ月、何度か買取で押し問答しているシーンは見た。

たいていは早々に冒険者のほうが諦めて引き下がる。

ところがどうもあの四人はしぶとい。振り上げた拳の下ろしどころを誤ったようだ。人も多いし、引くに引けなくなってしまったのだろう。

ちなみに俺はあの手合いの対応が苦手——まあ得意な人はいないだろうけど。

俺みたいな理系ガチガチの人間はとっとと『薬草一覧』の本を取り出して——

「ほら、ここに根が重要って書いてあるでしょ」

と正論で頬っぺたぶっ叩いちゃう。火に油を注いで収拾つかなくしてしまうのだ。

あいつらも主任が出張ってきたときに諦めて引くべきだったのに……。

そういえば主任から『素材価格一覧表』をいただいてたな……。

冊子を開いてその『グロリオ草』とやらの価格を見てみる。

「ほー……いい値段」

一体どんな効能があるんだ？

ついでに『素材鑑定』の冊子で効能を調べてみる……何と毒草だ。

「へー……解毒に使ったり鎮痛成分出せたりすんのか」

毒も使い方次第では薬になる……というのは昔からよく聞く話だ。有名なトリカブトも毒だけど漢方薬の原料だったはず……。

「そりゃ粘りたくもなるか……」

見ると他の職員はとっくに自分の仕事に戻っていた。

「何見てんだよ！　見世もんじゃねーぞ！」

他の冒険者に八つ当たりしだすお約束の展開。

しかし腰に下げてる武器に手をかけない。

怒りに任せて職員や他の冒険者に手を上げようもんなら資格剥奪に逮捕だ。

「なーいいだろー、俺らも苦労して採ってきたのわかるだろ」

「ランクも最上でとか言わねーからさー。その辺酌んでくれよー」

そのとき、職員の誰に気づかれることなく奥から女性がやってきた。

店内を一瞥すると、買取カウンターへ向かう。

その女性に最初に気づいたのは喚き立てていた冒険者たちである。彼らは驚きの色を浮かべ即座に押し黙る。

「どうしたの？」

主任がその声に驚いて振り向く。

綺麗にまとめられた金髪の横に見える長い耳——

エルフのティナメリル副ギルド長である。

「副ギルド長！」

その声に俺たちも気づいて驚いた。

おそらく冒険者たちがエルフを目にするのは初めてだ。

ティアラでエルフに出会うのはとても幸運なこと……けれど今の彼らには不幸な出来事だ。

主任がトラブルについて説明する。

聞きながら彼女はカウンターに置かれた薬草を手に取った。

「なるほどね……」

皆が彼女の挙動に注目し、ギルド内が異様な静けさを放っている……そういや前もこんな感じだったな。

冒険者たちはひきつけを起こしたような顔で震えている。戦意喪失は明らかだ。

迷惑をかけてたという自覚が湧いたのだろう。もう少し早く気づけよ馬鹿どもが！

「……でも茎の部分も役に立たないわけではないのよね」

「え？　そうなんですか？」

「抽出がね……技術的に難しいの。成分も少ないし……おそらくやっても失敗するでしょうね」

主任は知らないらしい。

エルフだから知ってることなのだろうか。

彼女の言葉に全員注目している。

「でも苦労して採ってきたんでしょ？」

冒険者たちに副ギルド長が笑みを浮かべて話しかける。

急に羞恥心が湧いたか……おいたが過ぎて怒られた子供のように下を向く。

副ギルド長は何やら考え込んでいる。

「一割……いえ…二割で買取なさい」

「え？」

まさかの買取発言に主任は驚く。

先ほど自分で抽出は困難だと言ったばかりなのに……。

「それでいいかしら？」

冒険者たちはキョトンとしている。一瞬何を言われたか、わからなかったようだ。

すぐに何度も大きく頷く。

「それで伝票を作成しなさい」

職員は返事をすると、飛ぶように出ていった。

現場の誰もが「おおー」という感嘆の声を上げる。やはり男の不毛な言い争いを止めるのは、手練れの女性が一番である。

振り上げた拳を下ろさせるには、臆さず手玉に取れるスナックのママ並みの手腕が求められる。

ティナメリルさんがスナックのママ……うーん連日超満員だろうな。

さすがは副ギルド長……と、その手腕と綺麗な横顔を堪能した。

「タラン、瑞樹を借りますよ。瑞樹、ついて来なさい」

突然、俺に声がかかり振り向く。見ると薬草を抱えたティナメリルさんが俺を見ている。

キョトンとして反応しなかったのでもう一度言われる。

「瑞樹、来なさい」

「……は、はい」

慌ててガタガタっと立ち上がり、彼女のあとに従う。他のみんなは何事かわからず、ただ俺を見送った。

ギルド本館の裏から出て左手に見える別棟へ向かう。

そのまま正面を通り過ぎて建物横へ。そこには何も植えられてない花壇があった。こんなところあったんだなと初めて知る。

今から一体何をする気なんだろうか。

呼び出された理由もわからず彼女の横に立っている。

「瑞樹、魔法は使えるのよね？」

いきなり魔法が使えるかとの問い。思わず動揺する。

先日のお茶会のときに魔法の話はしたっけ？

覚えていないな……。

いやそれ以前に襲撃の件の報告は当然入ってるか。なら知ってて当然か。

「あーっと、どれでしょう？」

「土の操作と水を出すのは？」

「土は穴掘るのと盛り上がらせる感じで、水は弾を撃ち出すのだけです」

「……水流や散水みたいなのは？」

「本には書いてありませんでした」

「そう……まあいいわ」

特に気にするふうでもないようだ。

「土を柔らかくしてくれる？」

「え⁉」

いきなり実践を突き付けられる。

土の魔法を使うのは遭難時に試したっきりで、土を上げ下げできることしか確認していない。

花壇の土を触ってみるとたしかに少し硬そうだ。長い間使われてなかったのか……。

少し考えたがどうせ上げ下げするしかできないのだ。

それを試してみるしかない。

しゃがむと地面に頭をつけて土下座の姿勢をとる——

「何してるの⁉」

彼女はその仕草にとても驚いている。

そりゃ唐突に目の前で土下座されれば誰でも理由を聞くな。

「えっと……私ちょっと魔法の発動がおかしくて、おでこからでないとうまくいかないんです」

土下座したまま見上げて答える。

はたから見てる人がいたらまず間違いなく、俺が副ギルド長に謝罪してる姿だ。

——いやこれ見られてないよね⁉

理由を聞いて変だと思われただろうか……。

別段、笑うでもなく、ふぅんという顔つきで見下ろしている。

綺麗な女性の目の前に跪いて喜ぶ趣味は俺にはないんだがな……変な性癖つかなきゃいいが。

何度か土を上げ下げしてみる。

一メートル四方がダッ…ダッ…と上下する。陥没と修復が繰り返される光景は奇妙だ。

触ってみる……が、さほど柔らかくなっていない。

思わずティナメリルさんを見上げる。

彼女は「まだ？」という表情。

申し訳ない思いで立ち上がり、今度は水の魔法を試してみる。

湿らせれば柔らかくなるかなと思ったからだ。

バシャン
撃ちこみ速度が速すぎだ！

思いっきり花壇の土が周辺に飛び散った。

「あっ」

しまった！

彼女は思わず身を引いたので慌てて目を向ける。土がティナメリルさんに撥ね飛んだかもしれない。

見ると迷惑そうな表情をしている。

「すっすみません！」

焦って大声で謝る。

幸い彼女に土は被らなかったようだ。魔法をうまく使えず期待に応えられなかったことに落ち込んだ。

たまたま花壇のそばに落ちてた木切れを拾い土をガリガリと掘る。

「こ……こんな感じでどうですか？」

「…………いいわ」

少し沈黙されたのがつらい。しょうがないわねと落胆されてるように感じる。

いいとこ見せたかったのに……。

土の魔法……まったく役に立たねえじゃねえか！

「ではこの草を土に挿してちょうだい」

「……はい」

グロリオ草を渡される。

持ち帰ってから数日は経過していたのであろう。十数本すべてほとんど枯れてるように見える。

けど何となく意図が読めた。言われるままに苗でも植える感覚で挿す。

「瑞樹、あげた本は読みました？」

「あ、はい」

「じゃあ『生育の魔法』は覚えた？」

「あ…えっと……ちょっと待ってください」

手の土をパンパンと叩(はた)いてウェストポーチから紙を取り出す。

いただいた本にあった魔法の呪文だけ別紙に書き写したのだ。あの本を持ち歩くわけにもいかないからな。

「これに書き写しました」

「そう。じゃやってみて」

「え？」

またいきなりの実践要求。

見上げると「できるわよね？」という表情に見える。

「いやでも使ったことないんですが……」

「場所はそうね……この辺りで」

彼女は花壇に目をやり、中央辺りを指さす。俺の話を聞いちゃいねえ！

先ほどの失敗が頭をよぎる。今度はうまくいってくれよ。

不安な表情を浮かべつつ、指示された辺りに頭をくっつけて呪文を詠唱する……エルフ語で。

《そのものの成長を促せ》

俺の魔法の欠点は今のところ発動がおでこからという点。

水や石の弾を撃ち出すのは目で結果を見られるが、地面に突っ伏して使う魔法は状況が見えない。

しかもこれ……ヒールみたいに光ったりしないみたい。ちゃんと発動しているのだろうか。

初めて使う魔法なのでいつまでしてればいいのかもわからない。

そのことを察してティナメリルさんが指示を出す。

「そのままの姿勢でいなさい」

彼女が状況を見ているようだ。いいと言われるまでずっと土下座姿勢を続けた。

「いいわ、止めなさい」

停止して立ち上がる。

膝とおでこについた土を払いながら彼女の横で畑を眺めた——

何とびっくり！　生き生きとしたグロリオ草がそこにあった。

紅色の花びらが上へ反り返り、炎が燃えてるような花を咲かせている。

「うお、何スかこれ！」

「ふふ…ちゃんと使えましたね、瑞樹」

折れていた茎は真っすぐに戻り、散っていた花びらも再びついている。

初めて見た『生育の魔法』に驚いた……と同時にうまく使えてホッとしていた。

彼女は俺をマジマジと観察する。

「ふぅん」

「え、何です？」

俺の状態に少し驚いている。しょぼくれてたのが元気になっておかしかったのだろうか……。

ティナメリルさんがこの魔法について説明する。

この『生育の魔法』は植物の成長を促進する魔法。種から発芽させたり苗の成長を早めたりする。元気のなくなった植物の活力を戻すのにも使える。

買取ったグロリオ草は枯れてなかったらしい。なので魔法で元気にさせたのだ。

「でもこれ、根っこ刈り取られてたんですよね？」

「植物は根がなくても根付くでしょ」

「んー挿し木で根が生えてくるってやつです？」

「知っているじゃない」

「いやだって草ですよ」

変なこと言うわねという表情に見える。

なるほど、草も土に挿しゃ生えるのか。いやまあ俺、生物の教科取ってないから知らんしな……。

「――ん？　根付いた？」

彼女が一つ採集するように指示したので土を掘って一株引っこ抜く。

「お！　ぶっとい根っこ……てか芋だな。あっそうか！　花咲いてますもんね。完全に元に戻ってんのか」

根っこを見ながらこの草の価値のことを思い出す。

「……ってたしかこの草――」

彼女に目を移すと、やはり俺の様子をじっと見つめている。

何かおかしなことでもしたかと口を閉じる。

「実は花が咲くまで成長すると思ってなかったのよ」

「え？」

「根付いて元気になった時点が限界と思っていたから」

あーそういうことね。

かなりマナを食う魔法なのか……じゃねえわ！　人間がエルフの魔法を使ってること自体おかしいんだ。

てか初じゃないのか！　エルフの魔法を人間が使うのは。

「瑞樹……あなた相当マナを保持しているのね」

「……そのようですね」

ティナメリルさんはそれ以上特に聞くこともなくしゃがんだ俺を見ていた。

「一株残して全部掘りなさい」

「あの……一つ残した理由は？」

「もう一度『生育の魔法』をかけなさい」

「はい」

何となくわかった。再び土下座姿勢で魔法を使う。

「いいわ」

見ると今度は枯れて莢が開き、赤い粒が見えている。

「……種ですか？」

「そう。理解が早いわね」

ちょっと上機嫌。

「採集して取っときなさい」

俺はすぐにピンときた。

これは栽培錬金術いけるな……と頭で算盤を弾く。

が、その考えはすぐに彼女に見透かされた。

「瑞樹はギルド職員ですからね。阿漕なことは考えないように」

「えー!?」

俺が不満そうに彼女を見上げると、俺を見ながら笑みを浮かべている。

「上手にやりなさい」

「へーい」

このやり取りがとても嬉しい。

種を収穫しつつ、ふと思い出したことを聞いてみる。

「ティナメリルさん、この草…茎からも成分抽出できるとか言ってましたがホントですか?」

「知らないわ」

思わず振り向いて顔を見る。そんなの初耳ねという表情だ。

このエルフかましおったわ……と思わず噴き出した。

「やるなー……」

失点を取り返し、彼女の中の俺との親密度が一つ上がった気がした。

「ただいま戻りました」

戻ってきた俺の手には、たった今採集したてのグロリオ草が抱えられている。

「ミズキさん、それ……」

「ええ、まあ……」

枯れかけの茎を持って出たのに、帰って来たら根がついた採れたてになっている。

驚くなというほうが無理な話だな。

主任は唖然として俺を見ていた。

エルフに激怒された男

フランタ市の西地区にあるヨムヨム冒険者ギルド。

ここに今日も多くの威勢のいい連中が集まっている。

素材募集や魔獣討伐の依頼などが張り出された掲示板の前では、どれを選ぼうかとパーティーたちが話し合っている。

受付では討伐の報告を自慢気に話している者や、受ける依頼の条件の説明を聞いてる者、報酬もらって受付の娘を飲みに誘って断られている者などが見える。

店内では冒険者たちが依頼や魔獣に関する情報交換などで賑やかだ。

そこへ若い冒険者が入ってきた。

仲のいい友人を見つけると、面白い話を聞いた……と妙に響く声で話し始める。

「よ〜ちょっと聞いてくれよ〜〜」

「あ?」

「いまティアラの前通ったらさ〜〜職員がひそひそ話してて〜〜何かと思って聞いてたらさ〜〜新人職員が何かヘマやらかして〜〜エルフのお偉いさんに怒られたんだと〜〜。んで呼び出されて地面に頭こすりつけて泣いてたんだってよ〜〜」

「何だよそれ〜!」

人の不幸は蜜の味、職員の失敗談を冒険者たちはケタケタと笑って馬鹿にする。

話が聞こえた連中も、その無様な様子を思い描いて鼻で笑っていた。

彼らの話が買取カウンターに並んで座っている女性職員の耳に届く。

相変わらずうるさい連中だなと、茶髪の娘が目を向ける。

「先輩、私ティアラのエルフ見たことないです」

「私もないわよ。たしか副ギルド長だったかしら」

栗色の髪の女性は書類に記入しながら答える。

「でも激怒されるってどんな失敗かしらね。あんたが前にやったようなことかしら——」

「雑草を買い取ったとか」

意地悪そうな笑みを浮かべて後輩を見上げる。

すると彼女は頬をぷうっと膨らませる。

「ひどーい！　それもう何年も前ですよ！　今もうちゃんとわかりますぅー」

その表情に満足し、再び書類に向かう。

「ふっ、まぁ新人なら通る道でしょ。いい勉強なんじゃない」

「んーでもでも先輩、エルフって怒ると怖いんですかね。土下座させて謝らせるとか……怖いですぅ」

彼女も上司に怒られたことはあるが、そこまでの叱責はない。怒られ具合に驚いている。

「うーん…どうかしら。エルフのこと知らないしねー」

ペンを置いて顔を上げ、冒険者たちのほうに目を向ける。

よそのギルドのことではあるが、職員を馬鹿にする姿はあまり気分いいものではない。笑い飛ばしている冒険者たちに嫌悪感を覚えた。

二人してエルフって怖いのかな……と考えていた。

しばらくして四人の冒険者が真っ青な顔をして入ってきた。

彼らを目にした冒険者が声をかける。

先の討伐で一緒に組んで依頼をこなした別パーティーの一人だ。

「おうお前ら、俺ら次は魔獣の討伐に行くがお前らどうする？　また組んでやるか？」

ところが彼らの表情は冴えない。返事も要領を得ない。

「……何だあいつら、変なもんでも食ったのか？」

彼らを見かけた茶髪の女性職員は「ほらね」って顔つきをする。

入ってきた連中は、ティアラで薬草の買取騒動を起こした冒険者たちだ。

例の薬草は、実は先にここの買取に出していた。

受けたのは茶髪の女性職員。当然ティアラ同様「価値はない」と査定し買取を拒否した。

しかし中々引き下がらなかった。

埒が明かないので「じゃあティアラに持って行ってみたらどうですか？」と厄介払いをしたのだ。

で、彼らの様子を見てダメだったのを確信した。

「ほらやっぱりダメだったでしょ？」

彼女はドヤ顔で彼らに言い放つ。

彼らは反応せず通り過ぎようとする……が、一番最後の奴が一瞥して呟く。

「買い取ってもらえたよ」

その言葉に彼女は勢いよく立ち上がる。

「はぁ!? そんなわけないじゃない！　あの枯れた根のない草のどこに価値があんのよ！　買取った査定職員馬鹿じゃないの!?」

驚いてまくし立てる。自分の評価は間違えてないと確信があったからだ。

すぐに先ほどの噂話が頭をよぎった。

「あっ……」

ティアラの新人がうちで断ったやつを買取ってエルフに怒られたんだ！

彼女は慌てて話を聞き返す。

「ちょ、ちょっとあんたたち……そこにエルフの偉い人……いた？」

「え⁉」

「エルフよエルフ！　いたんじゃないの？」

エルフがいたのかと聞かれ、四人は激しく動揺する。

もう話が伝わっているのかと情けない表情だ。

「……あ…ああいたよ。彼女が買取を――」

言い切る前に彼女は先輩のほうを向く。

「先輩！　彼らうちで断った草、ティアラに持ってって買い取らせたみたいです－」

「え？」

彼女は、ヨムヨムが買取拒否をしたものをティアラに押し付けた話をした。

先輩職員が冒険者たちに目をやる。

彼らの妙に気落ちした様子が腑に落ちない。買取ってもらえたなら喜ぶんじゃないのかと……。

「査定は正しかったの？」

「だって根もない枯れたグロリオ草ですよ。買取りませんよ！」

もうヘマはしていないと自信を持っている。

後輩の職員が再び冒険者たちに聞く。

「あんたたちティアラに強引に押し付けたんじゃないの？　買取れって騒いだりして」

その発言に四人はみるみる小さくなる。

途端、彼女は嫌悪感を露わにする。

価値がない草を無理やり買わされた新人がエルフに怒られたんだと推察した。

「新人を恫喝して押し付けたの⁉　信じられない！」

職員の勘違いに四人の冒険者は一斉に口を開く。

「ち…違う違う！　してない…そんなことしてない」

「たしかに騒いだのは認めるけど、対応してたのはベテラ――」

「やっぱり騒ぎを起こしたのね！」

「い…いやでも買取をしてくれたのはエルフで――」

先輩職員は眉をひそめ、深いため息をつく。

「主任！」

振り向いて声をかける。

一番奥の席の人物が、机に積まれた書類の横から顔を出した。

ヨムヨムの統括主任である。

彼は冒険者たちを目にすると、すぐにやってきて何事かと尋ねた。

彼女は主任に四人の冒険者と後輩のやり取りについて説明し、その結果ティアラに迷惑をかけたであろう旨を伝えた。

主任は以前ティアラに勤めていた経歴がある。

世話になった思いもあるが、物事の判断を正確に下す。

「ふむ……彼ら四人が騒ぎを起こしたのは問題ですが、それは彼らとティアラの問題です」

冒険者たちを一瞥し、茶髪の女性職員に目を向ける。

「うちが買取を断った物をティアラが買取って、それで上司に怒られるのもうちには関係ないことです」

もう一人の栗色の髪の女性職員に向き直り、指導する口調で話す。

「なのでうちがこの件でどうこう言うことはありません」

「わかりました」

「ただ……」

「ん？」

主任は別のことで首を捻る。

「……人に対して激怒するというのが信じられないですね」

「え？」

主任はエルフが感情を露わにしたという話が信じられないらしい。

「私が以前ティアラにいたときも、彼女が激怒するなんて一度も見たことありません」

「………」

彼は『エルフは人に興味がない』というのを知っていたからだ。

四人の冒険者が必死に話に割って入ってきた。

「い、いやだから買取ってくれたのはエルフなんだよ」

「茎は難しいけど頑張ったんだから買ってあげるって言ってくれて……」

「え…笑顔で話しかけてくれたんだよ」

「すげぇ優しかったんだよ。だから俺ら……悪かったなって反省して……」

主任も女性職員も冷めた目で彼らを見やる。

エルフが冒険者に笑顔で話しかける……嘘も大概にしなさいよ！

主任は彼らに「ティアラに迷惑をかけるようなことは今後慎むように」と釘を刺した。

ティアラでのグロリオ草買取騒動から数日後。

冒険者ギルド界隈である噂が話題になっていた。

『エルフに激怒された新人職員がいる』

という内容である。

エルフとはティアラ冒険者ギルドのティナメリル副ギルド長のこと。普通に捉えれば『新人職員が何かヘマして上司に怒られた』だけの話。

まあ大した出来事でもない。

ところが相手がエルフというところがこの噂の肝。エルフを知っている者とそうでない者とで反応が違う。

まず知らない者は、単にエルフという単語が珍しくて噂をしているだけ。

激怒でも何でもいいからお目にかかりたいなと話に花が咲く感じ。

しかし知っている者は違う——『到底信じられない』という反応だ。

というのもティアラのエルフが激怒するなどという光景を見たことある人間が誰もいないからだ。

彼女はとにかく、人には興味がない。

ティアラ歴代のギルド長もそう評していた。

ギルドでトラブルが数多く起きても彼女は無視。成り行きを眺めるまでもなくその場を離れるのだという。

つまりエルフが人に対して感情を露わにしたという事実が信じられなかったのだ。

ましてや一職員、新人職員がエルフと話す機会などまずない。

一体そいつは何をしでかしたのか……と噂になっていた。

◆　◆　◆

ティアラ冒険者ギルド。

噂の出所であるここにも話は舞い戻ってきた。

俺はみんなから事の真相を質問される。

「瑞樹さ～ん、副ギルド長に激怒されたって話になってますよ！」

「レスリーが出所聞いたんだが、財務の職員が別棟横で副ギルド長に謝ってる瑞樹を見たそうだ」

「地面に突っ伏してたってホントか？　何してたんだ？」

「いやまあ俺らは違うってわかってるんだけどな」

「もう会う職員みんなから聞かれるんですよー……『彼…何しでかしたの？』って」

「それと副ギルド長の豹変っぷりがすごかったんですけど、瑞樹さん何かしたんでしょ？」

「私もだいぶ慣れてきたつもりでしたが、さすがに副ギルド長が隣で冒険者に笑顔で会話してたのは衝撃でした」

俺は机に両肘をついて顔を覆う。


やっぱりあの土下座見られてたかぁぁああああああああ‼


どの場面から見られてたかはわからない……。

だが大半が副ギルド長の足元で平伏してる姿だ。

大声出して謝り、木切れで花壇の土を掘り、枯れた草を挿してど真ん中で土下座してるのだ。

誰がどう見ても罰せられてるようにしか見えない……んなもん目にしたらダッシュで職場に戻って話すだろう。

とはいえあの夜のことや魔法のことを話せない。

かといって場面が場面だけに言い繕う理由も思いつかない。どうせなら話を膨らませることにしよう。

「まあ怒られてたわけじゃないんですが、ここまで噂が広まった以上否定しても面白くないですねー」

腕を組んで少し考え込む。

「なのでそうですね……『俺が伝票の桁間違えて損害出したので怒られてた』ということにしときましょうか」

新人職員がしでかしそうな話、しかも損害はデカそうだ。

日本ならニュースになって上司が頭並べて謝罪会見するやつだろう。

キャロルが心配そうに俺を見る。

「地面に突っ伏して号泣してたって話にもなってますよ。いいんですか？」

「まあ謝ってたしな……」

「えっ⁉」

ふふっと笑って頷く。

水弾で土を吹っ飛ばして謝ったのは事実だ。

「例の草の件、あんまり勘ぐられたくないんですよ」

枯草が新品になって戻ってきた件は、事情があって言えないと伝えてある。

見るとリリーさんも怪訝な表情を浮かべている。

「何でそこまで評判落とすんです？」

皆も腑に落ちない様子。まあ悪い噂立てられて平然としているというのはたしかに変だろうな……。

俺は組んだ腕を解くと、机を指でトントンしながら説明する。

「うちの国じゃ『出来のいい新人は嫌がらせを受ける』って相場が決まってるんですよ。なので大ポカやらかして怒られて泣いてた……ぐらいの話があったほうがいいんですよ」

「……嫌がらせって何されるん？」

「ん？　ん～何だろ……無視されるとか、私物を隠される……とかですかね～」

その話にガランドが顔をしかめる。

「う～わ！　日本て新人にそんな嫌がらせするのか！」

「いや、ひどい場合の話ね」

「……じゃあ瑞樹はすごい嫌がらせ受けたんじゃないの？　そんだけ仕事できると……」

ロックマンの指摘にぷっと笑い、大きく手を振って否定する。

「ないない！　俺なんか全然できない部類だよ。学校でもサボりまくって一番出来が悪かったし」

「「「ええ～～!!」」」

皆が揃って叫んだ。

このギルドで一番業務処理が速い人間が自分は出来が悪いと吹聴する……驚くのも無理はない。

「え…瑞樹さん出来悪いんですか？」

「悪い悪い！　素行最悪だよ！　卒論サボって遊びまくってたしな」

にやりと笑うと皆、信じられないと顔を見合わせる。

「だから噂はあれでいいんですよ」

あまり目立つと先日みたいに襲われちゃうでしょ……とは言わなかった。心配かけたくないしな……。

業務するうえでスマホを使わないわけにもいかない。

薬草を新品にした魔法をまた使うことがあるかもしれない……いやたぶん使うな。

どっちにしろ目立つ行為は今後も発生する。だから落とせる事案があれば積極的に落としとくほうが都合がいいのだ。

それでもリリーさんは納得してなさそう。俺が口角上げて笑うと、諦めたように微笑んだ。

ラーナさんが副ギルド長の件を尋ねた。

「ねえ瑞樹さん、副ギルド長は何であのときここに来たんです？」

「あーそれ言い忘れてた！」

思わず手をポンと叩く。

「副ギルド長にお願いしたんですよ。『たまには表に顔を出してください』って」

以前に呼び出された理由について『エルフ語で話せる人を見つけたから話し相手になってただけ』ということをみんなに伝えてある。

「『みんなも話したがってますから』って誘い出したんです」

その話にみんなびっくりする。

ティナメリルさんにはもう少し人に接してほしい。

忘れてしまっているようだが、元々そういう理由で森を出たはず。無理してでも接していればまた思い出すかもしれない。

俺の率直な思い……もちろんただのおせっかいかもしれない。

正直来てくれると俺も顔が見られて嬉しいという本音もあった。

「よく受けてくれましたね」

「頑張りましたから」

ドヤ顔で胸を張る。

「なので今度からティナメリルさんが来たら遠慮なく話しかけてあげてください」

「『さん』付け呼びですか」

レスリーはにやける。

「エルフ語仲間ですんで」

「すげー！」

彼が羨ましがるとキャロルが俺を揶揄う。

「でも怒られて泣いてたんですよね～」

「ですねー」

両手でえーんえーんと泣く真似をしてみせる。

へたな演技にみんな爆笑した。

結局、噂に関して当の本人は何も答えず、ギルド職員も噂を否定しなかったことで、

『エルフに激怒されたやらかし新人職員』

という残念な二つ名を冠することとなった。

魔法の練習に森へ行く

噂の男になってから数日後の週末。俺はお休みをいただいて出かけることにした。

行くのは人がいない森へ……実に遭難した時以来である。

いやもうとにかく魔法を練習をしないとマズい。これはもう喫緊の問題だ。

この世界に来て一ヶ月以上経つ。

ところが全然魔法を使えない。せっかく魔法のある世界に来たのにな。

……いや使ってはいる。

襲われて反撃したのと、薬草を元気にして根っこゲットもした。

しかし問題は『よくわかってない』ことだ。

石も水も威力がわからない。

水はティナメリルさんに危うく土砂をかけるとこだったし、土は上下運動だけで幻滅させた。

雷に至っては感電のレベルを確認できない。人がいる部屋で使って「あっ死んだ」では済まされない。

だからといって、じゃあ町で石弾放って練習……というわけにはいかない。なんせ余裕で壁をぶち抜いちゃう威力だ。

何度宿舎の窓から外に向けて撃ちたくなるのを我慢したことか……。

なのでまずは人目につかない場所を探さなければならないのだ。

ということで、結局町の外、森へ「レッツらゴー！」というわけなのである。

朝、屋台で食事し、テイクアウトも買っていざ出立。

東門を出て外へ、衛兵にペコリと挨拶して門を出る。特に気にもされない様子で一安心。まあ一ヶ月以上ぶりなら覚えちゃいないか。

森へ行くというのに服装は至って平服。

武器屋で買った革の手袋、来た時に履いてたスニーカー、腰にウェストポーチ、ショルダーバッグに魔法書等を入れている。

パッと見「ちょっとそこまで」という出で立ちだし怪しまれることはない。

なおギルドのみんなには森に行くことは言っていない。言うと止められそうな気がしたせいだ。

何かあったときのために手紙でも置いてくるべきだったかな……まあ今更だ。

一応近辺の森についてはそれなりに聞いて情報は集めてある。

薬草の講義を受けた際にこの辺りの植生や人の活動区域などの話もあったからだ。

町から二キロ圏内は比較的安全な領域。新人冒険者が採集に来たり木の伐採などで木こりも出入りしてるという。

ということで街道から外れて東の森の中へ入る。

起伏も少なく比較的歩きやすい地面だ。

遭難時にも思ったのだが、あまり日本的な感じはしない。

地面は平坦で所々に広葉樹が生えてる『公園の一角』といった印象が強い。富士の樹海じゃなくて助かった。

といっても俺自身アウトドアが大嫌いな人間だ。

歩きやすいならそれに越したことはないな……ぐらいの感想しか浮かばない。

しばらくして切り株が見られる開けた場所に到着。ここなら人目にもつきにくそうだし、人の手が入ってる場所なら安全だろう。

さて魔法の特訓開始。

先日ティナメリルさんが言った台詞――

「水流や散水はできないの？」

これが気になっていた。

意味するところはおそらく、『彼女は人が使うのを過去にみた』ということだと思う。彼女の日記には水系の魔法がなかったからだ。

なのでまずはこれについて検証していこう。

水の魔法は《詠唱、水発射》だ。

これは水弾が撃ち出される魔法で単発だ。これを水流と散水に変化させられるのだと思う。

早速言葉をいろいろ換えて試してみることにした。

数分後、意外にあっさり見つかる。

放水は《詠唱、放水発射》、散水は《詠唱、放水拡散発射》、これは止めるとき《停止》が必要だ。

しかしこれ……威力がすごかった！

まるで消防車の消火放水だ。五十メートル先は余裕で届いてんじゃないかと思われる。なので水量がとんでもなく撃ち出し先が水浸しだ。

いままでの単発水弾は何だったんだと言わざるを得ない。

しかも不思議な点が一つ――


『反動がない』


消防員がホースを持って放水する光景を見たことがある。あれはものすごい反動に必死で耐えている。

しかし、この魔法には反動がない。

普通に棒立ちでおでこから水がものすごい勢いで出てる。

そのまま前にも歩けるしジャンプもできる。反動で首が折れたりもしない。

何だこれ⁉

見た目は『おでこからビーム』だ。正直かっこいい……と思う。

けど彼女が言ってたのはこれじゃない。

花壇でこれやったら土が全部吹っ飛ぶ。幻滅されるどころではない。

おそらく威力調節のオプションがあるはずだ。それを調べてみよう。

約十分後、あっさり判明した。


『放水の前に強弱を示す単語をつければいい』


しかもかなり単語がアバウトだ。

バケツに水を入れたかったら『少し』、コップに水を入れたかったら『ちょっと』という感じ。

ちなみに何もつけないと『前の状態』だと思われる。

設定を覚えていて省略できる……というやつだろう。

しばらく放水しまくる……何となくわかってきたぞ。

これ……『翻訳が勝手に適当な単語に置き換えている』みたいで、ある程度俺のイメージで威力を決められる。

さらに検証した結果……『威力や状態は後付けで変更できる』ことが判明した。


たとえば、花壇に水を撒きたい場合――

《詠唱、小放水発射》

ドビュアアアアアアアア（ホースで水を全開）
ああ違う違う……散水散水。
《拡散》
バシャァアアアアアア（シャワーヘッドを装着）
あ…強ぇえなこれ……。
《下げて……下げて……》
シャワァアアアアアア（蛇口を閉めて水量ダウン）
よしこんくらい。
《停止》
という感じだ。

停止前ならパラメーターの変更ができるということか……思ってたより詠唱が柔軟で助かる。

ちなみに最大の放水はダム放水並みの水量と威力だ。一瞬で辺りが水没する勢いにビビる。

これ……人間の撃ち出す量じゃねぇぞ！

そしてこれは風でも同じようなことができる。

風の場合は『送風』でよい。

単発と連続の違いは『送』が付いてるか付いてないかだ。おそらくこれが魔法語の『連続使用』の単語に置き換わるのだろう。

ちなみに風での最大は台風並みの威力。一瞬で辺りのものを吹き飛ばした。

まるで人間台風だ……これもヤバい。

そしてこれも反動がない。ジャンプしてもしゃがんでも俺が後ろに飛ばされることがない。

物理法則がおかしいな。

「これ船乗って後ろ向きで風送っても進めない……が、帆に当てたら進める⁉」

何か理由はあるだろうが、とりあえず置いとく。

では石の連続発射はどうか。

石柱が伸びるかマシンガン連射か……と期待した。

しかしどちらも不発、発動しない。実際《詠唱、連続石弾発射》としても一発出るだけ。石がにょきにょき伸びもしない。

連続を意味する単語が違うのだろうか……しばらくいろいろ試したが発見に至らず、とても残念だ。

無詠唱で頑張れば『三秒で一発撃てる』感じ。今のところはこれで我慢しよう。

サイズ変更も判明——『小』だとビー玉、『中』だとゴルフボール、『大』がテニスボール。

冒険者を吹っ飛ばしたのはテニスボールだったかな。そりゃ顔面なくなるわな。

威力も大小調整はできるっぽい。

が、発射速度が速すぎてわからない。全部一緒な感じ。とはいえかなり遠距離まで飛ばせることが判明したので嬉しい。

石弾の面白い点――これ、火薬で発砲しているわけじゃないので爆発音がしない。するのは風を切る音と衝撃波っぽい音。音速は超えてない気がするけども……。

これあれだ、『スリッパで床を叩いた音』だ。

「ドォン」ではなく「スパァン」だ。

大で撃ち出すと地面の草が揺れるので威力のすごさが実感できて楽しい。

「んー……七センチって何インチだっけ……三インチか？」

つまり俺の現在の最大武器は、三秒に一発撃てる『三インチ戦車砲』だ。チートだチート！

あとは連射の単語を見つけてマシンガンみたいに撃ち出す魔法を見つけることだ。

目指せファランクス！


気づくと時刻はお昼過ぎてて13時。思ったより時間が経っている。

さすがに腹が減ったな。早朝出がけに買った屋台のテイクアウトを食べよう。

薄く焼いた穀物の皮に、何かの肉と野菜をぐるっと巻いて棒状の持ちやすい形状にしてある料理――タコスだっけ。

よく知らんがまあ一口。

「おお……ん？　あっ辛っ！」

唐辛子っぽいものがピリッと利いてて旨い。

ただ肉が何かがわからない。それに硬い。日本人的には歯ごたえがありすぎ。まあでもおいしいので合格点。

二本買ったが一本でお腹がいっぱい。もう一本は夕方にでも食べよう。

「あ、そうだ」

ペットボトルの水は持ってきたけど、せっかく放水ができるようになったので飲めるか試そう。

掌で水を掬う形にして顔の前に手を出す。

《詠唱、ちょっと放水発射》

「おっおおっと」

水がこぼれまくるが何とか溜められた。

じっと見つめ、意を決して飲んでみる。

「んー……大丈夫っぽいな。これで遭難しても水には困らなそうだ」

ただしこれ……自分の体内から水出して飲んでるように見えるんだよなー。

下だったらまんま……いや止めとこ。

とにかく魔法はすごい。

一服しながら魔法について考える。

魔法とは『プログラミング言語』に似ていると思う。
放水の『放』、送風の『送』は繰り返し処理（while文）
『拡散』は条件分岐処理（if文）

『水』、『風』、『石』が出力処理（print 文）

『大中小』『ちょっと』『絞る』などが出力指定で変数（int、char）

最後が『発射』『停止』（Enter キー）

とこんな構造だ。

条件分岐を細かく設定できたら呪文一つで風と水を切り替えられる感じする。もしくは同時処理もいけるかな？

「水と風の同時発射……あっそれまんま台風じゃねーか！」

既知の魔法はこんなとこか……まだ情報が全然足りないな。

お約束の『火』は試してみたが、発動しないし見つからない。

座ったまま『雷』を発動するがやはり見えないし威力もわからない。

威力調節できれば殺さずに使えるはず……。

たとえば《詠唱、弱雷》とすれば『スタンガン』か『テイザー銃』みたいに使えるのではないかと思う。

誰かに試せないかな……。

そして重要な技術、『付与』がしたい。

逐一呪文を唱えて発動するのは億劫……というか術的に稚拙な気がする。

やはり剣や杖に魔法を付与して強力な武器として使えるようにしたい。

というかな——

『銃が作りたい』

ものすごく作りたい。

せっかく『石の魔法』で石弾が撃てるのだ。

棒切れにでも付与できればそれ持って石を撃ち出せるのではないか。

もっと言えば筒のようなものに『風の魔法』を仕込めばエアガンが作れるのでないか。

しかも超強力なのが……だ。

何とか『おでこ発射』を改善する手立てを講じたい。

手で撃てないなら物に頼るしかない。

このアイデアは早い段階で思いついていた。けれど付与する方法がいまだ見つからず、ずっと保留のままである。

本屋にあると思ったのが当てが外れたからな。

「付与魔法は絶対あると思うんだけどなー」

現代でもハイテク機器が作れるのだ。

滅んだ文明もきっと魔法技術が進んでて付与魔法はあるはず……俺はそう確信している。

魔法学校で教えてたりするのかな……クールミンに話が聞ければいいのだがなー。

休憩後、次に試したい魔法はエルフの魔法。

先日使ったのは『生育の魔法』だ。他にも『保存』や『隠蔽』『探知』などもある。

ところが実は別系統の魔法がある――
何と『エルフ版の身体強化術』があるのだ。
《剛力》弓を引く力が強くなる。
《跳躍》ジャンプ力が強くなる。
《俊足》足が速くなる。
この三つ。完全にアーチャーシフトだ。
やっぱり『エルフは弓』といった感じなのだろうか。
ということで早速《跳躍》を試してみよう。
詠唱かけて軽く飛ぶ――
《跳躍》
ズバッ――――スタッ
何と高さ五メートルぐらいまで跳ねた。
「おおースゲー！」
もう少し跳ねてみる。
ズバンッ――――――ズサッ
今度は十五メートルぐらいまで跳ねた。
「うっひょーヤバいヤバい！　超怖い！　これは無理無理！」
そりゃそうだ。

跳ねたあといきなり高さ十五メートルからおっこちるんだ。魔法がどうとかじゃなく単純に怖い。

腰がヒュンと抜ける感じがした。

調子に乗って高く跳んだせいで気分が悪い。

「これ三半規管にくるな……」

俺は三半規管が強くない。車酔いとかすぐする。小学校のときのバス遠足は地獄だった。

即効へばった。

「あ～気持ちわる……」

少し休んで体調を整えよう。

縦方向はつらいので、横移動で《跳躍》を使いこなす練習をする。平地に枯れ木を数メートル間隔において狙った位置に飛び降りる練習だ。

……どうもうまくいかない。

「全然狙ったとこに着地できねー！」

置いた木をめがけて跳ぶのだが乗れない。正確に降りられるのはそれこそ二メートルぐらい。

「これは《跳躍》関係ないな……単純にジャンプがへたくそだ」

テレビのバラエティー番組で『丸太をピョンピョン跳んでく競技』がある。見てるとあれもバンバンおっこちまくってる。

人間がジャンプして目標地点に着地するというのは難易度が相当高いのだろう。

それを魔法で距離を伸ばしてやるとなると、何度も練習を繰り返して体に覚え込ませないとダメってことだ。

元々俺は運動が得意でも好きでもない。一日中パソコンの前に座ってる人間だ。そんなのがすぐに体動かして華麗にステップ……なんてできるわけないのだ。

「アニメみたく木の枝を次々跳んでく……なんてのはまだまだ先かなー残念」

腰に手を当て思い悩む。

体使う系はちゃんと訓練しないとダメ。それがわかっただけでも練習しに来た甲斐があったというものだ。

それに屋根にスッと乗ったり降りたりすることはできる。襲ってきた弓使いがしてたことぐらいはできるようになって嬉しい。

身体強化術の練習後しばし休憩。

強化しようが体を動かせば普通に疲れる……当たり前と言えば当たり前ではある。

別に運動好きな人間というわけでもなく、普段の移動は車だ。

見事に運動不足である。

やはり体力をつけないとこの世界ではやっていけないと痛感した。

魔獣との戦闘

時刻は14時前。

魔法の練習は今日のところはこの辺にしとこう。

さて、森へ来た理由はもう一つある。

それが『薬草の採集』だ。

この世界、普通に山や森に入って食料調達が行われている。もちろん穀物生産は当然ある。

麦、豆、野菜、果樹などは市場で売られている。

しかし薬草は栽培されていない。

あと肉も狩猟だ。

いや薬草栽培や畜産はあるのかもしれないがこの町では聞かない。天然のものをとってくるのが基本らしい。

ギルドに就職してから冒険者向けに定期的に行われる講習がある。

薬草採集のコツを教わったり、この辺りの地形の情報、魔物や魔獣の報告例、食料となる獣のいる地域の情報提供だ。

ギルドとしても冒険者を放って空振りでは困るのだ。

俺も冒険者に交じって講習を受けた。

とはいえ元々学生だからな。学ぶことは大事だ。ということで、この辺りに生えてるだろう山菜や薬草をゲットだ！

……なんてそんな甘くはなかった！

全然見つからない……というより全部ただの草にしか見えない。

「これお話にならないぞ」

そりゃ当然か。

いきなり素人が山歩きして野草採ってこいと言われてもできるほど甘くはないってことだ。

一応準備としてスマホで絵の写真も撮ったし買取の手伝いもしたのだがな……。

「漫画みたいにゃいかねえか……『鑑定の魔法』とか欲しいなあ」

ゲームは道端に名前付きで薬草が生えてるからな。ゲーム脳が激しく悔しがる。

せっかく森へ来たのだ。何かしら見つけるべく頑張ろう。

地形は比較的歩きやすい。なだらかな丘だったり平坦な森が続いてる。

切り株のあった地域はとっくに過ぎ、森の奥のほうへ進んでいることに気づかなかった。

下ばかり見て歩いていたせいだ。

森が途切れ、草原地帯に出る。

「おっ？　何かいい感じの場所だ」

川はないが、雰囲気的には河原を思い浮かばせる。

遠足やピクニックで弁当広げてのんびりするにはうってつけって感じだ。

正面には草花があちこちに見え、右手は俺の背丈ぐらいの高い草が生い茂っている。

左手ずっと先に枯れた川のような石だらけの地面、その先がまた草原だ。

「なるほどな、こういうところに生えてるのだろうな」

基本的に探し方を間違えてたのだな……と勝手に解釈する。

浮かれ気分で辺りを散策、それっぽい花や草を目にしては、お目当ての薬草はないか探した。

何となくそれっぽい草の群生を目にして歩み寄ろうとした、そのとき——

ブゥン——

何かの物体が右から左に目の前を横切った。

突然の風切り音に驚く。

立ち止まって反射的に飛んでったほうへ目をやる。

——ドサッ
それは真っ黒に汚れたモップの塊のような物体。二十メートルぐらい先まで飛んでいた。

「え…何？」

ドッドッドッドスッドスッ——

間髪を容れずに右のほうから何かが近づく足音が聞こえてくる。しかし生い茂った草で見えない。

瞬時に嫌な予感が襲う。

だが時すでに遅かった。奴は茂みからヌッと姿を現した。

何だこれ⁉

四足動物だと認識する以前に目に映ったのは――

巨大な……柱……鉄骨……それ角なのか‼

正面から見たら『ミニ油圧ショベルのアーム』と見間違うほど角がデカい。

幅広で反り返った太い角、その横につぶらな瞳――ところがそれは怒りに満ちて真っ赤っかだ。

三角頭に付いてる可愛らしい耳、体表は灰色で鎧のようだ。

角と体表の色だけで知ってる動物の名前が瞬時に浮かんだ。

――サイだ！

いやでもサイじゃない！　角が全然違う！

こんなデカい角見たことない。地球上の生物で思い浮かばない。

それに角の色がおかしい……黒褐色だ。そんな色の角など知らない。

しかも反りかえってて先が背丈超えてて見えない。それじゃ刺せないだろ！

サイの角は白っぽくて短かったはず……人間の爪と成分一緒なんだっけ。

いやそんなことはどうでもいい！

あれはどう見ても黒曜石の色合い……ゲームで知ってる。とても硬いやつだ。

そしてデカいデカい！

体長が軽自動車ぐらいある。

それがゼロヨンスタート決めようとアクセル全開で待ってる感じ。

めちゃくちゃ興奮状態だ。

――えっ⁉　これもう敵認定されてんの⁉

そう思った矢先、奴は俺に正対し頭をちょいと下げた。

助走準備か！　右前足を二回ほどタッタッタッと蹴り上げると躊躇なく突進してきた。

「なっ⁉」

不思議と体が咄嗟に反応、左に跳んで回避――――けど距離が近かった。

カンッ

脳に響く音がしたかと思うと右足が奴の角に撥ねられくるぶしに激痛が走る。

「ッテェエエエ！」

痛みに耐えて振り向く。

奴は何と五十メートル先ぐらいまで行っていた。

速い！　動物の動きじゃない。いくら何でも車でダッシュするスピードにはならんだろ。

急いで立とうとする。

「あああああくそう‼」

右足が激痛で立てない。

おそらく骨にヒビが入ったか骨折している。

「んにゃろぅ！　何の躊躇もなく来やがったッ！」

こちとら町で襲われて生き残った経験が生きている。奴に対して怖くて動けないという事態にはならなかった。
痛みで動けないなら反撃するしかない。
よし『石の魔法』だ、デカい石弾食らわせてやる。練習しといてよかったぜ！
「目にもの見せてくれるわッ！」
《詠唱、大石弾発射》
スパァァアン！
おでこから三インチ戦車砲弾発射！
衝撃波で地面の草が揺れ、奴の巨体に見事にヒットした！
ゴォォォオン
水の入ったドラム缶を叩いたような音がしたかと思うと、あらぬ方向に飛んでった。
石弾は奴の表皮に弾かれてしまった！
「えぇぇぇぇぇぇぇぇぇぇ!!」
角度が悪かったのか、奴の皮膚が想像以上に硬いのか……とにかく綺麗に弾かれた。
俺の持つ最大威力の攻撃が効かなかった。
それは同時に、絶体絶命のピンチが訪れたことを意味していた。
「な……あれ効かねーのかよ！　ふざけんなっ！」
俺様の戦車砲が敵の傾斜装甲に見事に弾かれた。
奴は一瞬止まったが、何事もなかったように再び突進体勢をとる。

石弾がダメなら逃げるしかない。

左に俺が来た森が約二百メートル先にある。

あの中に逃げ込めば奴の突進は避けられるかもしれない。

魔法を使おう――

《跳躍》

魔法発動で左足だけでジャンプ。

「よし、一回で十メートルは跳べてる。いけるいける！」

両手と左足の三点支持で逃走開始。カエル飛びだ。

俺が逃げ出すと、奴が二回足を蹴り上げ再び突進。俺を追尾するように緩やかな弧を描いて迫る。

タッタッタッダダダダッ
奴が迫る音がする――――後ろを見る。

もう目の前にいた！

咄嗟左に跳ねる――

カスッン
左足が奴の体に接触。

反動で体がコマのように回転して地面に投げ出された。

「あ……あっぶねえええ。《跳躍》かかってなかったら体ごと撥ねられてた！」

急ぎ上体を起こして立とうとする――

「うわっ⁉」

左足に力が入らず再び転倒する。

見ると痛みはないが、足首から下がぶらんぶらんしている。

「んなっ！　折れてるぅうううううううう！」

かすった勢いが強すぎて足首を持っていかれてた。

両足首骨折……かなり絶望的な状況だ。

奴は突進が終わって後ろ向き状態。

ラストに向けてこちらに体を向けようとしているところだ。

「くそっ！」

森まで約三十メートルぐらい。

足が無事なら跳躍三回で森へ入り、木の上へ逃げれば回避できる。

だがもう動けない。

奴が体勢を立て直すとすぐさま突進——

かと思いきや来ない！

五十メートルの距離を保ったままスタスタッと半円を描いて移動し、再び俺の後ろに森がある位置取りを取った。

背後に森というのは俺が逃げやすい位置取り——

何だ⁉

その動きにどういう意図があるのだろう……。

首をクイックイッっと左右に振ったかと思うとこちらを一睨み。

気のせいか笑っているようにも見える。

あ……これあれか！

強者が弱者を上から見下す目線。どうやら「頑張って逃げて見せろよ！」と煽っている。

「こいつ俺が動けないのわかってんな！」

哀れに這いつくばって逃げようとするのを吹っ飛ばして笑おうって魂胆だ。

知能が高いのだろうか、それともそういう習性なのだろうか。

奴の態度にむかっ腹が立った。畜生のくせに生意気な。

怒りゲージが溜まる。痛さも感じないし恐怖もなくなった。

ムカ着火ファイヤーだ……こちらも煽ってやんよ。

「来いよサイ野郎！　角なんか捨ててかかって来いッ!!」

敵を煽るにはこのお約束の台詞が一番効果的だ。

俺は膝立ち状態で両手を広げる。奴の突進を受け止めてやるぜという意思表示だ。

奴は小馬鹿にするようにブフッと鼻を鳴らしたあと、右足を二回蹴り突進を開始！

すぐさま俺は地面に伏せ、体をなるべく小さく丸めた。

タッタッ——

突進と同時に魔法を唱える——

《詠唱、土下げ》

すぐ体を横に寝かせる。

駆け足の音は目の前……と思った刹那、俺のいた場所に奴のぶっとい角がメリッと音を立てて着地。

次の瞬間――奴の体が宙を飛んでく風切り音がした。

ブゥン――フゥン――ズガァアアン！

すさまじい衝撃音が響き渡る。

やったか⁉

俺は体を起こし振り返る。

見ると奴が太い広葉樹の根元に張り付いている。

どうやらその巨体が縦回転に吹っ飛び、森の一番手前にある木に腹から激突してそのままずり落ちたようだ。

その姿を目にして喜びが込み上げる。

「――ぃよっしゃあああああああああああ！」

奴への対抗策――突進に合わせて『土の魔法』を詠唱。俺の手前の土を一メートル四方を下げたのだ。

突進時の奴の足跡を見て歩幅が小さいことは確認していた。

なので俺の手前の土を下げると、前足を踏み外して体が前のめり、俺の手前で頭が地面に突っかかってそのまま弧を描いて飛んでくと考えた。

おそらく誰もが経験あるはず――

『階段下りてて床だと思ったらもう一段下で、空を蹴って体が前に吹っ飛ぶ』

あれを狙った。

角が横に見えたときは失敗かと思ったがむしろそれが正解！

鼻っ柱がギリギリ穴の境目に突っかかり、反った角がてこの原理で体に遠心力を与えそのまま空中へ投げ出したようだ。

奴の角で凹んでる地面に目をやる。

横に避けなかったら角で圧殺されていた。よく避けれたと自分でも感心する。

かなりの博打だった。

役に立たないと思っていた『土の魔法』で助かったのだ！

奴は動きが止まっている。まだ死んではいない模様。

すぐ動き出すかもしれない……急いで止めを刺さねば！

おれは膝立ち状態で奴に向かう――

だが足が動かない！　何で⁉

気づくと手が震えてる……。

怪我の功名

どれくらい時間が経ったのだろう――

一時泣きじゃくったらすっきりした。

途端、現状を思い出させるように疲労と激痛が襲う。

「あーくっそ痛ぇーー！」

動くのもだるい。

この馬鹿でかサイ野郎におでこをくっつけた姿勢でしばらく脱力していた。

いつまでもこうもしてられない……そろそろ移動しよう。

ペタンと女の子座りの状態。

まず『水の魔法』でおでこから水を出して掌に溜める。

その水でぐしゃぐしゃに泣いた顔を洗う。

そうそう鎮痛剤持ってるんだった。これも先に飲んでおく。

「うしっ！」

体の向きを変えようとしたら、下半身が動かずそのまま横に倒れた。

「うわっ！」

驚いて足を見る。

両足首骨折。

両ひざはズボンに血が滲んでて擦り傷打撲状態だ。

もう腰から下が、ぶわんぶわんしている感覚に襲われててよくわからない。

わからないくせに痛いのはわかる。

でも幸い上半身は怪我もなく両腕も動かせる。

とりあえずこのデカブツのそばにはいたくないので離れよう。

腰のウェストポーチをぐるっと背中に回す。

腕しか動かない状態だ。

腹ばいになって、肘を交互に出して前進する。

匍匐(ほふくぜんしん)前進だな。肘使うのって第四だっけか……。

あーでもあれでも足は使ってたな。腕だけ匍匐はつらい。

そこそこ離れ、疲れて突っ伏す。

ここは森の奥深くで助けも呼べない、場所もわかりゃしない。このまま寝落ちしたかった。

しかし激痛がそれを許さない。

これを何とか治さなければならない。

となると思いつく案は一つしかない。

――『治癒魔法』だ。


けれども一度も使ったことがない。発動するか確認してないのだ。

聖職者のお姉さんが使用してたのを録画したのだが、その後使用する機会がなかったのだ。

こんな事なら覚悟決めて指切って試しときゃよかった。

今更言ってもしょうがない。

「詠唱は大丈夫、憶えてる。おそらく無詠唱でもいけるだろうがここは慎重に詠唱しよう」

仰向けになり、まず発動するかを確認する。

《詠唱、ヒール》

おでこに目をやる。

何となく光ってる。

「よし、短縮での発動確認！　やっぱり魔法だこれ。あとはこれで自分を治療できるかだ」

体を起こして体育座り……ができない。

手で足を抱えて起こし膝を立てる。ズボンの裾をまくり上げ、膝を露出させる。

「うっ……」

膝の皮膚がベロンとずるむけていた……。

思わず目をつぶる。

そのままおでこを膝に当てて詠唱する。

効いてくれと願いながら……。

——どうだ⁉

十数秒後、光が消える。

目を開けると、血はついてるがずるむけは治っている様子。

静かにスリスリしてみる。

「——うん……綺麗になっとるな！」

治療の成功を確認した。

「いよっしゃあああ治せるうぅううう！」

自分にも治癒魔法が効くことを確認した。改めて傷が消えたことに驚き、嬉しさがこみ上げる。

「よし、じゃあ続いて足首……うっ！」

ここで問題発生！

おでこが足首に届かない。体が硬い……足をおでこまであげられない。

「いやそもそも中国雑技団でもなきゃあげられないっしょ」

自分の体の硬さに文句を垂れる。

「どうしよう……これじゃ治せない」

左足の激痛がひどくなる。

右足も何となく痛くなってきたような気がしてきた。

膝立ち歩きで町まで戻るか……いやさすがに無理がある。

現在地がどこかわからない。

一度ジャンプして確認する必要がある。

しばし膝を抱えて途方に暮れる……悲しくなってまた涙が滲む。

すぐ泣いちゃうな俺。

何かいいアイデアがないかと今日の出来事を思い返す——

そういや今日、水の魔法や風の魔法で威力調節ができたな。

「治癒魔法も大とかねーのかな。体全体をヒールする的なやつ」

ゲームではある。詠唱長いとか、マナすごく使うとかでＨＰがっつり戻すやつだ。

「おそらく威力のパラメーターは水とかと同じだろう。違ってもこれを試すしかもう方法ないしな」

やるだけやってみよう。

体育座りで体をさらにギュッと縮め、なるべく効果範囲を少なくする。

祈るように治癒魔法の詠唱を開始。

《詠唱、大ヒール》

するとおでこが今までの光より大きな感じがする。体全体に効果が行き届いてるような気がした。

足首が勝手に動いてる気がする。見えてないけど結構怖い……おそらく治療している。

十数秒後、光が消えた。

そっと両足首を見てみる。

ぶらぶらしてた左足は正常に戻ってた。

「ふぉお……やった……やったあああ……いいいぃよっしゃあああぁぁぁぁぁぁ！！！」

大ヒールが成功した。

右足首も、触ると熱を持ってて痛みはするが、こちらも治ってる感じだ。全身の傷が一発で治ったようだ。

「やったやった！　治った治ったあああああ！」

嬉しすぎて思わず拳を握り締める。

慎重にゆっくり立ち上がる。

足首がくにゃっとなってこけることもなくしっかり立てた。

「うおおお！」

静かに屈伸……よし大丈夫。

ゆっくり歩いてみる。

アキレス腱も伸ばし、動作による痛みはないことを確認。

「よし、問題ないっぽい。すげえな!!」

ホントに全快してしまった。

改めて治癒魔法のすごさを実感、腰を下ろしてホッとする。

「いやあ詰んだと思った……ヒール録画できてなかったらここで死んでたな」

大きく息を吐く。安心感から一気に脱力感が襲ってきた。

「そういう意味では襲撃食らったのも運命だったのかもな。ハハハ」

襲撃事件を都合のいいように解釈して助かった喜びを噛みしめていた。

やっと他のことに気が回せるようになり、大事なことを思い出した。

「ととと…そうそうスマホは無事か？」

背中に回したウェストポーチを腰前に戻してスマホを取り出す。

電源ボタンを押す――点いた！

「よかったー。ガラスが割れたりもしてないみたい。これも今後気をつけんといかんなー」

アウトドア仕様のスマホというわけではないからな。

何か強度の強い入れ物を探す必要がある。

「出かけるたびに対ショック気にせんといかんってのも何だかなー」

二度出かけて二度襲撃に遭っている……遭遇率百パーセントである。

腰を下ろして再び体育座り。膝を抱えてしばらくぼーっとした。

生還

時刻を見ると15時。

たばこを取り出そうとウェストポーチに手をかける。

ふと吹っ飛んできた黒い塊が目に入る。

「そういやあれ何だ⁉」

ゆっくり腰を上げ、恐る恐る近づいてみる。

「あ……犬？　犬かな」

見ると体長は結構でかく、人の背丈はありそうな黒い毛むくじゃらの犬のように見える。

「うーんどうなんだろう……自然の森ん中に犬って」

全身真っ黒なのだが顔を覗き見る。

一躍有名になったシベリアンハスキーっぽい顔立ちのようだ。

「真っ黒な狼っているん？」

まあどっちでもいいか。

傷はよく見えないが血だらけ。おそらくあいつに吹っ飛ばされたのだろう。

……となると骨折と内臓破裂は確実だ。

「もう死んでるかな」

もう少し顔を近づけてみる。

かすかに呼吸している。ただしめちゃくちゃ弱く間隔も短い。

「生きてはいる……が、事切れる寸前かといったところか」

あれにやられてまだ生きていることに驚いた。

「………助けたほうがいいかな？」

こいつがいい動物かどうかがわからない。

さっきの奴みたいな狂暴な獣だったらまた戦闘だ。

けどあのサイ野郎に襲われたもの同士。仲間意識みたいなものも感じている。あと犬嫌いじゃないしな。

まあ他の対象にヒールする練習だと思ってやってみよう。

そばにしゃがみこんで犬におでこをくっつける。

《詠唱、大ヒール》

おでこが光り、犬の体を包み込むように広がる。

十数秒後に光が消え、おでこを離して犬を見る――

動かない……。

まあ瀕死だったからな。

顔に近づいてみると、呼吸はさっきより緩やかになり、大きく吸って吐いて……という感じになっている。

「よし、おそらくヒール効いてるな。まあしばらくこのまま置いとこう」

体力が回復してくれることを祈る。

立ち上がって倒した戦果に目を向ける。

馬鹿デカいサイだな……どうしたものか――

とその前に、他に敵らしき生物がいないかを確認だ。

エルフの魔法である『探知の魔法』を使う。

《そのものの在処(ありか)を示せ》

すると先ほど治療した犬に青っぽい光の玉が見える。

「ん？　何これ？」

サイに目をやるが、奴には青い光は見えない。

ゲーム脳が簡単に理解する。

「んー……生命の何かを見るような感じか。じゃあ探知ってことは遮蔽物は関係なしでいける？」

そう思って辺りを見渡す。

「特に近くに生物的なのはいな……あっ！」

――何かいる！

サイ野郎がやってきた茂みのずーっと奥辺りに動かない一つの玉。

その周囲に微かに揺れる二つの玉が見える。

「ホントに見えた、スゲーな！」

ゲームでいうところの透過モードみたいな感じ。

何かが透けて見えるという現象は、現実世界ではかなり衝撃を受ける。

赤外線センサーと違って可視光線で透けてるからな。

思わず目の前を手で覆って確認……。

「あー重なっては抜けないのか」

自分の手で隠すと見えなくなる。

生物同士は重なると見えないのか、自分の手だから見えないのかはわからない。

「であれ……察するにこの犬の仲間かな？　奴にボッコボコにされた生き残りとか……」

何となく犬に聞く。

「あれお前の仲間か？」

そりゃ答えないわな。

「うーん……どうすっかなー」

別の動物の可能性もあるが、こいつが吹っ飛ばされてきたことを考えると仲間のような気がする。

しばし犬を見る。

今度は不意打ち食らうわけじゃないし、遠目に見つつ行ってみよう。

近づくとすぐに判明する。

「あっ」

子犬の鳴き声だ。

近づくと一匹の犬が倒れててその周辺に子犬が二匹いた。

おそらく母親だろう。

「あーそういうことか」

親子でいたところに奴に遭遇、父親が必死で引き離そうとしたってところか。道理でサイなんぞと戦ってたわけだ。

歯すら立たんだろうに……物理的に。

「子供が無事だったのは幸いだな。うまく隠してたのかな」

ゆっくり近づく。

すぐに子犬が気づいてこちらに吠える。

キャンキャンキャンキャン
「あー待て待て大丈夫。見るだけ。見るだけだから」

人にするように手で制止する仕草をして見せる。

子犬は警戒しているが襲ってくる感じはない。

不審者を怖がっているだけだ。

探知の魔法で見えた青い光はまだ見えている。生きている証拠だ。

おそらく猶予もないだろう。このまま大ヒール詠唱して治すことにする。

子犬に襲われても死にはしない。

「大丈夫、治すから」

サッと近づいて詠唱。おでこを犬にくっつける。子犬は吠えるのをやめてじっと俺を見てる。賢いな。

十数秒後、光が消えて治療完了。おそらく完治しているはずだ。

「じゃ…じゃあ治ったから。俺は帰るな」

まだこちらをじっと見ている。

「あとお前らの仲間……父ちゃんかな？　あいつも治ってるからそのうち来るだろう」

怖がらせないように後ずさりで離れた。


再び襲われたところに戻ってきた。

犬はまだ起きてない。

吹っ飛ばされたときに落としたショルダーバッグを拾う。

すべて踏まれずに無事だった。

入ってたのはペットボトルとタコス一本、それと魔法書だ。

「考えたら魔法書はもう要らんかったな。呪文のとこは覚えたし」

何となく必要かも……と持ってくる癖がついている。

飯に気づいて急に腹が減る。座って食事を取ると、腹に物が入ったせいで生きてる実感が湧く。

たばこを取り出し食後の一服……あー旨い。

倒したサイ野郎を目にし、ふと森で死んでた冒険者のことを思い出した。

「もしかしてこいつに遭遇したとかかな?」

今いる場所とはだいぶ離れているから違うだろう。何となくやられ方は似てると思った。

「こんなんが複数いるとかないよな?」

そんなこと考えたらフラグが立ちそうだったのでやめた。

期せずして『治癒魔法』『探知の魔法』を使う事態になり確認できた。

時刻は15時半。

まずは現在位置の確認をする。

サイから少し離れて《跳躍》を使って上空へジャンプ。

ズバンッ――

上空にいられるのは一瞬、首をキョロキョロさせる――

あった！

左手のほうに小さく町の外壁らしきものが、小指の先ほどの大きさで見えた。

「正面かと思ったら左手、抜けてきた森のほうずーっと真っすぐ、しかも町が小さい。これ思ったより奥に来てるぞ」

魔法の練習してたとことは、随分離れたところにいることがわかった。

帰る方角がわかって一安心、倒したサイ野郎に目を向ける。

「……軽自動車が木に激突して立っちゃったみたいな絵面だな」

落ち着いてきたのか、やっと軽口が叩けるぐらいにはなってきた。

改めてこいつをどうするか考える――

大型獣の処理……いわゆる『サイのあとしまつ』である。

できれば持ち帰りたい。

けどこんな巨大動物どうすりゃいいのって話。このまま運べるほど軽くはない。人を呼べる場所でもない。

漫画みたいな便利な道具もない。

刹那ゲーム脳が起動する。

「……便利な道具……ホントにないのか？」

そういや魔法語で試してないな……収納系の魔法の確認。

拾った『初級魔法読本』にはない。

しかし『上級魔法読本』とかに書いてあるのかもしれない。いやそもそも発見されてなくても存在している可能性もある。

もしかしてという可能性を願いつつ、思いつくだけの収納系単語を唱えてみた。

「マジックバッグ！　インベントリ！　アイテムボックス！　収納ポケット！　四次元……」

――ダメであった。

もちろんないと決まったわけではないが、現状発見できないのでしょうがない。

今度創造主に聞いてみよう。

となると選択肢は一つしかない。

『自分で解体する』だ。

ところが大問題がある。

当たり前だが動物なんか解体したことない。それと時間がないことだ。

あと数時間で日が暮れる。どう考えても間に合わない。

それを考えると選択肢は『一度帰宅する』が正解だ。今なら暗くならないうちに帰れる。

が、ここにまた来られるかわからない。道を覚えていないからだ。

しばし腰に手を当て考える。

「ととと…その前に…」

倒したサイに『保存の魔法』をかけとこう。

《そのものの有様（ありよう）を残せ》

サイにおでこをくっつけて発動。ふわっと何かに包まれたような気がしたが、よくわからなかった。

「この手の魔法、おでこ発動はよく見えないんだよなー」

おそらく効いてるとは思う。

「今度ティナメリルさんに聞いてみるか」

ふと彼女の顔が頭に浮かんだ。

犬に目をやるがまだ起きない。治療した母犬が気になってもう一度『探知の魔法』を使う。

「あ…あれ？　ちび二匹動いてなくないか？」

母親のそばで鳴いてた子犬がまったく動いてないように見える。なのでもう一度行ってみる。

ゆっくり近づいてみると、子犬は眠っていた。

「何だよ、寝落ちかよ」

母親もまだ目を覚ましていない。

このまま置いとくのはよくないだろう。ゆっくり子犬二匹を抱えて草原の父親んとこに運んだ。

続いて母親を抱える。

「こ……重！　こいつもデカい！」

何とも俺の背丈を超えてるデカさ。あと血のりが泥と一緒に塊べっとりで汚い。

「いやもう血が……あーあーもう……」

背中越しに抱えながら引きずる恰好で運ぶ。

「……あっ！」

ここで《剛力》の魔法を思い出した。

「あれ弓を引く力ってあったんだが、物を持ち上げるのにも効くんじゃねーのか？」

すぐさま発動させる。

《剛力》

そっと母犬をお姫様抱っこで抱えてみる。するとスッと持ち上げられた。

「おおおおおおお！」

巨大な犬のぬいぐるみを抱えてるぐらいの感じになった。

「何だよ、普通に怪力スキルじゃねーか！」

ぐにょぐにょする体を落とさないようにゆっくり運び、父犬のそばに置いてやる。

これでこいつらは一安心。

大きく息を吐き、腰に手を当てて結論を出す――

『一旦帰る』だ。

正直、解体するにも冒険者から拝借した小型ナイフしかない。

うつ伏せのサイを動かすにもどうすりゃいいか考える時間が必要。そんなことしてる間に日が暮れるだろう。

急いで帰れば主任に相談できるかもしれないし、道具を借りてもう一回来るのが正しいと思う。またここに戻って来れなきゃそれは運がなかったと諦めるだけ。生きてただけでめっけもんなのだ。

そうと決まればとっとと帰り支度だ。

荷物抱えて犬を見やる。

「まあ、起きて食われたらしゃーなしか……」

痛む足首を気にしつつ、《跳躍》《俊足》を駆使しつつ町へ向かった。

書き下ろし番外編

瑞樹の快気祝い

俺はその日、妙にそわそわしていた。

机の左に積まれている未処理の伝票束を取り、スマホの表計算ソフトで計算、金額を算出しては記入する。

一束済むと、処理済みとして右に置き、チラっと時計を眺める。

もうすぐ17時。

ぼちぼち聞いていた時間だなーと思いつつ、気にしないように仕事を続けた。

リリーさんが時計に目をやると、主任に声をかけ、ギルドの閉店準備をする。

キャロルやラーナさんも「早めの閉店なんです」と、店内の客に告げて退店を促す。

今日は表にその旨を表示してあったので客も文句は言わない。

ガランドが書類を片付け、椅子から立ち上がる。

「それじゃあ瑞樹、行こうか！」

「あ、はい」

「どうする？　着替えてくる？」

「いえ、このままでいいです」

「ん、じゃあ行こう」

経理の三人と先にギルドを出る。

広場に出て左、中心街に東大通りを少し行った右手に料理店がある。

「いらっしゃいませ！」

若い女性店員のかわいい声が響く。

雑然と賑わっている店内。

まだ夕食には早い時間ではあるが、十席あるテーブルは半分ほど埋まっている。

この国の人は朝夕の二食が常食。その時間に合わせてきちんと食べるのは、俺たちみたいに町で定時で働いている者だけ。

冒険者連中はというと、出かけるときが朝で、帰ってきたときが夕という感じ。時計の針は関係ない。なのでいつの時間帯にも料理店には客がいる。

ガランドが気さくに手を上げると、店員はこくりと頷いて奥へどうぞと案内する。

奥といっても別室ではなく、五人掛けの丸テーブルを二つ、近めに置いてある席だ。

入口とカウンターから一番離れた、店内ではいわゆる一等地的な場所に用意されている。

「瑞樹はそこな」

ガランドに言われて座ると、三人は隣の席についた。

少し遅れて女性陣、主任、購買の二人が入店。ティアラの看板娘三人の登場に、店内の客はざわめいた。

ティアラの受付看板娘の三人が揃ってやってきたのだ。そりゃどんな男でも自然と目で追うさ。

ガランドが指さして座る位置を指示する。

俺の左隣がラーナさん、右隣がリリーさん、正面にキャロル、主任。完全に接待状態である。

隣のテーブルに、ガランド、レスリー、ロックマン、ミリアーナさん、オットナー。

「瑞樹、何飲む？」

「何……と言われてもわからないんで……」

「じゃあビールでいいか」

「あ、それで」

ガランドが振り向いて手を上げる。

やはりこの世界でも『とりあえず生』なのかな……。

店員がやってきて飲み物の注文を受ける。

料理は前もって頼んであるようで、ガランドが出してくれるように頼むと、店員が厨房へ始めるように指示を出した。

木のジョッキに入ったビールがドンっと置かれる。女性陣はワインのようだ。

主任が音頭をとる。

「それじゃあミズキさんの快気祝いに、乾杯!!」

「「「「かんぱーい!!」」」」

「「「「乾杯!!」」」」

「ありがとうございます」

ジョッキを掲げながら軽く会釈をして口をつける。

……温い！

とても温いビール……日本のキンキンに冷えたビールではない。

けど別にまずくはない。

常温でびっくりしたが意外と飲みやすい。

しかも色が黒い。これは日本にもある『黒ビール』というやつだろうか。飲んだことないから知らないが……。

一口、二口と飲んで置く。

見るとオットナーは一気に空けてジョッキを上に掲げている。

もう空けたのか！　早いなー！

それを皆が目にすると、ミリアーナさんがじっと睨み、他のみんなはくすくすと笑う。

他のみんなもゴクゴクとおいしそうに飲んでいる。俺も遠慮してる場合じゃないな……。

大皿にのった料理が次々とやってくる。

「取りましょう」

ラーナさんが俺の皿をサッと取ると、手際よくいくつかを取り分けて皿にのせてくれる。

「すみません」

「どうぞ」

「瑞樹、遠慮せずにな」

「はい」

皆が俺に気を使ってくれている――

先日、街へ買い物に出かけた際、いきなり襲われて殺されかけた。

生還できたのは本当に運がよかったと思う。

この世界には治癒魔法があり、どんな重傷でも生きていれば完治する。体力的にも問題ない。

しかしながら襲われた事実が消えるわけではない。

精神的なことは自力で克服するしかないわけで、平穏な生活を送っていた現代人にはあまりにショックだった。

そのあたりの態度が仕事中にも出ていたかもしれない。

それで今日の快気祝いの食事会となったわけだ。

いわゆる『瑞樹君を励まそうの会』みたいなものだ……本当にありがたい。

少し照れながらビールを口にした。

やってきた料理を眺める。

大皿にのった炒め物、肉料理、煮物が三皿、かごに入ったパンが中央に置かれている。

取り皿、カトラリー、飲み物のカップが置かれるとテーブルは一杯だ。

炒め物は『野菜炒め』だ。根菜や葉物、それに豆……おそらく大豆だと思うが、それらを油脂で炒めたものだ。豆が多めなのでスプーンを使ったほうが食べやすい。

肉料理は『焼き鳥』だけどチキンではない。野生の何かの鳥で、豪快に分解されて山盛りだ。

皆これが好きみたいで、女性陣も遠慮なくつまんで食べている。キャロルは男に負けじとガッとかじりつく。それを見て俺も豪快にかぶりつく。

煮物は『何かのもつ煮込み』みたいで、ものすごく赤い。おそらくトマトベースだ。この国のスープ系はやたらとトマトなんだけど、栽培が盛んなのかな。

スープ椀に取って一口、あ……辛い。これ唐辛子が入ってた。いやこれ引っ掛けだろ……トマトに唐辛子って。

思わず口を開けてハーッと息を吐き、ビールを流し込む。

その姿にリリーさんが心配そうな表情。辛いけどおいしいと返すと、にこっと笑ってくれた。

何となく合コンみたいだなーと照れていると、オットナーが二杯目のジョッキを空にして掲げているのが目に入る。

うちの職場……というかこの国は、新人職員が入ったからといってお決まりの歓迎会みたいなことはないらしい。

そういう文化がないみたいで、音頭をとる人がいない。

今回は俺の快気祝いという名目で、初めて店頭の職員での食事会となったわけ。

いわゆる経費が会社持ちの食事というのが初らしい。なのでみんな遠慮なく飲み食いしてる。ただ酒ただ飯はさぞ旨かろう。

これ他の部門の職員にバレたら一言あるんじゃないのかな……まあ祝ってもらっている立場で考えることじゃないけどさ。

「瑞樹は何の勉強をしてるんだ?」

酒で口が滑らかになったのか、オットナーが聞いてきた。

購買の二人とは同じ店頭で働く身でありながらあまり接触の機会がない。

俺が休憩時以外、机から離れないのと、彼らも購買から出ないからだ。

見た目はプロレスラーそのもの、けど性格は温和で人当たりがいいと聞いている。これを機会に親しくなれればいいな。

それにしてもジョッキ三杯程度じゃ全然酔ったようには見えない。

「んー、ちょっと難しいなー」

主任に目をやると、苦笑いを浮かべつつビールを口にする。

勧誘時に聞いた話がわからなかったことを思い出したのだろう。

「私が仕事で何か使ってるのは知ってますよね？」

「ああ、チラっと見ただけだがな」

「ああいうのを作ったり、中のアプリ……計算できるような道具を作ったりする勉強ですね」

「ふぅ～ん……」

左肘をテーブルに乗せ、体を預けつつジョッキ片手に豪快に飲む姿は、剣士として前衛を張っている強靭な冒険者に見える。

彼がいると飲みの席でもちょっかいを出してくる酔っ払いはいなさそうだ。

「あのパパパッと計算するのを作ったりするってことか？」

「そうそう」

レスリーは目が細いせいか、喜怒哀楽がわかりづらい。酔っぱらってても相変わらずスッとした表情のままだ。

経理の連中も最初はスマホに驚いていたが、彼らに数字を教えると、電卓で何が起きているのかをすぐに理解した。

少し触らせてすごさを体験してもらったが、便利すぎて算盤が使えなくなったら困るな……と三人とも笑っていた。

「あの写真を撮るのもですか？」

「うんうん」

ラーナさんは酔うとちょい大人の色気を醸し出し、リリーさんは明るくなってきている。

キャロルはじーっとこちらを見て話を聞きつつも、手に持つ焼き鳥を無言で口に運んでいる。

「要するに、あの小さな箱に『計算する魔法』『写真を撮る魔法』が入ってると思ってもらえればわかりやすいかなー」

「魔法ですか……」

「はい。私の国ではそれを〝アプリ〟って呼んでるんです」

「アプリ……」

「はい。あの箱にはそのアプリという魔法がものすごくたくさん入ってます」

主任は就職前に話した内容がまったくわからずに怖かったとあとで教えてくれた。まあ意地悪く説明したからな。

スマホも正直まだ怖いらしいので、今日の説明で多少でも和らいでくれるといいのだがな。

「そのうち他のアプリもお見せしますよ」

そう言うとほろ酔いの主任は笑みを浮かべたまま軽く頷いた。

お酒もすすみ、料理もそれなりになくなってきた。

初めての飲み会ということで、みんなとの距離も縮んだかなあ……とは思う。

けれど受付の彼女たちとはもう一段、距離を詰めたい。

「そうだ、せっかくなんで『日本の魔法』をご披露しましょうか」

「えっ⁉」

皆、俺の言葉に驚く。

「大丈夫、余興です。こういう席でお見せする魔法です」

主任は少し警戒するように眉をひそめる。

暴漢を魔法で撃退したと知っているからな。危ないことじゃないかと心配なのだろう。

俺はウェストポーチから大銅貨一枚を取り出し、右手の親指と人差し指でつまんで見せる。

「これ、大銅貨ですね。見ててください」

ガランドたちの席にも見えるように若干テーブルから離れる。もちろんネタがバレないようにする意味合いもある。

左手の掌を上に向けて開き、右手の大銅貨を乗せて握る。そして両こぶしを作り、前に出す。

「キャロル、大銅貨どっちに入ってる？」

「えっ？　こっちじゃないの？」

左手のこぶしを指さす。

「ホントにぃ～？」

そう言って開くと……コインは入っていない。

「うぇえ!?」

キャロルが変な声で驚く。ゆっくり右手を開くと……入っている。

「ダメじゃんキャロル～、よく見てなきゃ！」

みんな一瞬「あれっ？」という表情を浮かべたが、すぐに気づいたようだ。

遅れてキャロルも気づく。

「あー、渡したふりしたんだー！」

「じゃあもっかいやるよ？　よーく見ててね？」

さあここからだ。

右手でつまんだ大銅貨を、今度は左手の手の甲を上にして軽く握りこぶしを作り、そこに大銅貨を差し入れる。

再び両こぶしを掲げてキャロルに尋ねる。

「どっち？」

キャロルはじーっと睨むように手を眺め、「こっち」と再び左を指さす。

皆も手を止めて眺めている。

ゆっくりと左手のこぶしを開く……コインは入っていない。

「えーまた右ぃ⁉」

キャロルの声を聞きながらゆっくりと開く……何とこちらにも入っていない！

「うぇぇぇ⁉」

「あれぇぇ⁉」

俺は今、手を胸の前にホールドアップしている状態。

両隣のリリーさんとラーナさんも、手を覗き込むように驚いている。

それを隣のテーブルにも見えるように体を回す。

「えっ、大銅貨どこに？」

キャロルが不思議そうに尋ねる。

実は大銅貨は、左手首の甲の上に乗っている。

バレないようにさりげなく右手でスッと取りながら、左手人差し指で左隣のラーナさんの髪の毛を指さす。

「ここ」

みんなの目がそこへ向く。

体を捻るように右手を彼女の耳のそばに持っていき、スッと大銅貨を出す。

「えっ⁉」

ラーナさんが驚いてこちらを見る。

主任や他のみんなも「何で？」という顔。

「じゃあもっかいやるよ？　今度はリリーさん、当ててください」

「ええ⁉」

右手の親指と人差し指でつまんだ大銅貨を、掌を上に向けた左手に乗せ、すぐさま閉じて右手を引く。

最初の乗せかたと同じだが、今回は乗せるふりをしたようにわざとらしく見せる。

少し笑みを浮かべて、両手のこぶしを突き出した。

「リリーさん、どっちにあります？」

「右ですよ右、渡してませんよ！」

キャロルが横から指摘する。

「え……じゃあ右」

「えっ、ホ……ホントに？」

動揺した様子で尋ねると、リリーさんは不安げに頷く。

苦笑いしながら先に左手を開く……大銅貨はない。

キャロルは「やった！」と喜ぶ。

皆の視線が右手に向かう。

右手のこぶしを手の甲を上にして開いて、左の掌の上を滑らせるようにしつつ、右手をひっくり返して開いて見せる。

ところが右手の中にも入っていなかった。

「あぅえええ⁉」

またキャロルの変な声。

今度は右手でリリーさんの耳を指さしながら告げる。

「リリーさんの髪の毛についてますよ」

「えっ⁉」

右に体を捻り、左手をリリーさんの髪のそばに近づけ、そこで大銅貨をつまんで見せる。

「ねっ！」

「ええっ？」

意味がわからずリリーさんは目をパチクリさせている。キャロルは目を見開いて固まっている。

他のみんなも首を傾げて不思議そう。ロックマンも飯を食う手が止まっていた。

「……それ魔法なんですか？」

主任は質問するが、表情は「それ違うよね？」と思っているのがわかる。

「はい。『綺麗な女性のそばに硬貨をくっつける魔法』です」

「んん⁉」

「何だって⁉」

みんな「その変な名前の魔法は何だ！」と不思議そう。酒も入っているので頭が回らないのだろう。

「いやー……覚えるの苦労したんですよこれ。こういう食事の席とかで女性の気を引くための魔法ですから」

それを聞いてリリーさんとラーナさんが互いの顔を見、同時に俺に視線を向けて笑った。

「じゃあそれ男にはくっつかないのか？」

「くっつかないね」

レスリーの質問に断言する。なぜ男にそんなことせにゃならんのだ……という目で見る。

「瑞樹さん、もっかい！　もっかいやって！」

「……これあんまりできないんだけどなー！」

大銅貨がちょうど五百円玉サイズなので助かった。

以前、大学の新歓コンパで披露しようと練習したのはいいが、度胸がなくてお蔵入りしていた手品である。

数日前にこの席を設けてくれると聞いて、念のために練習し直した。

この手品、女性の好意を確認するためのものなので、顔に手を近づけるというのが実は一番の難所。手を伸ばした際に身構えられると、脈がない、警戒されている、という意味なので、瞬時にごまかして諦める必要がある。

それが怖くて今までできなかった。

今日は酒のおかげで気が大きくなってたこともあり、彼女たちに披露できてよかった。

こんな楽しい席を設けてもらい、みんなに気にかけてもらったのが嬉しくてたまらない。

本物の魔法が使える世界で、自分の住んでいた地球の魔法を見せたくなったのだ。

「じゃあいくぞ、よーく見ててな」

もう一度キャロルに仕掛け、最後にキャロルの髪の毛のそばで大銅貨を出して見せると、みんな感心するように笑っていた。

気づくと食器を下げに来ていた店員さんも立ち止まって、俺の魔法——手品の様子に見入っていた。

書き下ろし番外編

創造主たちの物語

私は突然生まれた。

およそ形と呼べる状態ではない白い靄のようなものではあるが、すぐに認識した――私は『三番目』だ。

そしてすべてを知っていた。

初めに何もないところに『一番目』が生まれた。気づいたらいたのだ。

その『一番目』が〝光〟を創り、次いで〝力〟を創る。すると揺らぎが起こり、密度が発生して一番目が分裂してしまった。

分裂したものが『二番目』となり、同時に〝数〟が生まれた。

二番目は自然発生による誕生であるが、その現象を理解した一番目が自らの意思で分裂し、三番目の私が生まれたのだ。

私たちは『創造主』であることを知っている。


一番目が〝宇宙〟を創る。たくさんたくさん創る。中身は何もなく、ただ真っ暗なだけだ。

二番目がその中に〝星〟を創った。宇宙の中に光り輝く星が生まれ、一番目に喜ぶという〝感情〟が生まれ、私たちにも楽しいという感情が芽生える。

どんどん宇宙を創り、どんどん星を入れていく。

三番目の私は、しばらく星の入った宇宙を眺めていたが、そのうち〝生命〟を星に創ることにした。

同時に〝時〟も生まれた。

ずっとずっと繰り返す。

宇宙を創り、星を創り、生命を創る……ずっとずっと……。

あるとき、一番目が私の創った生命に興味を持った。

その瞬間、何と一番目が白い靄の状態からその生命の姿に変化した。自分の姿を創造したのだ。

このとき、その容姿を表す言葉が存在していればこう評したことだろう。

顔は荒々しく強面で、体躯は人型、筋骨隆々のボディービルダーの男性、頭にはくるっと巻いた二本の角が生えている、と。

程なく二番目も、ある生命の姿に変化する。

長い耳が特徴的で眉目秀麗、スラっと細身の八頭身、指先から足先まで女性モデルのような人型だ。

三番目の私も、気づけば創造したある生命の形に変わっていた。

特に目立つ印象もない、普通の成人男性という姿。でも自分は気に入っている。

それは、初めてお互いを認識した瞬間であった。


同時に〝言葉〟が生まれ、お互いがしゃべり出す。

ところが通じない。

それもそのはず、それぞれが異なる言語を創りだしたからだ。

すぐに一番目が何やら創り出すと、二番目と三番目の私に差し出した。

一番目は、創りだしたものを自らの〝指〟にはめる。

私たちに『同じことをしろ』と仕草で示している。

私は頷くと、五本ある指のなかで一番端の短い指にはめる——

するとお互いに言葉が通じるようになった。

一番目が創ったそれは〝指輪〟というものなのだそうだ。

唐突に一番目が尋ねる。

「お前、それは何だ！」

それ？　ああ、どうやら私が創造したものを聞いているのか……。

「生命だ」

「生命……いいなそれ。俺も創ろう」

二番目も同意する。

「星もいいけど生命もいいわね。私も創ろうかしら」

私のしていたことを一番目と二番目も気に入り、創った宇宙の星々にいろいろな生命を誕生させていく。

まずは自分の変化した姿に似た生命を星々に投入する。

……ところが中々うまくいかない。

「何だ……燃えてしまうぞ！」

「こっちは倒れたまま動かないわ！」

一番目は燃える火の星に、二番目は凍てつく氷の星に生命を投入していたのだ。

どうやら生命が生存する条件というのがわからないでいる。

「この動かないのは何？」

「〝死ぬ〟という状態だな」

「なぜ死ぬのかしら？」

一番目と二番目は、私のする様を観察して気づいた。

「なるほど、燃えさかる星や、凍てついた星ではダメなのだな」

「何か……生命を維持するのには必要なものがあるのね」

「そのようだな」

石しかない星では飢えて死んだ。大気がない星では窒息して死んだ。水しかない星では溺れて死んだ。

何度も失敗を繰り返す。

「なるほど、いくつか条件を合わせ持った星でないとダメなのだな」

創造主たちは、生命が持続的に活動できる条件――〝水〟と〝空気〟と〝大地〟が必要だと理解した。

コツがわかると次々にいろいろな生命を創り出す。

のちに〝獣〟や〝虫〟と呼ばれるものたちだ。

しかも創造主が気づかないうちに、マナの影響を受けた〝魔獣〟や〝魔物〟といった生命も生まれていた。

「なあ、一つの星でいろんな生命を入れてみないか？」

「いいわね」

「そうだな」

一番目の提案に興味をそそられ、数ある宇宙の中から生命の生存に最適そうな星を探す。

条件に合う綺麗な星を見つけると、一番目と二番目も気に入った。

それを〝地球〟と名付けた。

生命に〝繁殖〟と〝寿命〟を与え、各々が好きなように生命を誕生させ、その成長を見届けた。


しばらくして二番目が怒り出した。

「ちょっと！　あんたの種族が私の種族に争いをしかけてるじゃない。やめなさいよ！」

すると一番目が言い返す。

「それはこっちの台詞だ！　俺の種族が進出しようとしたところにお前んとこのが来たんじゃねえか！」

どうやら順調に成長したのはいいが、勢力が拡大し、お互い領地の取り合いが発生したようだ。

その戦禍が人種のところにも及ぶ。

「おい、私のところは関係ないだろ。こっちに来るな！」

「はっ！　文句があるなら防げばいいだろ」

どうやら創造主はそれぞれ〝性格〟というものが違うらしい。

一番目が好むのは〝力強さ〟だ。

体が体現しているように腕力や膂力などの物理的な力、魔力も強さと量を重視、とにかく力を優先している。

角の生えた力強そうな生命は一番目の創造物だ。

二番目は〝素早さ〟を好んだ。

森の木々を駆け巡る速さや素早い攻撃、敏捷性を重んじている。

美しいものが好きなようで、のちに〝鳥〟と呼ばれる色鮮やかな生命は二番目が生み出した。

一番目と二番目はお互いにそりが合わず、事あるごとに対立した。

三番目の私は〝賢さ〟が好きだ。

ものを作り、育て、生活圏を豊かにする。そのための知恵を授け、力強さや素早さより生産性を重んじた。

温和な小動物や、繁殖に向いた生命は私の産物である。

「あーっ！　人の町が滅んでしまったではないか！」

「ちょっと！　森を焼いてんじゃないわよ！」

「おいっ！　そこは俺の土地だっつってんだろ！　なに周囲から襲わせてるんだ!!」

突然、空を覆う大きな生命を目にする。

「おい、あれ何だ！　あの空飛んでいるものは!?」

「一番目、あんたね！　あれは何よ！」

「ふん、そうだな……ドラゴンとでも名付けておくか」

一番目がドラゴンを創った。

「ふざけんじゃないわよ！　私も創るわよ」

「よそでやってくれ！　とにかく人に危害を加えるな！」

二番目もドラゴンを創り、お互いに強そうな生命を追加していく。

そしてどんどん争いが拡大した。

一番目が創った『有角種』と、二番目が創った『長耳種』は、自分の容姿を基にして創った種族だ。お互い気に入っているようだが出会えばすぐ戦闘になる。どうやら互いの性格を反映しているようだ

私に似せて創ったのは『人種』。巻き込まれないように知恵を振り絞り、城壁をこさえ、罠を張り、必死に防衛する。

ところがどんどん増えるドラゴンを倒せるものがいない。

やがて有角種にも攻撃をするようになり、全種族ともに手に負えなくなる。

そこで一番目と二番目は、それぞれの種族に強力な魔法を与えてしまう。

その結果、あちこちで天変地異が発生した。

空が焼け、森が消失し、大津波や大竜巻が発生した。

当然そんな状況で生き残れる種族などいない。

やがてほぼ全種族が絶滅した。

ドラゴンを倒すために与えた魔法は、同時に種族間の争いにも用いられてしまった。

当然結果は見えている。創造主はそのことに考えが及ばなかった。

もちろん三番目は容易にわかっていた。そんな力を与えれば滅びるだろうと。

けれど当の人間も、その魔法を欲するとは思わなかった……。


「……もう一度〝地球〟を創り直してくれ」

「……わかったわ」

たくさん宇宙を創造し、数多の星を創ったけれど、生命に適する星というのはかなり少なかった。

それに一番目と二番目も地球が気に入っていたようで、ダメにしたことを反省していた。

「人は巻き込まれただけなんだが、勘弁してくれよ」

「何だよ、お前の種族も強くすりゃあいいだろ」

「なぜそんな弱い種族を育てるのよ。変わってるわね」

「いいだろ。とにかく迷惑かけるなよ」

「ふん」

またそれぞれの種族の成長を始めることになった。

一番目の有角種と、二番目の長耳種は完全に絶滅。一からのスタート、前回より性格と能力を抑えて創る。

それに〝交渉〟することを覚えさせた。どうやら人の行動から学んだことも取り入れたようだ。

魔力に関しては以前のまま、与える魔法は控えめにしている。それでも強いのだがな。

人種も新たに創造しようとしたところ……何と生き延びたのがいた。

洞窟などの穴蔵に逃げ込んで難を逃れたらしい。

私は嬉しくなり、新たに創ることはせず、彼らを繁栄させることに決めた。

前回しなかった魔法を与え、有角種や長耳種に対抗できるようにさせる。

一番目や二番目が与えたような強力な魔法も授けたかったが、言語が違うので無理だった。

そこで似たような魔法を作り、体力で張り合えるようにし、素早さでも負けないようにして様子をみよう。


「おいお前！　その大陸は俺の種族のもんだろ。なぜ進出する？」

「知らないわよ。端っこが空いてたからじゃないの？」

「攻めない交渉してたじゃねーか！」

「だから攻めてないでしょ、空いてたんだから」

「ふざけんな！　見ろよ、進出しようとしてた連中、足止めされてんじゃねーか！」

「あらホント……」

「てめえ！」

「だから知らないってば！　私が指示したわけじゃないし、あなたも見ているだけでしょ？」

創造主は生命を用意はするが、行動を指示したりはしない。どのように成長するかを見ているだけだ。

ところがその挙動はまるで創造主自身が指示しているように見え、つい文句を言ってしまう。

有角種と長耳種は交渉するようになった……が、結局争うのが遅くなっただけ。

そのうち隣接地域で戦いになった。

人種はうまく生存地域を限定し、彼らの紛争に巻き込まれずに文明を発展させる。

魔法を組み入れた道具や兵器を開発し、さらに成長は加速する。

そこへ有角種と長耳種が侵攻、人種がキレて大戦争に発展。

さらにドラゴンも参戦。絶滅したと思っていたら卵が残っていたらしい。

気づけば多くの魔獣や魔物、他の種族も難を逃れていたものがいたようだ。

ついに人種がある兵器を投入する。

現代でいう『水爆』に似た魔法兵器だ。遠慮なく全土へ撃ち込む。

当然、有角種、長耳種も同様に魔法で反撃し、前回同様あちこちで命の火が消えていく。

また絶滅寸前まで追い込まれた。


「もう知らん！　勝手にやっとれ！」

私は彼らと袂を分かつ決意をすると、今いるところとは違う〝空間〟を創りだした。

一番目と二番目に一瞥くれることもなくその空間へ逃げ込む……とある宇宙を手にして。

実は二番目が地球を創り直したとき、それを一番目が創っていた空の宇宙にこっそりコピーしていた。

さて、その宇宙の創造主として活動を開始しよう。

コピーした地球で人種を再生成し、成長を楽しみ始める。

前回の反省を踏まえ、マナのない地球にする。

まさか人が魔法兵器で地球を破壊するような攻撃をするとは思わなかったからだ。

私はその原因を『マナのせい』だと捉えている。

有角種や長耳種と違い、知性もあって思慮深い、温和で生産性のある成長をする種族があんな兵器を作るはずはない。

そう思っている。

マナもなく人種しかいない地球の成長は順調である。

しばらくして創造主は、一番目が創っていた宇宙や、二番目が創っていた星などを真似て、自分だけの宇宙を創ってみたくなった。

そこで、逃げ込んだ空間に、今いるところと同じような〝部屋〟という領域をいくつも創る。

地球を育てている宇宙を部屋の一つに移すと、それを見本とするように『地球の部屋』と名付けた。

他の部屋で試行錯誤を繰り返す……宇宙を創り、星を創り、地球のような生命に適した星を創りたい。

けれどなかなか地球のような星は創れなかった……。

何が悪いのだろう……思い悩みながら時折り小指の指輪を触る。

怒りに任せて出ていくことはなかったかな……と、少し寂しく思ったりもした。

ところで、創造主の時間の流れは、創りだした星の時間とは関係なく、部屋ごとに違う。

ある部屋では数億年経とうが、別の部屋では数分も経っていなかったりする。

創造主が地球のある部屋を訪れるのは、星の時間でいうと大体一年ごとである。

特に理由はないが、成長を見るのにそれくらいがよかったからだ。

しばらくは観察に徹するか……そう思って人間たちの様子を眺めていたときだった……。

突然、別の部屋が爆発するように消失したことを知る。

何事か⁉

慌てて『地球の部屋』を出て向かう。

このとき、小指からスルっと指輪が抜け落ちてしまった……のだが創造主はそのことに気づかない。

指輪は偶然にも地球に落ちてしまい、ある場所で消えたようだった。

創造主は消失した部屋を目にする。

原因は、創っていた宇宙のいくつかが破裂したようだ。どうやら不安定な宇宙があったのだろう。

なかなか一番目のようにはうまくいかないな……気落ちしつつ小指を触る。

すると指輪がなくなっていることに気づいた。

どこだ……どこでなくした⁉

慌てて『地球の部屋』に戻る――だが見当たらない。

しかしここ以外に思い当たる場所はない。

よもやと思い、地球を見る。

すぐにマナの痕跡を見つけた。

どうも地球に落ちたようだ……そんなことが起こりえるのか？

そう思いつつも地球を捜す……やはり見当たらない。

しばらく考えを巡らせる。


『もしかして〝元の地球〟に飛んでいったか？』


私の地球にはマナがない。マナがある地球に飛んでいった可能性……いやよくわからない。けれどこの部屋には指輪はないのだ。

何となく行くのは気まずい……などと考えている場合ではない。とにかく最初の空間へ戻ろう。

久しぶりに自分が生まれた空間へ戻る。だが一番目も二番目もいなかった。

おそらく私と同じように空間を創って移動したのだろう。

となると指輪はどこへいったのだ⁉

元の地球の〝時〟を止めて眺めてみる。

以前の大量絶滅のときとは違う雰囲気……おそらくまた創り直したのだろう。

成長はまだ緩やかな段階に見え、人の営みもあった。また生き残りがいたのだな……。
すると奇妙なことに気づく。
何と、時を止めているにもかかわらず、動いている人がいる！
どういうことだ⁉
見るとその人間は素っ裸……何をしているのだ？
が、すぐに察した——こいつが指輪を持っているのだと。
創造した生命に声をかけるなど初めての行為、はたして可能なのだろうか。
まあとにかくやってみよう。
指輪を返してもらわねばならんのだ。
創造主は男に声をかける——
「おいっ！　指輪を返せ！」

あとがき

初めまして、しゅがーべると申します。

ご存じの方がいらっしゃったら嬉しいのですが、私は『方向音痴のマインクラフト』シリーズを始めとした〝ゆっくり実況プレイ動画〟を、もう十三年以上も投稿している動画投稿者です。マイクラは今も続いている長寿シリーズです。

その動画の中でたまに雑談をするのですが、「私はいろんな異世界物のコミカライズを読むのが好きだ！」という話をしてまして、そのくせ「なろうの小説……なんであんな長いタイトルつけるのかわけわからん！」とか言い放って小馬鹿にしてました。あちゃー！

それがあんた……気づけば小説を書き、長いタイトルつけてなろうに投稿し、あげくに書籍として発売されちゃうっていうね……。人生、何が起こるかわかったもんじゃありません。

本作を書き始めたきっかけは、動画の雑談で「読んでる漫画が全部、思ってる展開と違うことになってつまらない」という愚痴から、「じゃあもういっそのこと自分で話を考えるか！」って言っちゃったんですね。

それだけだったら、まあ誰でも妄想ぐらいはするさね……って話で終わりですわ。

ところがぎっちょん！　勢いあまって執筆し始めたと動画内で報告しちゃったんですね。

したらもうあとには引けませんわな。一区切りつくところまで書いたら投稿しちゃうと宣言、執筆から四か月後になろうデビューを果たしたわけです。

しかーし、一話の感想に「読みづらい」「全部〝た〟で終わってる」「人称がおかしい」と、まあ後頭部をガンと殴られるご指摘をいただきまして泡を食いました。もう文才のないド素人丸出しですわ。

急いで他の小説の書き方を参考にしたり、ネットで『読みやすい文章とは……』ってのを検索したりと、泥縄で何度も修正いたしました。

おかげで今ではそこそこ読める文章にはなったんじゃないかと思います。エヘッ。

初期の文章はホントひどくて、しかもゲームとはまったく関係ない事案にもかかわらず、動画に「読んだよ～！」ってコメントいただいたときは、本当に涙が出るほど嬉しかったです。


最後に、小説家になろうにて応援してくださった皆様、動画投稿サイトから読みに来ていただいた皆様、拙作を書籍化まで導いてくださった編集の北浦様、素晴らしいイラストをつけて下さったヤッペン先生、本書の出版を決めていただいたＴＯブックス様。本当にありがとうございます。

そして本書を手に取って、購入していただいた皆様、本当に感謝感激雨あられでございます。

まだ物語は始まったばかり、次巻からいよいよ瑞樹の異世界生活が本格化していきます。

それではまた、二巻のあとがきにて皆様とお目にかかれることを切に願いつつ、応援よろしくお願いいたします。

次巻予告
新たな発明(ヒラメキ)と
紙ヒコーキで
やるじゃない
あなた何者?

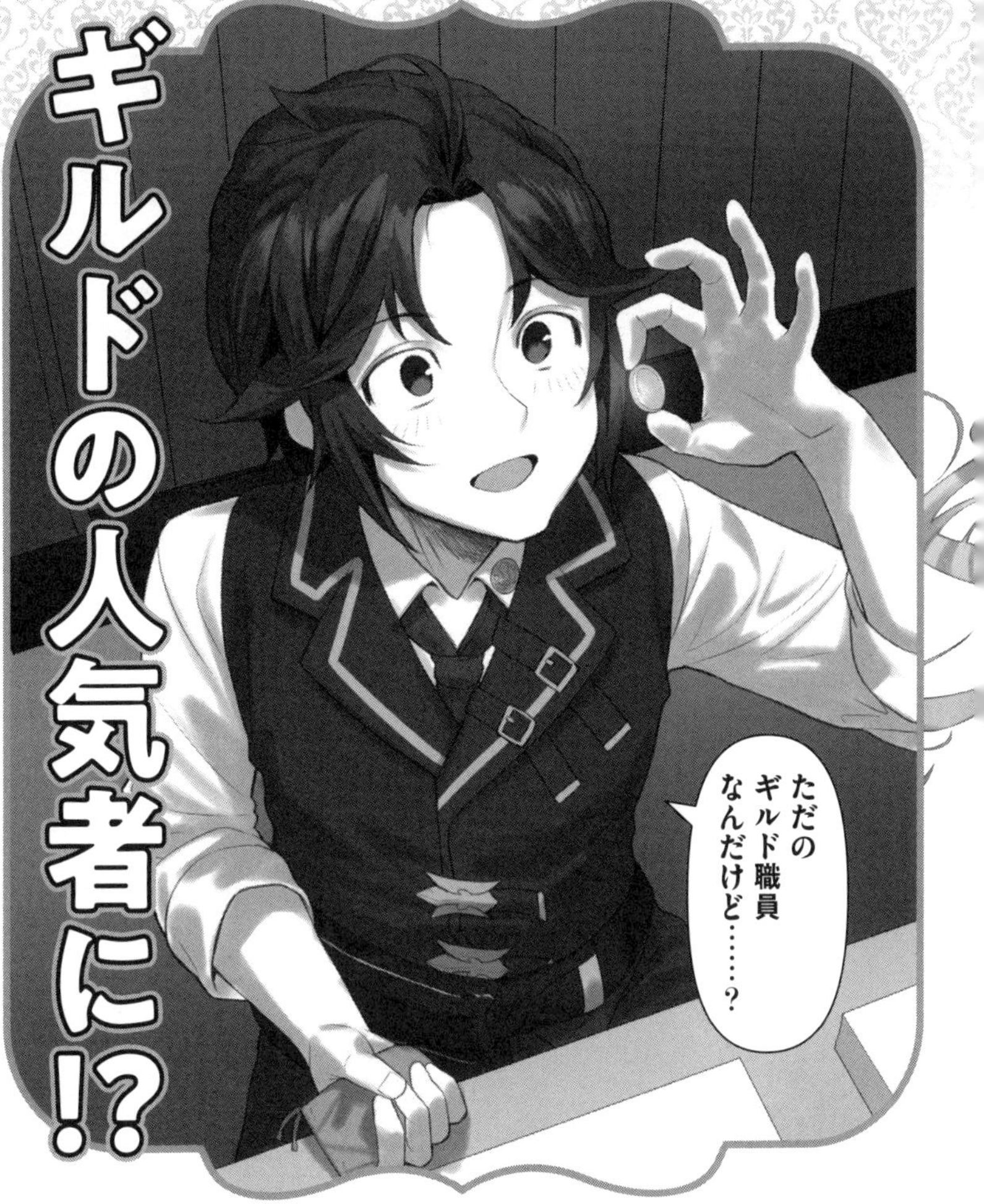
ギルドの人気者に!?
ただのギルド職員なんだけど……?

アニメ化決定!!!!!

COMICS

※第5巻書影　イラスト:よこわけ

第6巻
2025年
発売!

コミカライズ大好評・連載中!

CORONA EX
コロナEX
TObooks

https://to-corona-ex.com/

DRAMA CD

好評
発売中!

CAST
鳳蝶:久野美咲
レグルス:伊瀬茉莉也
アレクセイ・ロマノフ:土岐隼一
百華公主:豊崎愛生

白豚貴族ですが前世の記憶が生えたのでひよこな弟育てます

shirobuta
kizokudesuga
zensenokiokuga
haetanode
hiyokonaotoutosodatemasu

シリーズ累計
50万部
突破!
(電子書籍を含む)

シリーズ公式HPはコチラ!

「白豚貴族ですが前世の記憶が生えたのでひよこな弟育てます」TV

NOVELS

※第12巻カバー　イラスト：keepout

TO JUNIOR-BUNKO

※第4巻書影　イラスト：玖珂つかさ

STAGE

購入は
コチラ▶

AUDIO BOOK

第3巻
好評
配信中！

COMICS

【漫画】秋咲りお

8
漫画：秋咲りお
原作：三木なずな
キャラクター原案：かぼちゃ
没落予定の貴族だけど、暇だったから魔法を極めてみた
@comic
※8巻書影

最新話はコチラ！➡

コミックス⑨巻
今冬発売予定！

NOVEL

【イラスト】かぼちゃ

原作小説⑨巻
10月19日発売予定！

SPIN-OFF

【漫画】戸瀬大輝

最新話はコチラ！➡

「クリスはご主人様が大好き！」
コミックス
今冬発売予定！

ANIMATION

STAFF

原作：三木なずな『没落予定の貴族だけど、暇だったから魔法を極めてみた』（TOブックス刊）
原作イラスト：かぼちゃ
漫画：秋咲りお
監督：石倉賢一
シリーズ構成：髙橋龍也
キャラクターデザイン：大塚美登理
音楽：桶狭間ありさ
アニメーション制作：スタジオディーン×マーヴィージャック

CAST

リアム：村瀬 歩　アスナ：戸松 遥
ラードーン：杉田智和　ジョディ：早見沙織

botsurakukizoku-anime.com

シリーズ累計 80万部突破!!（紙+電子）

まるちりんがる魔法使い
～情報学部の大学生が冒険者ギルドに就職しました～

2024年10月1日　第1刷発行

著　者　しゅがーべる

発行者　本田武市

発行所　TOブックス
〒150-0002
東京都渋谷区渋谷三丁目1番1号　PMO渋谷Ⅱ　11階
TEL 0120-933-772(営業フリーダイヤル)
FAX 050-3156-0508

印刷・製本　中央精版印刷株式会社

ISBN978-4-86794-316-8

特に、強国である【大王国】と戦争をして、破滅へと追いやったことは、とてもよく知られた話だ。

ランヴェル帝国にフレッドあり……と恐れられることになった戦である。

実際、当時ランヴェル帝国に侵攻を考えていた国々は【大王国】の滅亡を聞いて、尻込みするようになったほどだ。

シャーロット殿下は言った。

「フレッド・フォン・ブランジェとは以前にお会いしたことがありますが、大変な傑物でございましたわ。軍部を背負う彼と、彼の率いるセラスがいれば、ランヴェル帝国は安泰でしょう」

私は言う。

「そうかもしれませんが、フレッドは死にましたし、セラスは壊滅しましたよ」

「……ええ⁉」

シャーロット殿下は愕然とした。

私は説明する。

「フレッドはどうやら極秘任務に当たっていたようですが、その際に命を落としたようですね。詳しいことは知りませんが」

言うまでもなく、この発言は嘘である。

フレッドを殺したのは、他ならぬ私だ。

そして、この嘘は、どうせ後で殿下たちにバレる。

なぜなら彼女たちは、私の語った情報を、裏取りするだろうからだ。

だが、この嘘はバレてもいい。

彼女たちは、私の嘘を見破ったあと、こう考えるはずだ。

『どうやってエリーヌは、フレッドとセラスを殺したのか？』

と。

第一にはアリスティの存在を考える。

しかし、どう考えたってアリスティ単体では、フレッドたちを壊滅させるのは無理だ。

そして殿下たちは推測を重ね、やがて、私が強力な兵器を保有していることに思い至るだろう。

その兵器がいったい何なのかわからないうちは、迂闊(うかつ)に私たちへ手出しをすることはなくなる。

私がリズニス王国と対等に語り合うためには、以上のように、兵器の存在をちらつかせることは重要である。

シャーロット殿下は言った。

「そ、そのような情報を、簡単に話してしまってよろしいんですの？　帝国としては隠したい事実なのではないですか？」

フレッドは、その存在自体が、周辺国への抑止力となっている。

そんな彼が死去したとなれば、ふたたび諸国はランヴェル帝国への侵攻を企てるに違いない。

だから、ランヴェル帝国は、フレッドの死をしばらく隠そうとするだろう。

だが……私には関係ないことだ。

「帝国としては隠したいでしょうね。ただ、私はそんな帝国に追放された身ですから、あの国に対する義理などはありません」

まあ、情報を積極的に吹聴して回るつもりもないけどね。

そのときユレイラさんが聞いてきた。

「国外追放されたという点についてですが……いったいどういう理由なのか、うかがってもよろしいですか？」

「汚職の罪、ですね」

この質問に対しては、嘘をつくことなく正直に答えた。

「ただ、それは濡れ衣です。まあ、信じていただけないかもしれませんが」

「ふむ……」

「しかし、汚職は濡れ衣ですが、国外追放は、正式な手順を踏んで下された沙汰です。私は一応、大罪人ですから、メリスバトンを担うのは厳しいかと存じます」

いくら実力があっても、国外追放を受けた罪人が、他国で宮廷魔導師などできようはずもない。

不信任だとされて、失職へと追いこまれるのが関の山だろう。

そのことを理解したシャーロット殿下は、難しい顔をした。

ややあって、彼女は言った。

「……わかりましたわ。あなたの勧誘は諦めます」

「はい。せっかくのお誘いだったのに、申し訳ありません」

「いいえ……しかし、勧誘とは別に、依頼したいことがございますの。その話をさせていただいてもよろしくて？」

「ん……依頼、ですか？」

私が首をかしげる。

シャーロット殿下は一拍置いてから、告げた。

「まず簡単な身の上話をさせていただきたいのですが、わたくしは、つい先月、とある殿方と婚約いたしました」

「それは……おめでとうございます」

と、私は社交辞令を述べた。

しかしシャーロット殿下は浮かない顔であった。

その婚約に納得がいっていないという表情だ。

「めでたいことではありませんわ。お母様に決められた婚約ですもの。まあ、わたくしも良い歳ですから」

シャーロット殿下のお母様というのは、女王陛下のことだろう。

その女王陛下に、政略結婚の縁談をまとめられた。

おそらくシャーロット殿下の意思とは無関係に。

まあ、どんな国であれ、22歳の王女を野放しにしておくことはないだろう。

むしろ婚約が遅すぎるぐらいかもしれない。

「しかし、わたくし、結婚なんて真っ平御免ですわ。どうして好きでもない殿方と結婚しなければならないんですの？」

シャーロット殿下が本音をぶちまける。

うん。

まあ、貴族はみんな思ってるよね。

なんなら男性貴族も、好きでもない女となんて結婚したくないと思っているだろう。

しかし当然、貴族は政略結婚が常だ。

恋愛結婚などそうそう成立することはない。

会う前から婚約が決まったり……

結婚式の日に初めて顔合わせをする、なんてこともあるぐらいだ。

（あ……そういえば私、政略結婚からも逃げられたのか）

エリーヌは顔も知らない、どこぞのなにがし氏と結婚させられる予定だったけど……

国外追放だし、破談になった。

もしかすると貴族って、国から追放されたほうが気ままに生きられるんじゃないだろうか？

「それで依頼についてですが、あなたに、婚約を破談にする手伝いをしてもらいたいのですわ」

「……えっと、婚約を破棄したいというお気持ちはわかるのですが、私に何をせよとおっしゃるのでしょう？　錬金魔法と関係ない話ですよね？」

「いいえ。実は、大いに関係があるのです」

シャーロット殿下は言い切った。

全くピンと来ない話であったが、とりあえず続きの説明を待つことにした。

シャーロット殿下は言う。

「一般的に、どのような国でも、王族が結婚から逃れることはできません。世継ぎを残すことは、王子であれ王女であれ、逃れられぬ義務ですわ。しかし、わが国には1つだけそれを回避する方法があります」

「そうなのですか?」

「はい。その方法とは【永世巫女(えいせいみこ)】になることです」

「永世巫女?」

「永世巫女とは、偉大なる功績を残した貴婦人に与えられる称号ですわ。その称号を得ることができれば、永遠に独身を貫いても許されることになるのです。いえ、むしろ独身以外は許されなくなる称号ですわ」

ちなみに男性貴族の場合は、永世巫女ではなく、永世太子と呼ばれるそうだ。

(リズニス王国にはそんな称号が存在するんだね)

ランヴェル帝国には、こういう逃げ道みたいな制度は存在しない。

むしろ、優秀であればこそ、積極的に子孫を残すべしと言われそうだ。

「永世巫女になるために必要な功績は、どれも獲得が困難なものですわ。しかしその中で、わたくしは、錬金魔法に注目しました」

ここで錬金魔法が出てくるのか。

どんな話なのかと、私は傾聴する。

シャーロット殿下が説明する。

「かつてリズニス王国に存在したとされる偉大な錬金魔導師、ドラル・サヴローヴェンが残した遺跡の宝物庫。その入り口の扉には、錬金魔法による非常に高度な術式が施されています。この術式を解き、宝物庫の扉を開けることができれば、十分な功績として認められ、永世巫女の称号が得られるのです」

「ん……扉を開けるだけでよいのですか？」

「はい。ですが、これまで200年もの間、どのような才能にも解くことができなかった術式です。高度な難業であるからこそ、それを解いたとき、大いなる功績として認定してもらえるということですわ」

ふむ……

数学のミレニアム問題みたいなものかな？

フェルマーの最終定理とか、300年以上、誰も解くことができなかったとされているが、そういうのに近い話かもしれない。

「ちなみに、自分自身で術式を解く必要はありませんの。誰かに代行させてもいいのですわ。その場合、術式を解ける人材を見つけ出したことを評価され、永世巫女の称号が得られます」

「つまり、殿下の代わりとして、私にその術式を解け……というのが、依頼内容ということですか」

「おっしゃる通りですわ」

なるほどね。

話はわかった。

わかったけど……いろいろ問題がありそうだ。

それを頭の中で整理してみる。

――まず1つ目に、本当に術式を解けるのかという問題。

私は科学には理解はある。

しかし錬金魔法については勉強中だ。

そこまで高度なものを解読できる自信はない。

まったく手も足も出ず、依頼失敗ということも有り得るだろう。

――そして2つ目に、仮に術式が解けてしまった場合。

その場合、シャーロット殿下が永世巫女となり、婚約が破談にされてしまうわけだが……

私は、王女の婚約者一派に恨まれてしまわないだろうか？

王族の婚姻というのは、当人たちの問題で済む話ではない。

非常に多くの派閥、利権が絡んだ上で成り立っているものだ。

それを、余所者に過ぎない私がおじゃんにしてしまうというのは、ちょっとね……

ただ。

私は、思う。

（偉大な錬金魔導師の宝物庫……めちゃくちゃ気になる！）

同じ錬金魔導師として、胸が高鳴ってしまう。

ドラル・サヴローヴェンといえば、錬金魔法の史書にも名を残す偉人である。

錬金魔法の基礎を作り上げたとされる世紀の大天才。

書物でしか名が知られない存在ではあるが、実際に200年も解けない術式を施したとなると、その実力は伊達(だて)ではなかったということだろう。

そんな男が残した宝物庫には、いったい何が入っているのだろう？

気になる。

好奇心で、心が躍る。

その宝物庫には、私には考えつかなかったアイディアが眠っていたりするのではないか？

ああ、
知りたい!!

そう思ってしまったら、もう止まれない。

知の探求者として、ここは尻込みすることはできなかった。

「依頼についてはわかりました。引き受けさせていただきましょう！」

「本当ですの!?」

「はい。私に解けるかはわかりませんが、最善を尽くさせていただきます」

シャーロット殿下の目が輝いた。

「ありがとうございます！　依頼達成時の報酬についてですが、わたくしから褒賞を与え、さらに宝物庫に眠る遺物を山分けする、というものでいかがでしょうか？」

「それで構いません」

「わかりましたわ。あなたほどの錬金魔導師ならば、きっと解くことができます!! よろしくお願いしますわね！」

私はうなずいた。

こうして私は、王女の婚約破棄に協力することになったのであった。

話が終わったあと、シャーロット殿下は言った。

「わたくしたちは、いったん、野営の馬車に戻りますわね」

「ああ、野営してらっしゃるんですね。わかりました。途中まで送りましょうか？」

「ユレイラがいるので大丈夫ですわ。そもそも野営の場所は、すぐそこですもの」

そう言って、キャンピングカーを降りる殿下とユレイラさん。

降りたあとで、こちらを振り返って述べた。

「それでは、本日は楽しい時間を過ごさせていただき、ありがとうございました。また明日の朝、こちらに参りますので、どうかここで待機していただけると幸いですわ」

「ええ。お待ちしていますね」

2人と別れる。

私はお茶を入れて、リビングの椅子に座った。

すると正面に座ったアリスティが尋ねてきた。

「依頼を引き受けてよかったのですか？」

「はい。まあ、いろいろ問題がある話だというのは、承知の上です。リズニス王家の婚姻事情に首を突っ込むわけですし」

「そうですか。お嬢様のことですから、深い思慮があってのことだと思います。ならば、私はお嬢様についていくだけです」

いや……アリスティには悪いが、そこまで深い考えがあったわけではない。

宝物庫を見てみたいという好奇心が9割だ。

ただ、それを正直に言ったら叱られそうだから、黙っておこう。

「それにしても、本日のバーベキューは、とても楽しかったですね」

アリスティが穏やかな微笑を浮かべながら言った。

私は応じる。

「楽しんでもらえたようで何よりです。また機会があれば、やりたいですね」

「次にやるときは、私が肉や野菜を焼きますね」

「はい。そのときはお願いします」

私たちはしばらくお茶を楽しんだあと。

お風呂に入って、就寝した。

第四章

第四章

＜シャーロット&ユレイラ視点＞

シャーロットは、キャンピングカーのあった湖をあとにして、森の中を進んだ。

やがて20分ほど歩いたところに野営地がある。

ここには男性兵士が5人、女性兵士が5人……

計10人ほどの兵士が待機している。

全て（すべ）シャーロットの護衛である。

ちょうどシャーロットが野営地に戻ったとき、女隊長と男性副官が険しい顔で話し合っていた。

2人は、シャーロットが戻ったのを見るや、慌てて駆け寄ってきた。

「で、殿下！」

「ご無事でしたか！」

「ええ。帰りが遅くなってごめんなさい」

すっかり夕暮れも過ぎ、暗くなってきている。

どうやら女隊長たちは、シャーロットたちの帰りが遅いので、探しに行こうと考えていたところだったらしい。

「この通り、わたくしはなんともありませんわ。あなたたち、夕飯はまだでしょう？　すぐに準備して、食べてきなさい」

「はっ！　早急にご用意をいたします！」

「ああ。わたくしは必要ありませんわ。すでに食事は済ませてきましたので」

「……そうなのですか？」

いったいどこで？　と、女隊長たちは首をかしげるが、それを横目にシャーロットは歩いていく。

「先にテントで休ませていただきますわね。では、失礼」

シャーロットがユレイラを引き連れて自身のテントへと向かう。

テント内には床布が敷かれている。

そのうえにシャーロットが腰をおろした。

ユレイラも座る。

「殿下……よろしかったのですか？」

ユレイラが切り出してきた。

「何がですの？」

「あの2人……アリスティ殿とエリーヌ殿を、宝物庫に案内することです。彼女たちは本当に信用できるのですか？」

「わたくしは信用に足ると感じましたが、ユレイラの目にはどう映りましたの？」

シャーロットが尋ねる。

ユレイラは難しそうな顔つきで答えた。

「正直に申し上げますと、判断に迷うところですね。本当に国外追放となってこの国に来たのか……嘘を言っている可能性もございます」

「調べればわかるような嘘はつきませんわよ。国外追放は本当でしょう」

「……だとしても、汚職を働いた罪で追放されたのでしょう？　本人は濡れ衣だとおっしゃっていましたが、実は濡れ衣ではない可能性もあります。そのような者を殿下のそばに近づけるのは、とても不安です」

ユレイラの心配は無理からぬものであった。

たとえば相手が、どんな来歴の輩であれ、簡単に制圧できる者ならば、ここまで警戒しなくてもいい。

暴れだしても、その場で叩きのめせばいいからだ。

だが――――今回の相手は勝手が違う。

なぜならエリーヌは、アリスティを護衛に抱えているからだ。

アリスティは戦場で戦ってはいけないとされる【選ばれし六傑】の1人。

もしも彼女が本気で敵意を向けてきたら……

ユレイラといえども止められるかどうかはわからない。

エリーヌがもし悪人で、アリスティが忠実に悪意を実行する者だった場合、シャーロット殿下の身は極めて危険な状態にさらされるだろう。

シャーロットは見解を述べる。

「確かに濡れ衣かどうかは、調べてみなければわかりませんわね。ただ、国外追放が本当なのであれば、現在のエリーヌ嬢はランヴェル帝国の住人ではない。多少問題がある御仁だったとしても、わが国に迎え入れるべきですわ」

「……それは、やはり彼女の技術に注目しているからですか？」

「ええ。あの錬金魔法の技術を、他国に奪われるのは惜しすぎますわ」

先刻、シャーロットが目にした数々の技術。

まさに規格外としか言いようがないものばかりだった。

あれほどの技術力を持った人材を、みすみす逃すわけにはいかない。

シャーロットはそう強く感じていた。

――シャーロットは、王家のハイレベルな英才教育を受けてきた。

その中で錬金魔法についても学んでいる。

彼女自身は錬金魔法の適性があるわけではない。

が、知識や教養だけなら、プロの錬金魔導師にだって引けを取らないレベルだ。

そんなシャーロットから見ても、エリーヌの錬金技術は常軌を逸していた。

あのキャンピングカー……

あれは、この時代の平均的な技術力をはるかに超える……まさしく、未来技術である。

（浴室やトイレだけではない……壁材やマットも、いったいどんな素材が使われているか、想像も

つきませんわ）

もちろんキッチンやトイレの機能性の高さには、驚愕させられたが、シャーロットはそれ以外にも、多くの情報を読み取っていた。

座席やテーブル、

床材や壁材、

窓ガラス、

マットレス、

……などなど、明らかに未知の技術で作られたものだ。

さらに壁に取り付けられた謎のパネルには、数字が表示されており、それが1秒ごとに動いていた。

その数字が、時計であると理解したときには、戦慄を覚えた。

この時代の〝時間〟は、水時計や日時計、あるいはロウソクによって計るもの。

それほど正確ではない。

1秒を正確に刻む時計というのは、いっそ病的な技術にすら思えた。

（キャンピングカーに使われる技術を会得するだけで、国は何倍にも成長できますわ）

たとえば、キッチンやトイレの製作技術。

それらを吸収し、職人たちに覚えさせ、各国の貴族に売りさばけば……

莫大な利権となるのは疑いようのないことだ。

（それだけにメリスバトンに任じられなかったのは痛いですわね）

エリーヌを手に入れることができれば、少なくともキャンピングカーに搭載されている技術は、リズニス王国のものとなる。

さらに、エリーヌが今後生み出す技術や道具も、リズニス王国の利権にすることができる。

逆に、エリーヌをよその国に取られたら、それらの技術は他国に奪われるわけで、あまりにも痛すぎる損失だ。

(まあ、まだ諦めてはいませんけれどね)

たとえメリスバトンに就けることができなくとも、せめて官職ぐらいは与えて、リズニス王国の臣として迎えるべきだろう。

そのための方策を、後日、配下の者たちに考えさせ、献策させるつもりだ。

「むしろ、あれほどの技術があって尚、国外追放をした帝国は、いったい何を考えているのかわかりませんわ」

「……やはり国外追放というのも嘘なのでは？　帝国から送り込まれた密偵かもしれません」

「仮にそうだとしても、彼女と友誼を結んでおくことに否はありませんわ。それに……」

シャーロットは一拍置いてから、言った。

「〝あの男〟から王家を守るには、エリーヌ嬢の協力は不可欠ですもの」

あの男――――それは、シャーロットの婚約者のことである。

ルシェス・ケルフォード。

経済大臣の息子であり、若くして頭角を現し、貴族界に覇権を広げつつある新星だ。

経済大臣は大貴族と財界の仲立ちを担う架け橋のような存在だったが、その息子であるルシェスは、さらに貴族と商人の関係を強化。

政治・経済の両面において圧倒的な権勢を得るに至ったのである。

その権力をバックに、第一王女であるシャーロットとの婚約まで成立させてしまったのだから、飛ぶ鳥を落とす勢いだ。

ただ……

ルシェスには、よからぬ者とのつながりがある。

そういう噂がある、というレベルではなく、証拠があるのだ。

――ルシェスは脅迫と闇討ちによって、都合の悪い者たちを排除している。

彼が政界に進出してきてから、上流貴族の不審な死が絶えないのだ。

また、王国のいくつかの都市で麻薬が蔓延する事態も起こっていた。

リズニス王国は、当然のことながら麻薬売買を禁止している。

だから麻薬商売はすぐに鎮圧されるのだが、今回はなかなか収束せず、長引いている。

そして、それらの事件を調査した結果、ルシェスが裏で糸を引いているということがわかった。

その証拠を、シャーロットは握っている。

しかし状況証拠に毛が生えた程度のものであり、告発できるほどのものではない。

決定的証拠を握らなければならない。

だが、時間がなかった。

結婚が成立し、王家に籍を入れられてしまっては、ルシェスを簡単に排除することはできなくなる。

女王陛下は、ルシェスを取り込むつもりであるが、今のままいけば、むしろルシェスに王家が乗っ取られてしまうだろう。

それだけは防がなければならない。

（まあ個人的に、政略結婚など、御免ですし）

王家を守るために婚約破棄をもくろんでいるのは本当だ。

しかしそれは理由の半分で、もう半分は、あんな男の子孫を産むなど、死んでも御免だということだ。

いや……そもそも政略結婚の相手との世継ぎなんて、要らない。

王族としてわがままな話だとは自覚している。

しかし、そのわがままを通すために、永世巫女になるのだ。

そのためにはエリーヌの力が、絶対的に不可欠である。

「わたくしが永世巫女として自由を勝ち取るために、エリーヌさんの叡智に賭けるしかありませんわ。彼女がどのようなお人であれ、すがるしかないんですの」

「シャーロット様……」

「……情けないことを言ってしまいましたわね。忘れてちょうだい」

「……いいえ。シャーロット様の心中はお察しいたします」

実際のところ、200年も解けなかった術式をエリーヌが解くことは、望み薄だ。

解けたとしても、時間がかかりすぎては、ルシェスとの結婚が先に成立してしまう。

シャーロットは常に最悪を想定する。

もし、エリーヌが宝物庫の扉を開けられなければ、ルシェスに対して非情な手段に出ることも考えていた。

失敗したときのことを考えて、今までそういう手を打つことはしなかったが、最後の最後は覚悟を決めるつもりだ。

「ただ……国外追放の件については事実確認をしておきたいですわね。それと、フレッド・フォン・ブランジェが死んだという情報についても、精査しなければなりませんわ」

「私からすれば、後者の情報は信じられません。フレッド将軍といえば、ランヴェル帝国の軍神と呼ばれた名将ですよ」

さらにいえばフレッドは【選ばれし六傑】――

アリスティと同じく、戦場で戦ってはいけないとされる六将の1人だ。

そんな人間が死去したなどというのは、簡単に受け入れられる話ではなかった。

「フレッドがいるのといないのとでは、帝国の地力は大きく変わってくるでしょう」

ユレイラはそう述べた。

シャーロットは疑問を口にする。

「ふむ……帝国でいったい何が起こっているのでしょうね？」

今はまだわからない。

しかし、今後、帝国に大規模な波乱が起こることは予想される。

フレッドがいなくなれば、周辺諸国が帝国へと侵攻する機運が高まるだろう。

そのときリズニス王国が取るべき立場を、あらかじめ決めておかなければならない。

ユレイラは言った。

「ひとまずランヴェル帝国の調査を行ってみます。さっそく部下に指示を出してきましょう」

「ええ。お願いしますわね」

ユレイラがテントから去っていく。

こうして、夜も更けていった。

＜エリーヌ視点＞

翌日。

早朝。

晴れ。

少しひんやりとした空気がただよう時間帯。

私は起き上がって、朝食を食べた。

ハムエッグにトーストだ。

コーヒーを飲んで、ゆっくりと目を覚ます。

「ふう……」

リビング椅子の背もたれに寄りかかる。

あと数刻もすれば、王女たちがやってきて、湖を発つことになるだろう。

（その前に、キャンピングカーの改造を行っておきましょうか）

そう考えた私は、工具と素材を用意した。

さっそく作業に取り掛かることにする。

主に、車体関連の強化を行った。

具体的には以下2つの改良をした。

1：錬金魔法でタイヤに【悪路走行耐性】を付与させる。これで砂漠や雪原など走行に不向きな場所も移動できる。

2：かねてより課題だった「走行中の揺れ」を錬金魔法で解消する。これで車内がほとんど揺れなくなる！

特に、揺れ対策は入念に行った。

キャンピングカーの揺れの激しさは、テーブルに置いたお茶やお菓子が全てこぼれ落ちるほど。

決して快適とは言いがたいものだった。

それを、錬金魔法を駆使した改造で、徹底的に対策した。

どれぐらい良くなったかは実際に走ってみないとわからない。

が、私の理論が正しければ、劇的な改善が見込めることは間違いない。

「さて……こんなものかな」

作業が終わる。

私は休憩がてら、キャンピングカーを降りた。

湖のほとりに立って、水面(みなも)を眺める。

ここでスローライフする生活は、今日で最後となるだろう。

まもなく、王女殿下とともに湖を発つことになる。

この景色も、見納めというわけだ。

「1ヶ月間、お世話になりました」

そう湖に一礼してから、私はキャンピングカーへと戻っていった。

——約2時間後。

キャンピングカーの外から声がして、私たちは車を降りる。

シャーロット殿下とユレイラさん。

それから鎧(よろい)に身を包んだ男性兵士2人が立っていた。

片方は大柄な鎧を身につけた兵士。

片方は小柄で、おそらく補助魔法の使い手であろう軽装の兵士。

「ごきげんよう。お待たせいたしましたわね」

シャーロット殿下が挨拶(あいさつ)をしてきた。

「おはようございます。いいえ、ちょうどアイテム錬成がひと段落したところでしたから」

それは嘘ではない。

暇なときはごろごろするか、アイテム錬成をしている。

ちょうど錬金魔法で武器や日用品の補充を行っていたのだが、それがひと区切りついたところだった。

シャーロット殿下は言った。

「では、森を出ることにいたしましょう。ひとまず、わたくしたちの護衛隊に合流していただけますかしら？」

「わかりました」

私はキャンピングカーをアイテムバッグへと片付けた。

それからシャーロット殿下の案内で、彼女たちの野営地へと向かった。

20分ほど歩いて、シャーロット殿下の野営地に到着する。

そこには、殿下の護衛をつかさどる10名ほどの兵士がいた。

ちょうど、野営のテントを片付けたところのようだ。

私は、女隊長と軽く挨拶を済ませた。

その後、隊列を組んで森を歩き出す。

シャーロット殿下は隊中央。

私とアリスティは、女隊長とともに最後尾を歩くことになった。

「……」

女隊長や、他の兵士たちは無言である。

余計な私語は慎むようにしているようだ。

まあ、そりゃそうか。

王族の護衛なんて、和気あいあいとするものではないしね。

なお、私たちは私語を禁じられてはいない。

だからアリスティと適度に雑談をしながら、森を歩き続けた。

休憩を挟みつつ、1日歩き、日が沈んだころに野営をする。

テントを1つ与えられて休むことになる。

——翌日。

ふたたび隊列をなして歩き出した。

やがて、森を抜ける。

森の出口には、7名ほどの兵士が、馬車とともに立っていた。

シャーロット殿下が隊中央から離れ、私たちのもとへとやってきた。

「森を出られましたわね。ここからは、どうぞキャンピングカーをお使いになってください」

「はい。それは助かります」

さっさと車の中へ入ってしまおう。

というわけで、私はキャンピングカーをアイテムバッグから取り出す。

キャンピングカーを見上げた兵士たちがどよめいた。

シャーロット殿下が私に言ってくる。

「あの、1つお願いしてもよろしいでしょうか?」

「ん、なんでしょう?」

「わたくしも、このキャンピングカーに乗って移動してみたいですわ」

うん。

まあ、そう言い出してくると思っていた。

別に断る理由はないので、私は答えた。

「構いませんよ。ただし、あまり人が多いと手狭になってしまうので、乗せるのは2人までということでよろしいですか?」

「ええ。ではわたくしとユレイラが乗りますわ」

シャーロット殿下が女隊長に、その旨を伝えた。

こうしてシャーロット殿下がキャンピングカーに同乗することになった。

殿下とユレイラさんが、車内のテーブルに座る。

私はゴーレムに命令を下した。

「それでは、発進してください」

ゴーレムは了解し、アクセルを踏み始める。

キャンピングカーが動き始めた。

私はリビングのテーブルのそばに、じっと立つ。

ふむ……

揺れはほとんど解消されたようだ。

現在、このキャンピングカーは、並の自動車ほどの揺れさえも起こらない。

錬金魔法による揺れ対策は上手（うま）くいったようだ。

「す、すごいですわね」

そのときシャーロット殿下は感激したように言った。

「車窓の景色が、あっという間に後ろへ流れていきますわ。このキャンピングカーは、いったいどれほどの速度で走っているんですの？」

私は答える。

「馬車よりは数倍速いですね。でも、これでも抑えたほうですよ。全速力で走ると危険なので」

「なるほど……本当に素晴らしい馬車ですわね。この速さで、しかも快適でもあるのですから。この椅子もフカフカで、とても心地いいですわ！」

殿下がキャンピングカーを賞賛する。

クッション製の座席を、殿下はいたく気に入ったようで、1つ購入したい……などと言ってくるほどだった。

ユレイラさんが言う。

「しかし、こんなに速いと、護衛隊の馬車を置き去りにしてしまいますね。一言、連絡をしておいたほうがよろしいのでは？」

「そうですわね。申し訳ありませんが、エリーヌさん。一度キャンピングカーを……」

「はい。わかりました」

ゴーレムに指示を出して停車してもらう。

殿下たちが下車する。

ちょうど、後ろから必死で追いかけてくる女隊長たちの姿があった。

ややあって、キャンピングカーに戻ってきた。

ユレイラさんが女隊長と話をする。

「先に行くことを伝えておきましたわ。隣の領地にある【アランベイの街】で合流ということで」

私は言う。

「アランベイですか。道がわからないので、案内していただいてもよろしいですか？」

するとユレイラさんが答えた。

「地図を持っているので、どうぞ参考にしてください」

アイテムバッグから地図を差し出してくる。

それを私が受け取り、ゴーレムに指示を出しにいった。

さて、走行再開。

キャンピングカーが街道の上を快走していく。

私と殿下たち3人がリビングの椅子に座る。

アリスティがキッチンで茶の用意をしてから、言った。

「茶菓子でございます」

私はお礼を述べる。

「ありがとうございます、アリスティ。ついでにクラシックを流してもらってもいいですか？」

「かしこまりました」

「……クラシック？」

シャーロット殿下が首をかしげた。

アリスティは壁のコントロールパネルを操作する。

すると、音楽が流れ始めた。

「なっ――――」

殿下とユレイラさんが絶句していた。

ピアノの音色が車内を満たす。

シャーロット殿下は言った。

「あ……えっ……？　なぜ音楽が流れて……？　キャンピングカーに、楽団を乗せてらっしゃるんですの⁉」

「いえ。これは録音ですよ」

「録音……？」

「音を記録し、このように、いつでも再生することができる技術です」

ユレイラさんが確認するように聞いてくる。

「それはつまり、過去の演奏を保存して、流していると？」

「はい。その通りです」

私が肯定すると、殿下たちはふたたび絶句した。

生まれながらに録音技術が存在した前世と違い、異世界人は、やはり録音という技術に相当な衝撃を覚えるようだ。

シャーロット殿下は言う。

「本当にこのキャンピングカーは未知の宝庫ですわね。まるで異世界に迷い込んだようですわ！」

まあ……別世界の技術だからね。

ユレイラさんは言った。

「技術もそうですが、演奏も素晴らしいですね。澄んだ音と、淀みのない旋律。聞き惚れてしまいます」

「ですよね！　これは——あ、申し訳ありません」

そのときアリスティが口を開きかけたが、すぐに謝罪して押し黙った。

使用人である自分が、勝手に主の会話に混ざってはいけない……と判断したからだろう。

それを察した殿下は、告げる。

「構いませんわ。続けてください」

「いえ、しかし」

「せっかく4人いるのですし、会話に混ざってきてくださったほうが楽しいですわ。どうぞ、気兼ねなく話してください」

アリスティは私のほうを見た。

私は会話を許可するサインとして、静かにうなずく。

アリスティは言った。

「では、お言葉に甘えて……実は、この演奏をしたのは、エリーヌお嬢様なんですよ」

ユレイラさんは言った。

「ほう。これをエリーヌ殿が……ブランジェ家は軍家だと聞いておりましたが、音楽の教育も豊かなんですね」

それに対し、アリスティが答える。

「いいえ。この演奏はブランジェ家とは無関係なんです。お嬢様が独自に開発したピアノという楽器を使っておりまして」

「ピアノ……なるほど。どうりで聞き覚えのない音色だと思いましたわ」

シャーロット殿下は納得する。

アリスティが言った。

「お嬢様は、ピアノの演奏もさることながら、神殿の聖歌隊にも認められるほどの歌声をお持ちです。特に弾き語りは、それはそれは素晴らしく……」

「弾き語り、とは何ですの？」

「弾き語りとは、ピアノを演奏しながら歌を歌う……お嬢様が独自に開発したスタイルにございます」

まあ、私が開発したわけじゃないけどね。

ユレイラさんが言う。

「ハープに乗せて詩を詠む吟遊詩人のようなものでしょうか。とても興味深いですね」

「お嬢様の弾き語りは、涙が出るほど素晴らしいんですよ。是非今度、聴いてみてください！きっと気に入られると思いますよ！」

アリスティの言葉に熱が入ってきた。

会話を許可したものの、本当に弾き語りを気に入っているからなぁ……。

話題を変えることにしよう。

「そういえば、シャーロット殿下が王女であることは知りましたが、ユレイラさんはいったいどのようなご身分の方なのでしょう？」

「……そういえば、話していませんでしたね。私は、王女殿下直属の騎士。近衛(このえ)隊長でございます」

なるほど……

近衛隊長か。

ずっと王女にくっついている騎士なのだから、妥当なところだろう。

同じ騎士爵を持つ騎士の中でも、近衛騎士は、下級貴族級の発言力があるとされる。

その隊長クラスとなると、侯爵や公爵に準ずる地位があると見ていい。

私は言った。

「察してはいましたが、やはり身分が相当上ですね。今後はユレイラ様、とお呼びしたほうがよろしいでしょうか?」

「いいえ。さしあたってエリーヌ殿は、殿下の賓客ということになるでしょうから、呼称については今まで通りで構いません。公の場でさえ気を遣っていただければ」

「わかりました。では公ではユレイラ様、私的な場においてはユレイラさんとお呼びしますね」

「それで構いません」

私たちは茶菓子を食べ、音楽を聴きながら、静かに語らいを楽しむ。

「そういえば……」

私はふと、聞きたいことがあったと思い出した。

「殿下たちは、どうしてあの森――ルーナ大森林を訪れていたのですか?」

ルーナ大森林は、魔物も出現する地帯だ。

王女殿下が用もなく訪れることは有り得ないだろう。

しかも、野営までして森の奥地に踏み入っていたわけで……

聞かないほうがいい事情があるのかとも思ったが、聞いてみることにした。

シャーロット殿下は答える。

「実は、ドラル・サヴローヴェンの残した手記が、あの森に隠されていると聞きましたの」

「へえ……手記が」

「はい。無事回収できましたので、今はアイテムバッグに保管していますわ」

宝物庫の扉を解く手掛かりが書かれていたりするのだろうか。

シャーロット殿下が尋ねてきた。

「ご覧になりたいですか？」

私は少し悩んでから答える。

「……いえ。ただの日記帳かもしれませんしね。術式の解読に難航したら、読ませていただこうと思います」

こうして私たちは、語らいながら、キャンピングカーに乗ってノルン侯爵領を出た。

ドゥーバン伯爵領に到達する。

そのまま快速で走り続けて、夕方には目的地である【アランベイの街】の前まで辿り着いていた。

草原の向こうにアランベイの門が見える位置。

雑木林のそばに隠れるようにしてキャンピングカーを駐車した。

「も、もうアランベイの街に到着するなんて……有り得ない速さですわ」

キャンピングカーの外に出て、アランベイの街を眺めるシャーロット殿下が、驚いたように言った。

「尋常ではない移動速度ですね。もしもこの馬車が量産されれば、物資の運搬力が桁違いになるでしょう。時代が変わりますよ」

ユレイラさんも同意する。

んー、まあ、量産する気はないけどね。

勝手にキャンピングカーの工場を作って量産するなら止めるつもりはないが……

さすがに私も、自動車の作り方を教えるつもりはない。

なので、殿下たちが自力で製作することになるが、科学が発達していないこの時代で、キャンピングカーの製法を解明するのは無理だろう。

「こんなに速く移動できるなら、明日には王都に着きそうですわね」

シャーロット殿下が言ったので、私は尋ねた。

「……王都に寄るんですか？　このまま宝物庫に行くのでは？」

「宝物庫の攻略にあたっては、王城の宝物殿から持って行かなければいけない物品がありますの」

ふむ……そうなのか。

「あと、これは王都ではないですが、会わなければならない人もいますわ」

「会わなければならない人？」

「ダルネア嬢ですわ」

「どなたですか？」

「ドラル・サヴローヴェンの遺稿を所持している公爵ですの」

シャーロット殿下が説明するところによると、王家と並ぶ発言力を持つ公爵家の当主だそうだ。

殿下は続ける。

「その遺稿は、宝物庫に関する重要な手掛かりになる可能性が高いですわ。それを手に入れるために、ダルネア嬢と交渉をしなければなりません」

「普通に譲ってもらうわけにはいかないんですか？」

「まあ、彼女は気難しい性格ですので……正直、かなり難航しそうな交渉ですわ」

そうなのか。

まあ、私は交渉に口出しするつもりはない。

キャンピングカーで殿下たちを送り届けるだけだ。

シャーロット殿下は言った。

「ひとまず王都を目指しましょう。ただ、護衛隊と【アランベイの街】で待ち合わせすることになっていますので、彼らがやってくるまでは、ここで待機となりますわね」

護衛隊がアランベイに到着するには2～3日はかかるだろう。

つまり最低2日はここで待機しなければならない。

私は尋ねた。

「今日はアランベイの街に泊まりますか？　それともキャンピングカーで宿泊します？」

シャーロット殿下が首をかしげる。

「えっと……キャンピングカーに泊まっていいんですの？」

「んー、まあ、いいですよ」

車内を荒らしたりしなければ問題ない。

この人たちがそんなことをするとは思わないので、宿泊に否はなかった。

「では、是非泊まりたいですわ！」

シャーロット殿下がそう述べた。

ユレイラさんが口を挟んでくる。

「しかし、キャンピングカーの寝室は2つしかありませんよね？　泊まるとなれば、私は椅子で構いませんが、殿下にはきちんとした寝室を用意していただきたいのですが」

「ユレイラ。泊まらせていただく側が、無体な申し出をするものではありませんわよ」

「……」

シャーロット殿下がたしなめるが、ユレイラさんはこちらをじっと見つめてくる。

お前……わかってるよな？　という視線の圧力だ。

まあ、殿下に不便な思いをさせるのはダメだよね。

私は提案した。

「わかりました。それなら、新しくベッドを造りましょう」

その言葉に、ユレイラさんは困惑したように首をかしげた。

「つ、造るのですか？」

「はい。まあちょっと車内を改造するだけなので……ここでお待ちいただいてもよろしいですか？」

「え……ええ」

困惑した様子のシャーロット殿下たちをよそに、私はさっそく、頭の中に錬成イメージを思い浮かべる。

そうして車内に戻ると、作業を開始した。

――3分後。

錬成作業を終了する。

完成したのは、プルダウンベッドである。

プルダウンベッドとは引き下げ式のベッドのこと。

普段は車内の天井(てんじょう)に取り付けておき、必要時、天井から引き下げて使用するベッドだ。

このプルダウンベッドを、私は天井へと設置した。

場所はリビングの、キッチンの手前あたりの天井だ。

天窓をさえぎらず、ベッドを引き下げたときにトイレ扉の開閉を邪魔しないような、絶妙な位置だ。

ベッドをプルダウンしたいときは、壁のスイッチを押す。

試しに押してみると、ズズズとベッドがゆっくり下がってきた。

このキャンピングカーは天井までの高さが2．5メートルある。

そのうち、プルダウンベッドは1．5メートルあたりの高さまでずり下がってくる仕様だ。

「うん、いい感じですね」

ベッドの幅は、2人ぐらいならぎりぎり寝られるぐらい。

寝返りを打ったとき、うっかりベッドから転落してしまったら危険だ。

ゆえに落下防止のレールを、ベッドの両端にこしらえている。

最後にシーツについて。

シーツは厚みこそあまりないが、柔らかい質感のものではある。

上質とまではいかないが、それなりの快適性はあるはずだ。

＜シャーロット視点＞

シャーロットは、エリーヌがベッドを製作する姿を、一部始終、眺めていた。

初めてエリーヌのアイテム錬成の様子を観察したシャーロットは、ただひたすら驚愕した。

（これは……異常ですわ……）

シャーロットは錬金魔法の適性はないが、プロ級の知識がある。

だからこそエリーヌの異質さに、驚くしかなかった。

エリーヌの錬成作業は、全てにおいて常軌を逸していた。

——使われていた素材は、どれも見たことがあるものばかりだ。

ところが、素材の合成、変形、加工などの処理は、シャーロットでさえ半分も理解できなかった。

なぜ、その素材と素材を組み合わせたのかわからない……そんなことが、何度も起こった。

しかし間違いなく、新しい素材や部品が生み出され、ベッドが完成していくのだ。

それに……エリーヌの速すぎる錬成速度。

錬成スピードは、錬金魔法を理解すればするほど速くなる。

錬成が速いということは、錬金魔法について深く理解しているということだ。

だが、エリーヌの錬成速度というのは、もはや常識を超えており、異次元のレベルに達していた。

いったいどれほど錬金魔法への理解が深ければ、ここまでのスピードを実現できるのか？

目にも留まらぬ速さで完成品が仕上がっていくさまを見て、シャーロットは驚きとともに、畏怖すら覚えた。

そして、わずか3分で出来上がった代物——

プルダウンベッドなる寝台は、かつて誰も見たことがない逸品だった。

エリーヌは言ってくる。

「ベッドが完成しました。使い方を説明しますね」

エリーヌが壁のスイッチを押す。

すると、天井に張り付いていたベッドが、肩ぐらいの高さまで下がってくる。

もう一度エリーヌがスイッチを押す。

すろと今度はベッドが上昇し、天井へとふたたびへばりついた。

「プルダウンベッドと言います。このように、使わないときは天井へ張り付けておくことで、スペースをとりません」

(いや、さすがにおかしいですわ⁉)

シャーロットは心の中でのたまった。

こんなベッドは見たことがないし、どんな思考をしていれば、天井にベッドを取り付けようなんて発想が出てくるのか？

あと、なぜ壁のスイッチを押したらベッドが動く？

伝説とされる遠隔魔法の類か？

理解しがたい技術が使われていることに、シャーロットは頭がくらくらしそうだった。

エリーヌはもう一度スイッチを押して、ベッドを引き下げる。

「ベッドに昇るときは、折りたたみ式ラダーを使います。ここ――ベッド底部にラダーを取り付けており、普段は折りたたんでいるのですが、開くと、階段ができあがります。このラダーを昇って、ベッドに上がってください」

実際にエリーヌはラダーを開いてみせた。

階段を折りたたむ……という大胆なアイディアに、ふたたび、シャーロットは驚嘆する。

エリーヌは言った。

「今夜はこちらをお使いになって、お休みください」

「え、ええ……」

シャーロットは答える。

そのあと、エリーヌはお手洗いのためにトイレへと向かった。

彼女がトイレの中に入っていったのを見計らって、ユレイラが声をかけてきた。

「……想像を絶する技術力ですね。エリーヌ殿は、本当に何者なのでしょうか？」

「わかりませんわ。ただ……丁重に扱うべき御仁であることは、間違いありませんわね」

この超越した技術力。

メリスバトンの座ですら、エリーヌにとっては安いかもしれない。

どうやってエリーヌを取り込むべきか？

彼女という逸材を他国に奪われないためにはどうすればいいか？

そんな計算が頭の中で巡る。

が、それ以上に、シャーロットの内に湧き起こる感情があった。

（本当に、なんて素晴らしいのでしょう……）

エリーヌと会って、まだ2日。

そのあいだに目にしたもの、

食べた料理、

聞いた音楽。

全てが常識を超えていた。

王族として生まれ、さまざまなものを見聞きしてきたシャーロットでさえ、鮮烈に映るほどの経験だった。

「……殿下？」

シャーロットは静かにキャンピングカーを降りる。

そして、夜のとばりが下り始めた草原を眺める。

「錬金魔法……」

ぽつりとつぶやく。

シャーロットの胸には、ただ、純粋な感動が広がっていた。

エリーヌの錬金魔法が魅せてくれる、奇跡のような技術の数々。

そこには、無限の可能性が広がっていた。

先刻、シャーロットはキャンピングカーでの体験を「異世界に迷い込んだよう」と評したが……

それを大げさな表現だとは思わない。

エリーヌの錬金魔法が生み出す、キャンピングカーという小さな箱の中には、間違いなく、新しい世界が広がっているのだから。

それに魅了されない者がいるだろうか？

（もし、永世巫女になることができて、王城の雑事にとらわれなくなったら……錬金魔法を志してみるのもいいかもしれませんわね）

シャーロットは、第一王女。

生まれたときから、いずれ女王にならなければならない身分だった。

だが永世巫女になり、世継ぎを作らないことを宣言すれば、王位継承権は剝奪（はくだつ）されるかもしれない。

もちろん、それでも王族として最低限の仕事はするつもりだが……

自由な時間は、たくさんできる。

ならば、錬金魔法を探究してみてもいいのではないか？

そう思うほど少しずつ、シャーロットは錬金魔法に惹（ひ）かれ始めていた。

（まあ、全ては、エリーヌさんが宝物庫を開けられるかにかかっていますけれどね……）

しかし、昨日よりも確信があった。

エリーヌはきっと、２００年誰も解けなかったドラル・サヴローヴェンの術式を突破する。

彼女なら、できる。

シャーロットは、そんな期待を胸に抱きながら、キャンピングカーへと戻っていった。

＜エリーヌ視点＞

その夜、シャーロット殿下たちはキャンピングカーに宿泊した。

料理、お風呂(ふろ)、ベッドでの寝泊まりなど……とてもご満悦いただけたようだ。

翌日。

朝。

晴れ。

私たちは、アランベイの街に向かった。

王女にとってはお忍びとなるので、4人で仮面をかぶって街に入ることにした。

赤い屋根の立ち並ぶ、人口4000人ほどの平凡な街。

市場が出ていたので、食材と素材を買い集める。

それが終わると、キャンピングカーに戻った。

待機すること数時間。

昼を過ぎたあたりで、ようやく護衛隊が到着した。

殿下とユレイラさんが、キャンピングカーの前で、護衛隊の女隊長と話す。

話が終わると、殿下たちはキャンピングカーに戻ってきた。

シャーロット殿下が言う。

「このままわたくしたちは、王都へと向かいましょう。護衛隊とは、ここで別れますわ」

私が尋ねた。

「よろしいのですか？」

「ええ。構いませんわ。〝どうせキャンピングカーについていけないから、先に行ってほしい〟……といったようなことを、女隊長に言われましたの」

なるほど。

まあ、そうなるか。

今の状態だと、私たちのキャンピングカーは、いちいち護衛隊のために待たされることになる。女隊長からすると、殿下を何度も待たせるのは恐れ多いという結論に達したのだろう。

私は言った。

「わかりました。では早速出発してもよろしいですね？」

「ええ。お願いいたしますわ」

「了解です」

告げてから、私はゴーレムへと発進命令を出しに行く。

そうして、私たちはアランベイの街をあとにした。

キャンピングカーで街道を走る。

草原を、森を、山道を走破し、

複数の街を素通りして、ドゥーバン伯爵領を出る。

その後、複数の領をまたぎ、リズニス王国内を快速で走り続けた。

2日後。

私たちは、王都へと辿り着いた。

王都の城壁を眺められる位置。

時刻は朝10時ごろであり、天気は晴れだった。

王都前・街路沿いの草原の上に駐車した私たちは、キャンピングカーを降りた。

シャーロット殿下は言った。

「もう驚き慣れてしまいましたが……キャンピングカーの移動速度は、本当に呆れるほどですわね。あの湖からわずか数日で、王都まで来てしまうなんて」

ユレイラさんが同意する。

「馬車だと10日はかかりますからね。アランベイで待機した時間をさっぴけば、実質2日で移動したことになるでしょうか。恐るべき速さですね」

この2人は、特にキャンピングカーの「速度」に注目することが多かった。

以前にユレイラさんがちらっと言っていたが、物資輸送や情報伝達の速度が変わるだけで、国のありようも一変する。

彼女たちがキャンピングカー、ないし、自動車に大きな可能性を見出すのは当然だろう。

キャンピングカーをアイテムバッグに片付ける。

私は言った。

「それでは、王都に入りましょうか」

シャーロット殿下たちはうなずく。

私たち4人は、徒歩で、王都に向かう。

王都門前まで来ると、喧騒が聞こえてくる。

楽団の音楽なども聴こえた。

王都というのは賑(にぎ)やかなものであるが、この盛況ぶりは、平常のものではないように感じる。

ユレイラさんがぽつりとつぶやいた。

「何かあったのでしょうか」

シャーロット殿下が門の向こうを見つめながら、推測を述べる。

「どうやら凱旋(がいせん)のパレードのようですわね。今月にパレードの予定なんてありませんでしたから、急遽、執り行われたものでしょうか」

「凱旋というと……あ」

ユレイラさんが何かに気づいたように声を漏(も)らす。

そうして言った。

「英雄の凱旋でしょう！　確か、イグーニドラシェルが地竜の討伐に向かっていたはずです」

「ああ……きっとそうですわね」

イグーニドラシェル。

聞いたことがあるような、無いような名前だ。

そのとき、アリスティが説明した。

「イグーニドラシェル。リズニス王国の女英雄であり、【選ばれし六傑】の1人ですね」

ああ……

そうか。リズニス王国の英雄だったか。

有名人だったので、名前を聞いたことがあったのを思い出した。

しかし、それにしても……。

「初めて聞いたときから思ってたのですが、その【選ばれし六傑】って呼称、笑えますよね。四天王的な？　私の兄上もそうだったとか……ふふ」

くすくす笑うと、アリスティが困った様子で抗議した。

「……あの、一応私もその1人なので、笑わないでいただけると嬉しいのですが」

「ごめんなさい、ふふふっ」

こぼれる笑いを抑え切れないでいると、アリスティが頰を膨らませた。

私はこほんと咳払いしてから言った。

「で……六傑の英雄さんが地竜を討伐したと。その祝勝パレードが行われているということですか？」

「そのようですわね。まあ、中に入ってみればわかりますわ」

シャーロット殿下が言ってから、検問へと向かった。

当たり前だが、殿下は顔パスである。

検問の衛兵たちは、シャーロット殿下の姿を見るなり、膝をついて畏敬の念を示した。

その際、衛兵たちに王都の催しについて尋ねる。

衛兵によると、やはりイグーニドラシェルのパレードが行われているようだった。

聞きたいことは聞けたので、私たちは検問を抜けて、王都に入場する。

リズニス王都。

城壁に囲まれた、人口10万人以上の大都市。

中央に王城があり、その周囲に城下町が広がっている。

赤い屋根の家や、白壁の美しい居館が立ち並ぶ、立派な街。

王国の繁栄を象徴するような都市である。

しかも、パレード中ということもあって、本日はいつにも増して活気に包まれているようだ。

あちこちに露店が立ち並び、買い物客で溢れ……

立ち並ぶ民家やアパートの窓から、ばらまかれる花びらがひらひらと大通りを舞っていた。

パレードの主役である英雄を乗せた台車が、大通りのはるか向こうを走っているようだ。

シャーロット殿下は、私たちに尋ねてきた。

「お2人は、わが国の英雄を見ていきたいですか？」

私は即答する。

「いいえ。別に」

祭りは嫌いではないけど、英雄を眺めたいかと言われたら、興味はない。

シャーロット殿下は苦笑して、言った。

「それでは、わたくしは王城の宝物殿に向かいますわ。お二人は……そうですね。適当に時間を潰していてくださいまし」

「んー、途中まで一緒に行きませんか。素材屋など、気になる店を見つけたら、そのときに別れましょう」

「わかりましたわ」

殿下は答え、歩き出そうとする。

そのときだった。

「やあ、シャーロット」

そう声をかけてくる者がいた。

男性である。

異世界風スーツに身を包んだ格好をしている。

インテリっぽさを感じさせる静かな顔立ちをしていた。

王女殿下を、シャーロット……と呼び捨てにするぐらいだから、王族に連なる身分なのは間違いない。

男は言った。

「十数日、遠出をしていたそうだね。いったい何をしていたんだい？」

「少し所用があって出かけていただけですわ」

「そうか。僕に断りもなく出かけたから心配したよ……で、そちらの2人は？」

男が、私たちに水を向けてきた。

シャーロット殿下が答える。

「彼女は観光にいらっしゃった他国の錬金魔導師ですわ。名はエリーヌ、そちらはお付きのアリスティです」

「ほう……錬金魔導師」

男の目が一瞬、細められた気がした。

シャーロット殿下が言う。

「エリーヌさん、こちらはわたくしの婚約者、ルシェスですわ」

なっ……

この人が婚約者なのか⁉

私は驚いて一瞬固まってしまったが、気を取り直して挨拶をした。

「エリーヌ・ブランジェと申します。まさかシャーロット殿下の婚約者にお会いできるとは、光栄の至りに存じます」

「ルシェス・ケルフォードだ。あまり仰々しい挨拶は好まない。ラクにしてくれると嬉しいな」

「そういうわけには……ですが、お心遣い感謝いたします」

私は不快感を与えないように、当たりさわりのない答えを返した。

ルシェス様は感心したように微笑(ほほえ)んだ。

「錬金魔導師だそうだが、とても礼儀正しい方だ。感心したよ。さすがはシャーロットの知り合いだね」

「ええ。彼女はとても礼儀のよくできた方ですわ。……ところでルシェス。わたくし、急ぎの用があるのですが」

「ん、そうだったのかい？」

「はい。ですので、用事があるなら手短にお願いしたいのですが」

私は、シャーロット殿下の言葉に、目を細めた。

殿下が、本当は急ぎの用事ではないことは知っている。

王城の宝物殿に、物を取りに行くだけなのだから。

では何故(なぜ)殿下がそんな嘘をついたかというと、さっさとこの会話を終わらせたいからだろう。

彼女は婚約破棄したいと願っている。

端(はた)から見ているぶんには、そんなに険悪そうな関係には見えないのだが……

シャーロット殿下はやはり、ルシェス様のことを、好ましく思っていないのだ。

「いや、ごめん。君のことを見かけたから、声をかけただけなんだ。邪魔してしまったようだね。

僕はこれで失礼するよ」

「ええ。また時間があるときに、ゆっくりお話をしましょう」

「そうだね。それじゃあ」

ルシェス様はそう言って、去っていった。

彼の背中が遠ざかってから、私は言った。

「そんなに悪い人には見えませんでしたね。殿下は、彼のことを嫌っているのですか？」

「……」

シャーロット殿下が一時、押し黙る。

ややあってから、答えた。

「あの男は、大きな闇を抱えていますの」

「ふむ……」

「あなたも、元貴族ならばおわかりでしょう？　表面的には綺麗に取り繕っていても、腹の底では、カネや権力にしか興味のない人間がいくらでもいることを」

「……そうですね」

私は否定しなかった。

あのルシェス・ケルフォードという男の第一印象は、悪くない。

ただ、だからといって善良であると断定するのは、早計だろう。

上流階級の人間は、善人を装うのが上手いし、腹芸も得意だ。

とんでもないクズであるという可能性も十分にある。

シャーロット殿下の反応を見る限り、ルシェス様は、きっと善人ではないんだろうな。

「まあ、ルシェスのことはいいですわ。気を取り直して、王城に向かいましょうか」

「はい」

殿下たちの先導で、私たちは王都を歩き出した。

そのあと、殿下たちと別れ、私とアリスティは王都を軽く観光した。

錬金素材と食材をひたすら買い集める。

王都には豊富な素材が集まっている。

さすがリズニス王国はそこそこの大国なだけある。

お金には余裕があるので、買いたいものは片っ端から買いまくることにした。

荷物になるので、アイテムバッグを新たに購入しながらである。

そうして、数時間後。

殿下たちは王城から帰ってきた。

大通りで合流する。

日が暮れ始めていた。

「宝物殿に入る手続きに、時間を取ってしまいましたわ」

どうやら王女といえど、宝物殿には簡単に立ち入らせてもらえないらしい。

「待たせてしまい、申し訳ありませんでした」

「いいえ。たくさん観光ができたので、楽しかったです」

かなりいろんなものを買えたしね。

シャーロット殿下は言った。

「キャンピングカーに戻りますか?」

「それなんですが、せっかくですし、王都で宿を取ろうかと思います」

たまにはキャンピングカー以外の場所で泊まるのも悪くない。

旅先の宿で泊まるのだって、キャンピングカー旅の楽しみのひとつだ。

「なるほど。でしたら、おすすめの宿を紹介いたしますわ。わたくしが懇意にしている女店主が経営している宿ですが」

「本当ですか？　それは有難いです。では、お願いしてもよろしいですか？」

「はい。場所は、こちらですわ」

シャーロット殿下が歩き出した。

大通りから少し横道に入ったところ。

明らかに貴族街とおぼしき綺麗な町並みが広がっていた。

そこを殿下が、先導して歩く。

シャーロット殿下が懇意にしている宿、か。

きっと高級宿なんだろうな。

……と思っていたら、やはり高級宿だった。

とても瀟洒（しょうしゃ）な宿であり、中に入ると、ホテルのようなロビーが広がった。

ロビーの受付嬢は、殿下の顔を見るなり表情を引き締めた。

シャーロット殿下は言った。

「4名の宿泊手続きをお願いしたいですわ」

「か、かしこまりましたっ！」

受付嬢は手続きを行う。
なんと受付嬢は、私たちに最上階の部屋を融通してくれることになった。
シャーロット殿下の威光は本当に巨大だね。
私が通された部屋は、まさしくホテルの一室。
ベッドとサイドテーブル、椅子、丸テーブルなどが置かれた部屋だ。
床には赤いじゅうたんが敷き詰められている。
ふと窓際に立って、外の景色を眺める。
夕暮れの王都。
空はオレンジ色に染まり、雲は銀色に染まってたなびき……
城壁の向こうに沈んでいく夕陽が眺められる。
美しい景色だ。
「さすが王都は綺麗だね……」
リズニス王都は、夕暮れの景色も、夜景も、とても美しいものだと伝えられている。
吟遊詩人が詩にすることもあるほどだ。
私はその眺望を堪能してから、おもむろにベッドに寝転んだ。
そして食事の時間まで、まったりと過ごすことにした。
やがて夕食となる。
私の部屋で、アリスティと食卓についた。

夕食のメニューは。

焼き魚のムニエル。

卵と貝のスープ。

ハム。

野菜と肉を挟んだパン。

はちみつ酒。

……であった。

異世界としては上等な食事。

私とアリスティはさっそく食べ始める。

「お嬢様とご一緒にお食事をするのも、もう慣れてしまいましたね。本来なら、メイドである私は、後ろに控えて立つのが道理ですが」

とアリスティは苦笑した。

本来、主人とメイドは同じ食卓を囲んではならない。

これは主人とメイドが主従の立場であり、対等な関係ではないからだ。

しかし、私は言う。

「私はもう貴族ではなく、ただの旅人ですから、アリスティとは主従の関係ではありません。正確にいえば上司と部下……あるいは雇い主と労働者です。ですから同じ卓についても何の問題もないでしょう」

さらに私は、一拍置いてから告げた。

「そういうことなので、もし嫌だったら『お嬢様』と呼ぶのも、やめていただいても構わないのですよ」

「……いいえ」

とアリスティは首を横に振った。

「私にとってお嬢様は、いつまでもお嬢様です」

「……そうですか」

別に呼ばれるのが嫌なわけではない。

だから、私は特に修正を求めなかった。

アリスティが話題を変える。

「まだ旅を始めて数ヶ月ですが、いろいろありましたね」

「ええ……本当に」

兄上との戦い。

湖でのスローライフ。

シャーロット殿下との出会い。

アリスティがつぶやく。

「これからも、いろいろ波乱があるかもしれません。特にシャーロット殿下の依頼については、さまざまな問題を抱えているように思えますから」

否定はしない。

なにしろ、シャーロット殿下の婚約破棄を手伝っているのだ。

波乱があるに決まっている。

しかし、私は微笑んだ。

「濃密な経験ができたほうが、旅は面白(おもしろ)いものです。そういう波乱もひっくるめて、私は楽しみたいと思ってますよ」

私はこれからの旅に想(おも)いを馳せる。

波乱があるかもしれない。

面倒なことや嫌なこともあるかもしれない。

しかし、そういうことも含めて旅の醍醐(だいご)味(み)。

私は、これからもキャンピングカーの旅を、存分に満喫しようと思った。


〈ルシェス視点〉

その日の夜。

ルシェスは、自身の経営するギルドオフィスにて、とある女性と会っていた。

――――イグーニドラシェル。

リズニス王国の女英雄である。

9階建てギルドオフィスの最上階。

ルシェスの執務室であり、王都の夜景を見渡せる部屋。

その中央に置かれたソファー状の椅子に、向かい合って二人が座る。

イグーニドラシェルは、身長2メートル近い大女である。

髪はウェーブ状のロングヘアであり、蒼髪(そうはつ)。

鋭い切れ長の目と、シュッとした険しい顔立ち。

服は豪奢(ごうしゃ)な戦士服にマントを羽織っている。

まさに女傑というべき風貌の女性であり、向かい合って座るルシェスにも、強烈な威圧感が伝わっていた。

ルシェスとイグーニドラシェルは、特に仲が良いわけではなかったが、協力関係にはあった。

お互いの目的をかなえるために、利用し合う仲間。

それがこの2人の関係である。

ルシェスは言った。

「君に依頼したいことがあるんだ、イグーニドラシェル」

「なんだ?」

「始末してもらいたい人間がいる。秘密裏に、だ」

「ふっ……」

イグーニドラシェルは鼻で笑ってから、言葉を返した。

「わざわざ英雄である私を呼び出して、暗殺をやれとでも言うつもりか? そんなくだらない仕事は、他の雑魚(ざこ)どもに頼んでいろ」

そう吐き捨てて立ち上がろうとしたところ、ルシェスが呼び止めた。

「まあ、待ってくれ。きっと君も、興味がある話だと思うから」

イグーニドラシェルは、腰を浮かせた状態から、いったん座り直すことにした。

ルシェスが言う。

「始末してもらいたい人間というのは2人だ。1人は、エリーヌ・ブランジェ。もう1人は、アリスティ・フレアローズだ」

「……ほう」

イグーニドラシェルは興味深げに声を漏らした。

「アリスティか。また懐かしい名前を聞いたな」

ルシェスは、かつてイグーニドラシェルとアリスティが戦場で出会い、殺し合い、引き分けで終わったことを突き止めていた。

だから必ず、アリスティの名を出せば、イグーニドラシェルが食いついてくると思ったのだ。

「それにブランジェという名前もだ。フレッドの親類か?」

イグーニドラシェルの問いに、ルシェスはうなずいた。

「ああ。おそらくエリーヌは、フレッド・フォン・ブランジェの妹だよ」

まだ裏取りはできていない。

が、アリスティが、フレッド・フォン・ブランジェの末妹に仕えているという情報を、何年か前に聞いたことがあった。

その末妹というのが、おそらくエリーヌ・ブランジェなのだろう。

「なるほどな」

イグーニドラシェルは、ルシェスの予想通り、話に興味を持ったようだ。

ルシェスは言った。

「で、そのエリーヌとアリスティを始末したいと？　いったいどういう事情だ？」

「【予感】があった。とびきり悪い予感だ」

「予感……ね」

ルシェスは、自分に関わる人間が、将来的に利益をもたらすか、不利益をもたらすかを判定できる【予感能力】を持っている。

彼はこの能力を駆使して、非常に上手く世渡りをしてきた。

——自身に都合の良い人間ばかりを重用すること。

——逆に、自身に都合の悪い人間を未然に排除すること。

その判定を、ほぼ100％の確率で行うことができる。

政治において、極めて有利な能力である。

実際、ルシェスが破竹の勢いで権勢を拡大していったのも、この力によるところが大きい。

そして今回……

ルシェスがエリーヌたちと会ったとき。

かつてないほどに【悪い予感】を感じたのだ。

「特にエリーヌ・ブランジェ……彼女は僕に破滅をもたらすかもしれない」

「ふむ。それほど危険な【予感】だったと？」

「ああ。まるでエリーヌを中心に、大きな深淵が存在していて、闇の気流が溢れ出しているような……そんな【予感】だった。こんな感覚は初めてだ」

ルシェスは一拍置いてから続ける。

「聞けば、彼女は錬金魔導師らしい。それでピンときたよ。シャーロットは、おそらくエリーヌを使ってドラル・サヴローヴェンの遺跡を攻略し、永世巫女になるつもりだろう」

「貴様との婚約を破棄するためにか。ずいぶんと嫌われたものだな」

イグーニドラシェルは小馬鹿にしたように笑う。

ルシェスは一瞬顔をしかめたが、すぐに真顔に戻して、言った。

「200年も解けなかった遺跡の術式を、エリーヌが解けるとは思えないが……しかし、僕の【予感】はそう告げていない。遺跡の術式は、おそらく解かれる。その前に排除せねば」

この世界の未来は、無数に枝分かれしている。

未来は常に不確定であり、己の意思や行動次第で変えることができる。

それは世界の管理者たる【大精霊】のお告げによって、明らかとなっていることだ。

ルシェスの【予感能力】は、枝分かれする未来において、高確率で起こり得る事象を予見するもの。

そして、予感した未来を、ルシェス自身の行動によって変えることもできる。

エリーヌがルシェスにとてつもない災厄をもたらすのだとしても、未然に排除し、その災厄を取り除くことも可能なのだ。

「だから始末してほしいという依頼か。ふむ……まあ、いいだろう。久々にアリスティと対峙するのも悪くない」

「じゃあ」

「ああ、引き受けてやる。ただし、全てが終わったときには、わかっているな?」

「もちろんだ。君を王族に迎え入れることを約束しよう」

そう。

イグーニドラシェルがルシェスと協力関係を築いている理由がソレだ。

彼女は、王族になりたいのである。

頂点の景色を見ることが、彼女の生きがいであり、ライフワークだからだ。

しかしイグーニドラシェルは平民出身。

英雄としてどれだけ結果を残そうとも、王室に入ることはできない。

貴族になるにしても、せいぜい伯爵位程度を得るに留まる。

それは王国法で決まっていることだ。

彼女がルシェスと協力関係を結んでいるのは、そのルールを変えるため。

ルシェスがシャーロットと結婚を果たし、王配として権勢を振るうようになれば、王国法などいくらでも操作が可能だからである。

ルシェスは言った。

「君が味方になってくれるなら、もはや成功は確約されたも同然だ。安心したよ、ははは」

ルシェスは、エリーヌたちをどう始末したものかと悩んでいた。

なぜなら、エリーヌ側にアリスティ・フレアローズがいるからだ。

アリスティは【選ばれし六傑】の1人。

一筋縄ではいかない。

しかし、同じ【選ばれし六傑】であり英雄であるイグーニドラシェルが味方についてくれるなら、怖いものはなかった。

六傑でいえばイグーニドラシェルは序列3位、アリスティは序列5位。

イグーニドラシェルのほうが格上なのだ。

簡単には殺せないかもしれないが、負けることはないだろう。

「一応、これが前払いの報酬だ。確認してくれ」

ルシェスはアイテムバッグから、金銭袋を取り出し、差し出した。

そこには10億ディリンが入っている。

確認したイグーニドラシェルも、さすがに驚いた。

「……ふむ。相当多いな。よくこれだけの大金を、気軽に支払えるものだ」

「実は、2年ほど前に始めた麻薬売買が軌道に乗っているんだ。おっと、これは他言無用にしてもらいたいが」

ルシェスは複数の闇商売に手を染めている。

中でも麻薬売買は、莫大な利益を上げていた。

もちろんそれは、他人の人生を壊しながら稼いでいる商売であることは、言うまでもないが。

「他言無用と言うなら、最初から話すな。……で、依頼の決行はいつだ？」

ルシェスは答える。

「2～3日後だ。王都を離れるであろうシャーロットを追跡し、二つ隣の領地にて襲撃を決行してくれ」

「二つ隣の領地か。王都の近くで殺ったらダメなのか？」

「ダメだな。ここ女王領と、その近郊の領地は、監視の目も強いから事を起こすには向かない。逆に、女王領から離れた領地なら、いろいろと工作もしやすいんだ。いざとなれば、その地の領主を買収すればいいだけだからな」

「なるほどな。わかった。なら王女を追跡するための馬を用意しておけ」

「ああ」

話は終わり、解散したあと、2人はそれぞれの準備に取り掛かる。

しかし――――ルシェスたちの追跡は失敗することになる。

なぜなら、エリーヌたちにはキャンピングカーがあるからだ。

実は、馬の速度は自動車と大差ないのだが……馬の体力は有限で、1時間程度も走ればバテる。

延々と走り続けられるキャンピングカーを、追跡できるはずもないのだった。

あとがき

はじめまして。てるゆーぬと申します。

このたびは本作を手に取っていただき、ありがとうございます。

本作は、私にとって、とても思い入れの深い作品となっております。

私自身、作者であるとともに読者でもあり、いろいろな小説を読み、好きな作品もたくさんあります。

しかし自分にとってドストライクなものとなると、かなり絞られます。

存在しないわけではないのですが、激レアすぎてなかなか見つかりません。

ならば、いっそ自分の思う『ドストライク』を、自分自身で作ってみてもいいのではないかと思い、製作を始めたのが本作です。

こういうのがあったらいいのにという想像を、実際に形にしてみた……それが、このキャンピングカー作品というわけです。

具体的に申し上げると……

キャンピングカーでの旅。

広大なフィールドの移動。

いくらでも生活を便利にできる錬金術。

恋愛ナシの女キャラの二人旅。


不殺主人公が苦手なので、主人公にはやるときは殺る冷徹さを持たせつつ……

一方では感情的にイキりすぎないように調整したり……

景色やスローライフの描写にも非常に力を入れました。

あたかもワインを片手に夜空を眺めるような、優雅なシーンやおしゃれなシーンを、随所に散りばめたりしています。

サイトのほうでは、読者ウケが微妙でも、自分が良いと思ったシーンは、積極的に導入しております。

それで「いいね」の数が減っても、しょうがない。

現在は数字を追いかける時代ではあるものの、自分がやりたい表現を犠牲にしてまで、数字を追う意味はないと思っています。

以上のように、私が思う『好き』をぶつけたのが、本作です。

この作品が書籍化に至るほどに、読者の皆様からご好評いただけたことは、素直に嬉しく思います。

本当にありがとうございます。


もしよろしければ、今後とも、本作をお楽しみいただけると幸いです。

エリーヌ一行の
次なる旅は、
遺跡の
宝物庫!?
キャンピングカーで
まったり冒険の旅、
第二弾！

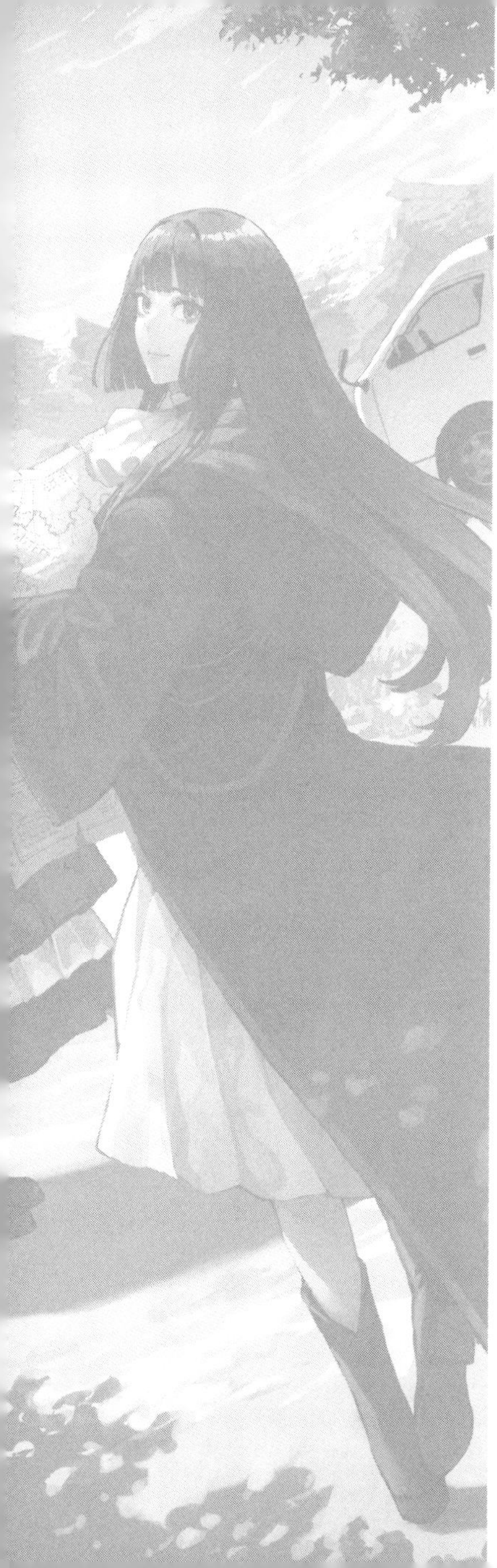

追放令嬢、クラフトしながらキャンピングカーで異世界を旅します

2024年9月30日　初版第一刷発行

著者　てるゆーぬ
発行者　出井貴完
発行所　SBクリエイティブ株式会社
〒105-0001　東京都港区虎ノ門2-2-1

装丁　AFTERGLOW
印刷・製本　中央精版印刷株式会社

ISBN978-4-8156-2601-3
Printed in Japan

本書は、カクヨムに掲載された「追放令嬢、クラフトしながらキャンピングカーで異世界を旅します」を加筆修正したものです。

ファンレター、作品のご感想をお待ちしております。

〒105-0001　東京都港区虎ノ門2-2-1
SBクリエイティブ株式会社
GA文庫編集部 気付

「てるゆーぬ先生」係
「カオミン先生」係

本書に関するご意見・ご感想は
下のQRコードよりお寄せください。
※アクセスの際に発生する通信費等はご負担ください。